한국한시300 칠언절구편 초서 4

草書韓國漢詩

柏山 吳東燮
Baeksan Oh Dong-Soub

이화문화출판사

序 文

書家라면 누구나 각 서체를 체득한 후 마지막으로 草書로서 자신의 서력을 완성하고자 한다. 각 서체의 모든 요소들이 종합되고 또 충분한 서력이 쌓여야만 초서의 운필에서 시간성과 공간성을 구현할 수 있게 되는 것이다. 그래서 본 초서 시리즈는 초서법첩을 어느 정도 섭렵한 다음 숙련과 창작의 단계에 들어선 서가들이 사용할 수 있도록 숙습의 교범으로 개발하고자 하였다.

「초서고문진보」는 고문진보의 명문 36편을 병풍형식으로 구성하여 초서 1집, 2집으로 출간되었으며(2014) 「초서한국한시」는 우리나라 전 역사를 통하여 널리 회자되어온 우리의 한시 330편을 정선하여 오언절구편(초서 3집)과 칠언절구편(초서 4집)으로 나누어 편집하였다.

우리의 선현들은 한시를 애호하여 시를 창작하고 감상하는 것을 중요한 학문 활동의 하나로 정진하였으며 唐詩만큼 훌륭한 詩作을 수없이 많이 남겼다. 초서 3집(2015)은 한국한시 오언절구를 신라 · 고려시대 30수, 조선 전기 30수, 조선 중기 30수, 조선 후기 · 한말 30수, 여류시 30수, 선가시 30수 등 총 180수를 선정하여 초서작으로 수록하였다.

이번에 간행되는 초서 4집「초서한국한시」칠언절구편은 주제별로 우국과 충정의 한시 30수, 수신과 학문의 한시 30수, 은거와 자연의 한시 30수, 연정과 우애의 한시 30수, 주흥과 풍류의 한시 30수 등 5장으로 구성하여 총 150수의 칠언절구 한국한시를 수록하였다. 한국의 시문을 소재로 한 초서법첩이 귀하고 개발된 초서교재도 흔치 않은 현실에서 본서는 초서 熟習에 조금이라도 도움이 되기를 기대하면서 묵연 40여년의 공력을 다하였다. 원문을 충분히 이해할 수 있도록 주석과 평설을 달아 한시 감상과 함께 초서 교범의 기능을 하게 하였다.

시의 해석은 기존 간행된 한시 번역서를 참고하여 되도록 직역을 하고자 하였으며 지나치게 과장되거나 비약된 해석은 원문에 충실하도록 바로 잡았으며 번역이 소홀하거나 부족한 부분은 보충하였다. 한글 석문의 운치를 더하고 우리말 시가 될 수 있도록 원문의 내용을 다소 첨삭 의역하여 3.4조, 7 · 5조 운율에 가깝게 하고자 하였다. 원문을 통하여 시를 이해하려는 독자를 위하여 어려운 한자와 단어, 고사와 역사적 사실에 대하여 주석을 달아 이해를 돕고자 하였으며 각 편마다 시의 내용에 대한 간략한 평설을 실어 감상을 돕고자 하였다. 시를 읽고 아무 느낌을 가지지 못한다면 얼마나 허망한 일이겠는가? 평설을 참고하여 자신의 감상을 가진다면 한시 감상의 즐거움과 초서임서의 즐거움을 함께 맛볼 수 있을 것이다.

詩語에는 풍부한 정서가 함유되어 있다. 달이 뜨고 구름이 가고 꽃이 피고 새가 울고 바람 부는 등 자연에 대한 다채로운 物情이 있고 세상사에 대한 희노애락의 순수한 感情이 깃들여 있다. 한시는 짧지만 그 울림이 크고 외우기 쉬워서 초서공부의 좋은 서재가 될 수 있으며 우리의 정서가 녹아있는 우리의 한시를 書材로 한다면 초서를 임서하는 즐거움이 배가될 것이다.

지난해에 「초서고문진보」1, 2집과 「草書韓國漢詩」3집을 출판한데 이어서 또 다시 「草書韓國漢詩」4집 칠언절구편을 이번에도 아름다운 서예도서로 편집하고 출간하여주신 도서출판 서예문인화 편집부 직원 여러분들과 이홍연 사장님께 심심한 감사를 드린다.

2016년 丙申 雨水 二樂齋書窓下
柏山 吳東燮 識

草書의 臨書

초서의 유려한 서체미를 터득하려면 충분한 임서과장을 거쳐야 한다. 초서학습의 조종으로 삼고 있는 「十七帖」이나 「書譜」 등을 쓴 왕희지나 손과정 등의 고대 서예가들은 일생 동안 체득한 운필기법이 그들의 묵적에 보존되어 있으므로 초서학습자는 오로지 임서를 통하여 초서의 線條와 結體를 익힐 수 있다. 효과적인 초서 학습을 위하여 이러한 초서의 임서과정을 살펴보고자 한다.

초서를 학습하기 전에 먼저 전제되어야 할 조건이 있음을 명심하여야 한다. 초서 이외의 서체 즉 篆隸와 楷行의 서체가 반드시 기초가 되어야한다는 것이다. 초서는 이들 서체의 생략과 변화에 기인하여 발전하였기 때문에 근본을 학습한 후 어느 정도 필력을 축적하여 초서의 변화를 학습하는 것이 순서이다. 그러나 篆隸를 먼저 익히지 않고 楷行부터 시작해도 초서학습에는 아무런 지장이 없는데 그것은 초서의 형태와 방식이 고정된 후에도 楷行과 동반하여 초서가 발전하였으며 필법과 결구에서도 楷行과 초서 사이에는 서로 교차되는 영양을 주기 때문이다. 그래서 楷行을 바르게 학습하면 순조롭게 초서로 이어질 수 있게 되며 초서를 익힌 후 篆隸를 학습하면 초서는 더욱 강화될 수 있게 되는 것이다.

초서는 변화가 다양한 서체이기 때문에 오로지 임서를 통하여 그 변화를 체득하게 된다. 張芝는 서예연습으로 '연못의 물이 모두 검은 물이 되었다'(臨池學書 池水盡墨)는 말처럼 글씨 쓴 비단을 씻어서 또는 벼룻돌을 씻어서 못물이 검게 되었다고 하며 懷素는 파초 만 그루를 심어 그 잎에 연습하였다고 하는 고사는 모두 각고의 노력이 있었음을 말해주는 것이다. 당 손과정의 「서보」, 당 축윤명의 「효경」, 송 고종(조구)의 「낙신부」 등의 초서 전적에는 왕희지의 筆法과 字法을 볼 수 있으며 임서를 통하여 후대 서가들의 전적에 계승과 발전의 궤적이 나타나고 있는 것이다.

초서의 학습은 對臨과 背臨, 意臨의 삼단계 임서과정이 효과적이다.

對臨은 법첩이나 범본을 보면서 손으로 그대로 옮겨 쓰는 것이다. 단순히 모사하는 것이 아니고 범본 중의 필법을 자기 자신의 필법으로 전이될 수 있도록 그 특징을 깊이 있게 분석하여야 한다. 초서의 대임은 해서처럼 한 획 한 획 보고 쓰는 것이 아니라 용필의 멈춘 곳이 바로 一筆이 되는 것이다. 붓을 멈추거나 먹을 다시 찍기까지의 一筆은 한 글자 또는 여러 글자가 될 수 있고 심지어 한 행이 될 수도 있으므로 임서할 때 이러한 節奏(리듬)段落으로 임서하여야 한다. 초학자에게는 절주단락을 기억하여 붓으로 옮기기가 어려우므로 한 자 씩 익힌 다음 절주단락으로 익히는 것이 효과적이다.

대임의 과정에서 법첩이나 범본의 필법과 결구의 대체적인 학습이 이루어지면 그 범본의 특징을 파악하여 범본을 암기하여 쓰는 背臨의 단계로 진입하게 된다. 운필과 구도를 예측하여 일단 下筆하면 반드시 과단성과 신속성을 이룰 수 있어야 하며 자형의 유사성에 주의력을 집중하기 보다는 범본의 정신과 주요규칙에 집중하여야 한다. 그래서 배임에서는 반드시 범본과 닮을 필요가 없으며 자신의 정서를 바탕으로 자기중심의 임서를 하는 것이다. 초서는 끊임없이 이어지는 시간성의 요소가 강하기 때문에 배임단계에서는 절주운율의 학습이 중요하다.

임서의 세 번째 단계인 意臨은 범본상의 여러 가지 특징을 나타내는 筆意를 파악하여 이것을 체득하는 학습 단계이다. 고도의 임서 단계이므로 초서의 기초가 형성된 후에 범본의 筆意를 자신의 筆意로 받아들일 수 있는 능력이 생겨 意臨이 가능한 것이다. 그러므로 의임은 점획결구의 형태와 운필구도의 양식이 아니라 이들 배후에 무의식적으로 나타나는 미감의식을 파악하여 이를 임서하는 것이다. 간단히 말하여 形이 아니라 神을 임서하는 것이며 이것은 자신이 체득한 예술관념의 바탕위에서 이루어지므로 半臨半創(반은 임서, 반은 창작)이라고 할 수 있다.

임서를 삼단계로 살펴보았지만 초서의 학습과정에서 대임과 배임, 의임의 과정이 엄격히 구분되는 것이 아니라 수시로 혼동하여 이루어지며 형태의 임서에서 정신의 임서로 종결된다는 것을 명심하여야 한다. 이러한 초서 학습에는 법첩이나 범본의 선택이 무엇 보다 중요하다. 초서 법첩을 선택할 때에는 두 가지를 고려하여야 한다. 첫째는 각 시대마다 많은 초서가가 있지만 역사를 통하여 시련과 비평을 받아 가장 저명하다고 인정된 법첩을 선택하여야 한다. 둘째는 법첩의 선택시에 얕은 데서 깊은 데로, 쉬운 데서 어려운 데로, 平正에서 險絕로 들어가는 과정을 고려하여야 한다. 대체로 소초로 입문할 때 선택되는 가장 정통적인 법첩은 왕희지의「十七帖」, 손과정「書譜」와 지영의「眞草千字文」, 미불의「吾友帖」등이 있고 기초가 형성되면 축윤명, 조구, 문징명, 동기창, 선우추 등의 초서를 섭렵하도록 한다. 대초의 임서에는 장욱의「古詩四帖」, 회소의「自敍帖」, 황정견, 왕탁, 부산 등의 초서가 있다.

초서 학습은 꾸준한 노력과 인내가 요구되며 절대로 건너뛰거나 지름길로 가려고 하지 말고 또 빨리 이루려고 서둘러서는 안된다. 흐르는 물은 웅덩이를 만나면 가득 채운 후에 다시 흘러 바다에 이른다(盈科後進 放乎四海)는 맹자의 말씀을 새겨 정도를 지켜 나아가면 반드시 자신의 목표를 달성하여 氣勢가 이어지고 節奏가 출렁이며 筆意가 충만한 초서를 쓰게 될 것이다.

柏山 吳東燮
경북대학교 명예교수
백산서법연구원장

草書韓國漢詩

목 차

은거 자연

수신 학문

우국 충정

주흥 풍류

연정 우애

경주 삼릉(백산 오동섭)

憂國 忠情 우국 충정

이제현 • 鄭瓜亭
이지저 • 西都口號
이호민 • 亂後弼雲春望
이　황 • 義州
정몽주 • 石鼎煎茶
차천로 • 失題
한용운 • 避難途中滯雨有感
허　봉 • 赦後到咸原驛
홍춘경 • 落花岩
황　현 • 絶命詩
박태보 • 落花巖
박팽년 • 思親
성삼문 • 夷齊廟
유몽인 • 詠梳
유성원 • 咸興
이건창 • 牙山過忠武公墓
이규보 • 代農夫吟
이달충 • 田婦歎
이소한 • 彈琴臺
이양연 • 上西將臺
강회백 • 鐵原懷古
권　필 • 和醉時歌
김광현 • 途成川
김덕령 • 作詩見志
김종직 • 鵶述嶺
김택영 • 聞義兵將安重根報國讐事
남경희 • 東都懷古
남용익 • 過三田碑感吟
남　이 • 北征歌
박인량 • 伍子胥廟

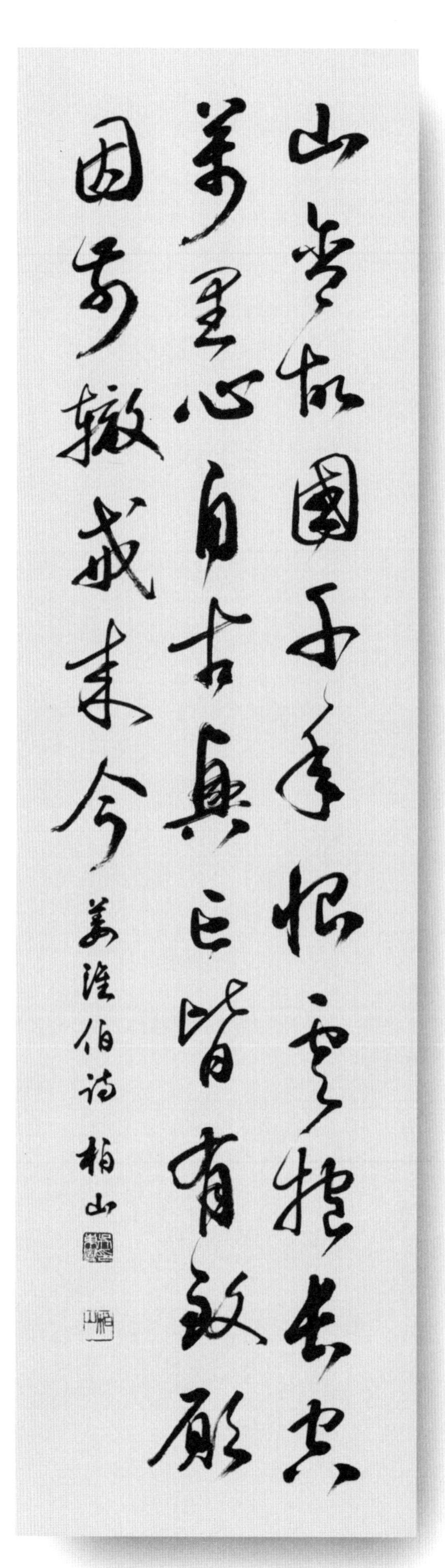

철원을 회고하며

鐵原懷古
철 원 회 고

山含故國千年恨 산함고국천년한
雲抱長空萬里心 운포장공만리심
自古興亡皆有致 자고흥망개유치
願因前轍戒來今 원인전철계래금

산은 고국의 천년 한을 머금은 채 솟아있고
구름은 드넓은 하늘을 품고 만리를 흘러가네
예로부터 모든 흥망에는 이치가 있으니
지난일 거울삼아 앞날을 경계할지니라

鐵原 고려 태봉국의 도읍. 自古 예로부터. 皆有致 무두 이치가 있다. 前轍 앞서 간 수레바퀴의 자국이란 뜻으로 앞사람의 잘못을 의미.

모든 나라의 흥망에는 이치가 있으니 과거의 일들을 거울삼아서 앞날을 경계하라고 일침을 주는 詩이다. 철원은 궁예가 태봉국을 세웠을 때 도읍이었으며 고려 태조가 松岳(개성)으로 천도하면서 東州로 고쳤던 곳이다.

姜淮伯(1357~1402): 고려 후기. 조선 초 문신. 본관은 진주, 자는 伯父(백옹), 호는 通亭이며 1376년(우왕 2)에 문과에 급제, 성균좨주가 되었다. 이조판서, 정당문학 겸 사헌부대사헌을 지냈으며 문집에 〈通亭集〉이 있다.

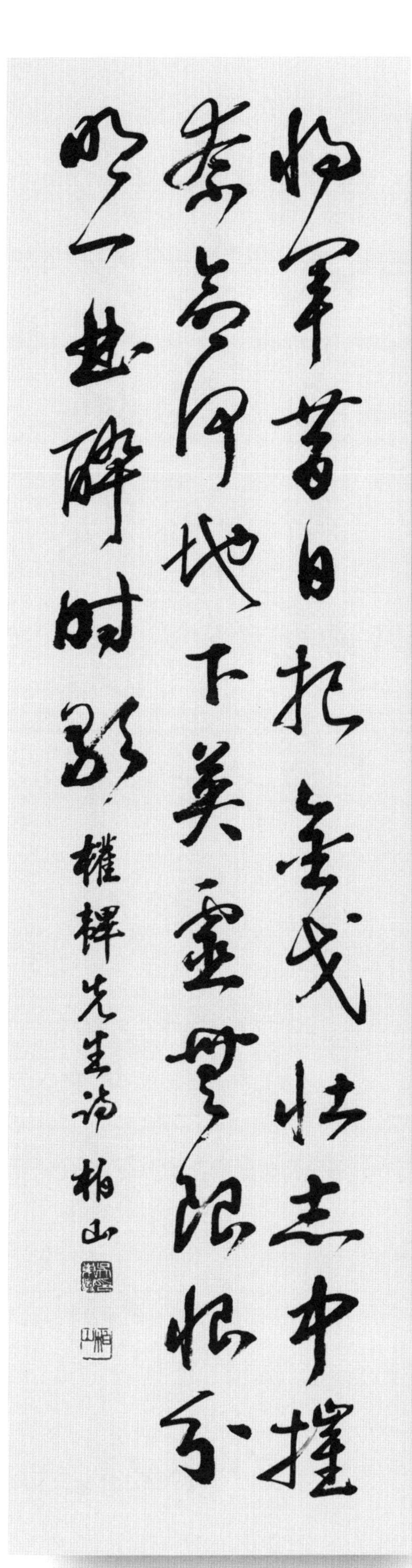

취시가에 화답하며

和醉時歌
화 취 시 가

將軍昔日把金戈 장군석일파금과
壯志中摧奈命何 장지중최내명하
地下英靈無限恨 지하영령무한한
分明一曲醉時歌 분명일곡취시가

장군께서 지난날 창 잡고 일어났지만
중도에 꺾인 장한 뜻 운명인 걸 어찌하리
지하의 영령이여 원한은 끝이 없지만
취했을 때 부른 노래 아직도 분명하여라

戈 창 과. 壯志 장한 뜻. 摧 꺽을 최. 醉時歌 충장공 김덕령(1567~1596)이 누명으로 죽음을 당한 후 권필의 꿈에 나타나 만취한 채 임금에게 보은할 수 있기를 원한다고 읊은 시.

忠壯公은 임진왜란에서 의병장으로 많은 공을 세우고도 모함으로 28세의 나이에 억울한 죽음을 당했다. 권필은 조심스럽게 꿈과 술에 가탁하여 公의 억울함을 호소하기 위하여 쓴 한 편의 진혼곡이다.

權 韠(1569~1612): 조선중기 문신. 자는 汝章, 호는 石洲이며 권벽의 아들로 어려서부터 시명이 높았다. 광해군의 척족 정치를 풍자하는 宮柳詩로 인하여 귀양가는 도중 동정으로 주는 술을 마시다가 폭주하여 사망하였다.

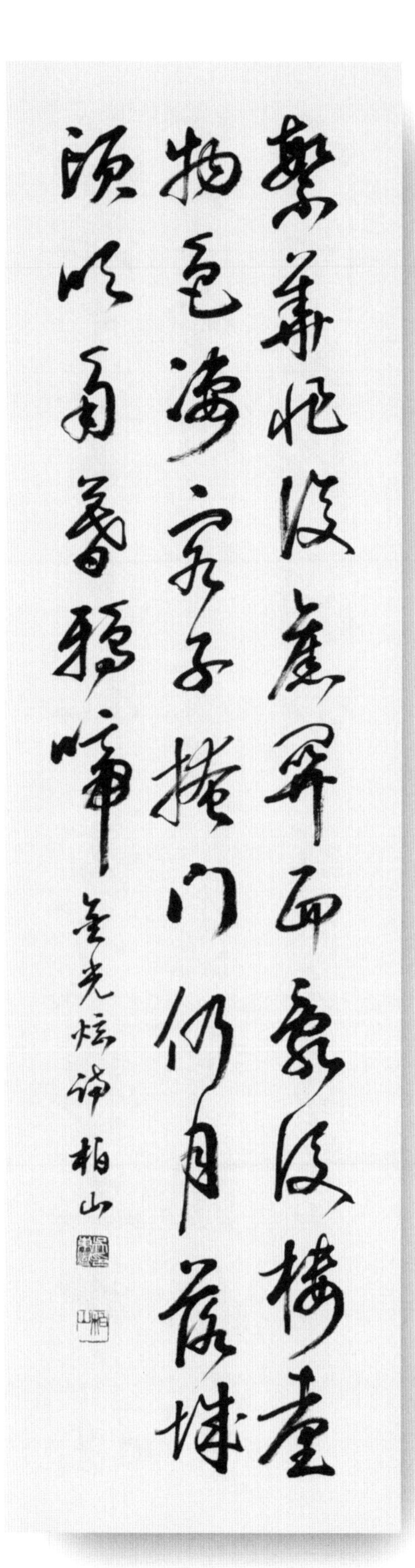

성천 가는 길에

途成川
도 성 천

繁華非復舊關西　번화비복구관서
亂後樓臺物色凄　난후누대물색처
客子掩門仍月落　객자엄문잉월락
城頭吹角暮鴉啼　성두취각모아제

옛 관서 땅에 번화함 다시 없고
난리 겪은 누대에는 물색만 쓸쓸하다
나그네 문을 닫자 달도 따라 떨어지고
저물녘 까마귀 울고 성 머리엔 피리소리 들린다

成川 평안도 성천군. 비류왕 송양의 옛도읍. 非復 회복되지 않음. 凄 차고 쓸쓸하다. 掩門 문을 닫다. 吹角 뿔피리를 불다. 鴉 까마귀 아.

난리 후 관서 땅을 찾아가니 번화하던 거리는 폐허로 변하고 누대는 처량하기만 하다. 문을 닫아거니 달도 따라 서산으로 넘어가 더욱 적막한데 성 머리에선 뿔피리 소리 들려오고 까마귀 울음소리 들린다.

金光炫(1584~1647): 조선 중기 문신 · 서예가. 본관은 안동, 자는 晦汝, 호는 水北, 우의정 김상용의 아들이며 승문원 및 홍문관부정자, 검열 · 정언 등을 지냈다. 저서와 해서를 잘 썼으며 문집에 〈水北遺稿〉 4권이 있다.

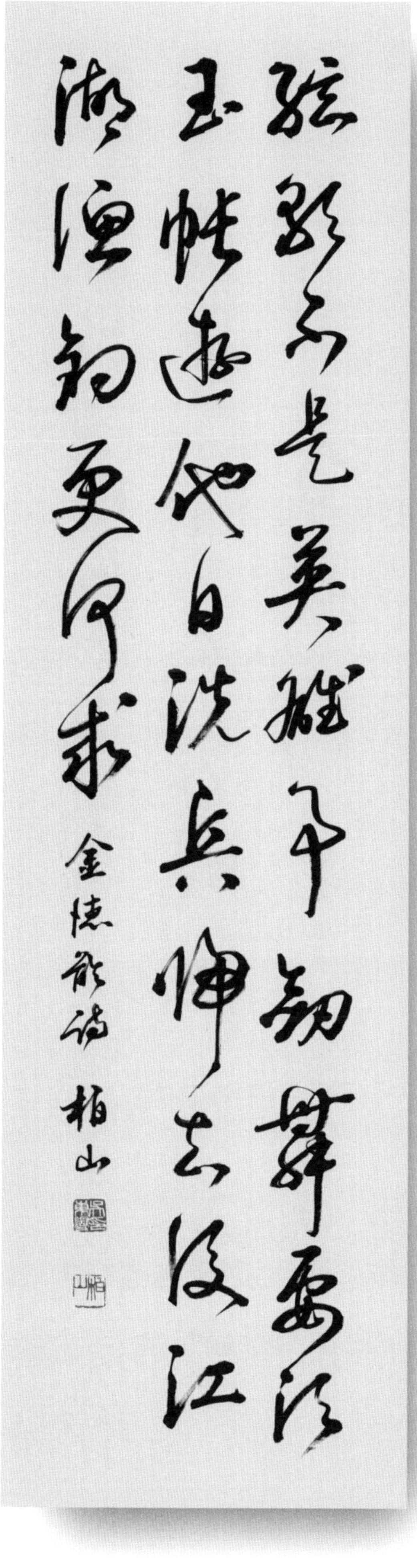

시를 지어 뜻을 보이다

作詩見志

작 시 견 지

紘歌不是英雄事 현가불시영웅사
劍舞要須玉帳遊 검무요수옥장유
他日洗兵歸去後 타일세병귀거후
江湖漁釣更何求 강호어조경하구

악기 따라 노래하기 영웅 할일 아니고
막사에서 칼춤 주며 놀이할 뿐이라
훗날 전쟁 끝내고 귀향한 후에는
강호에서 낚시하며 무얼 더 구하랴

紘歌 현악에 맞추어 노래함. 紘 악기줄 현. 英雄事 영웅이 해야 할 일. 玉帳 병영 막사. 帳 장막 장. 군영. 막사.

의병장으로서 왜적과의 전쟁 중에 전쟁을 끝낸 후에 자신이 살아갈 모습을 보여준다. 그러나 명장으로 명성이 높아지자 조정의 견제를 받게 되는데 이몽학과 내통하여 내란을 획책했다는 모함으로 옥에 갇혀 죽었다.

金德齡(1567~1596): 조선 중기 의병장. 본관은 光山, 자는 景樹, 시호는 忠壯이다. 임진왜란에서 의병을 일으켜 곽재우와 함께 왜군을 크게 무찔러 虎翼將軍이라는 호를 받았다. 작자 미상의 전기소설 〈김덕령전〉이 있다.

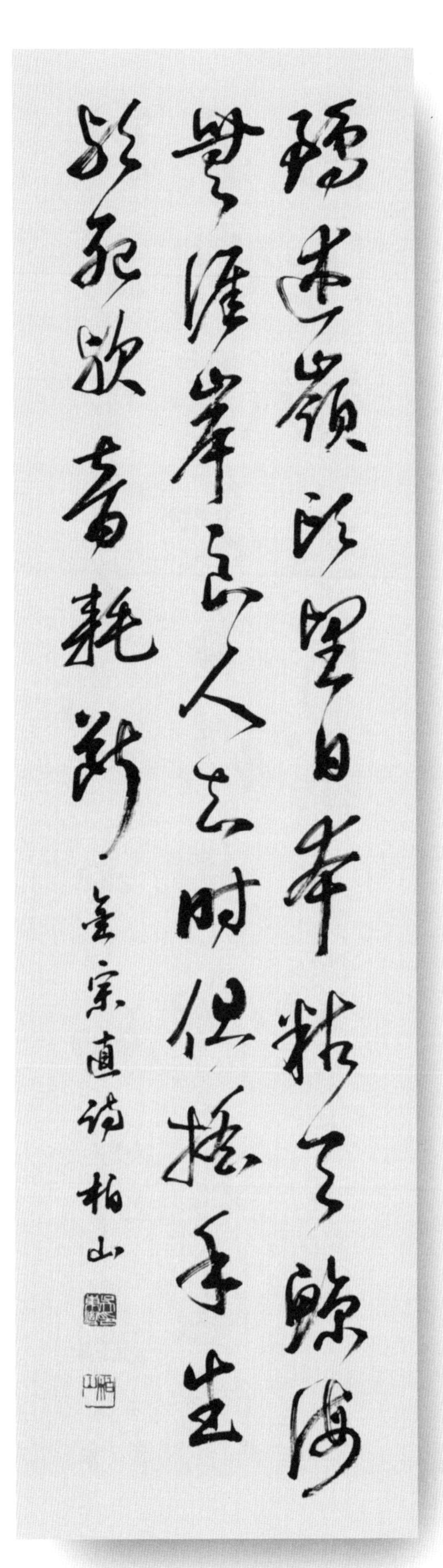

치술령에서

鵄述嶺
치 술 령

鵄述嶺頭望日本 치술령두망일본
粘天鯨海無涯岸 점천경해무애안
良人去時但搖手 양인거시단요수
生歟死歟音耗斷 생여사여음모단

치술령 마루에서 일본을 바라보니
하늘에 맞닿은 큰 바다 가이없어라
낭군이 떠날 때 손만 흔드시더니
살았는지 죽었는지 소식이 끊겼네

鵄述嶺 울주과 경주 사이의 산(765m). 粘 끈끈할 점. 붙다. 鯨海 큰 바다. 鯨 고래 경. 音耗 음신. 소식. 耗 쓸 모. 소식. 소모하다.

신라 충신 박제상이 일본에 인질로 간 눌지왕 아우 미사흔을 돌려받기 위하여 외교 사절로 일본에 갔다가 돌아오지 못하였다. 아내 김씨부인과 두 딸은 치술령에서 남편을 기다리다 망부석이 되었다고 한다.

金宗直(1431~1492): 조선전기 문인. 본관은 선산, 자는 季溫, 호는 佔畢齋이며 정몽주, 길재, 부친 김숙자의 학통을 이었다. 생전에 지은 〈弔義帝文〉으로 무오사화가 일어나 부관참시를 당하였다. 역대 시와 시문을 모아 〈靑丘風雅〉, 〈東文粹〉를 엮었다.

안중근의 나라 원수 갚음을 듣고

聞義兵將安重根報國讐事

문 의 병 장 안 중 근 보 국 수 사

平安壯士目雙張　평안장사목쌍장
快殺邦讐似殺羊　쾌살방수사살양
未死得聞消息好　미사득문소식호
狂歌亂舞菊花傍　광가란무국화방

평안 장사 안중근 두 눈 부릅뜨고
양을 잡듯 나라 원수 통쾌하게 죽였네
내 죽기 전에 좋은 소식 듣게 되니
국화 곁에서 미친 듯 노래하고 춤을 추노라

讐事 원수 갚은 일. 讐 원수 수. 快殺邦讐 나라 원수를 통쾌하게 죽이다. 狂歌亂舞 미친 듯 노래하고 어지러이 춤추다. 安重根報國 안중근 의사는 1909년 10월 26일, 하얼빈 역에서 이토 히로부미(伊藤博文)를 사살하여 나라에 보답하였다.

작자 김택영은 중국 망명 중 안중근 의거 소식을 듣고 통쾌한 그의 심정을 연작시로 지은 첫째 시이다. 살아생전에 이 호쾌한 소식을 듣게 되니 기뻐 어쩔 줄 몰라 미친 듯 노래하고 춤을 추는 것이다.

金澤榮(1850~1927): 조선 말기의 문신 · 문인. 자는 于霖, 호는 滄江, 韶護堂主人이며 을사조약 체결 후 중국에 망명하였다. 한말 한문학의 대가로 인정되었으며 시문집 〈滄江稿〉, 〈韶護堂集〉이 있다.

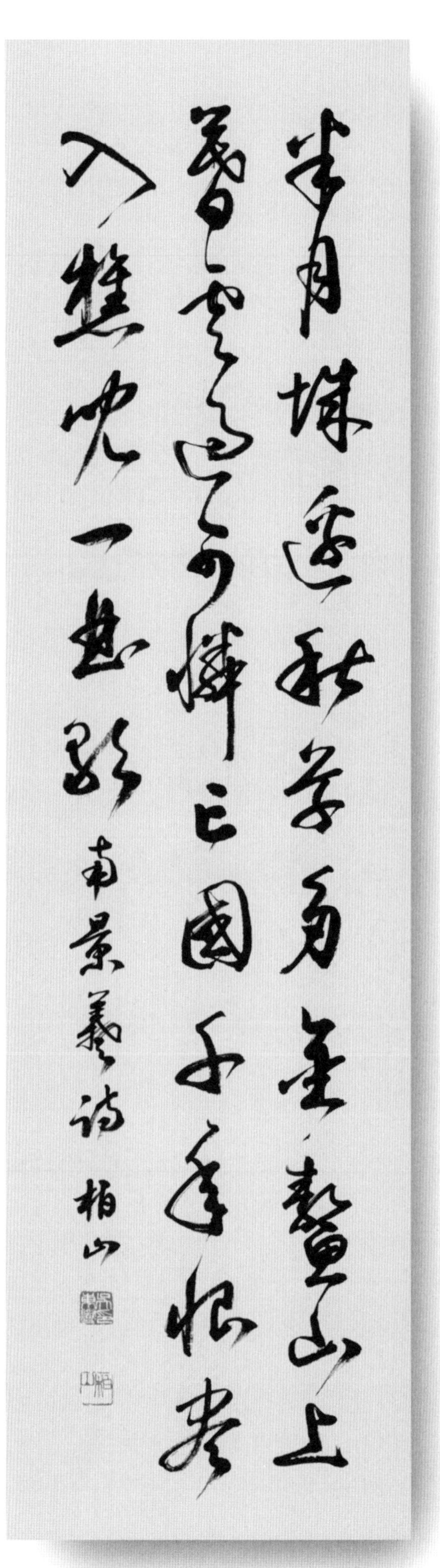

신라 경주를 회고하다

東都懷古
동도회고

半月城邊秋草多	반월성변추초다
金鰲山上暮雲過	금오산상모운과
可憐亡國千年恨	가련망국천년한
盡入樵兒一曲歌	진입초아일곡가

반월성 주변에는 가을 풀 우거지고
금오산 능선 위로 저녁 구름 지나간다
가엾다 망한 나라 천 년의 한이
나무꾼의 노래 속에 모두 들어 있구나

東都 경주. 金鰲山 경주 남산. 暮雲 저녁 구름. 樵兒 나무꾼 소년

반월성 주변 가을 풀 속을 배회하다가 잠시 걸음을 멈추고 고개를 들어 금오산을 바라보니 석양에 구름이 뉘엿뉘엿 넘어간다. 신라 천년 망국의 한이 나무꾼 아이의 흥얼거리는 노래 속에 아련히 들리는 것 같다.

南景羲(1748~1812): 조선 후기 학자. 본관은 영양, 자는 仲殷, 호는 癡菴이며 사헌부감찰, 병조좌랑 등을 지냈다. 1791년 벼슬을 그만 두고 경주 보문리에 止淵溪堂을 세워 후학을 양성하였다. 시문집에 〈癡菴先生文集〉이 있다.

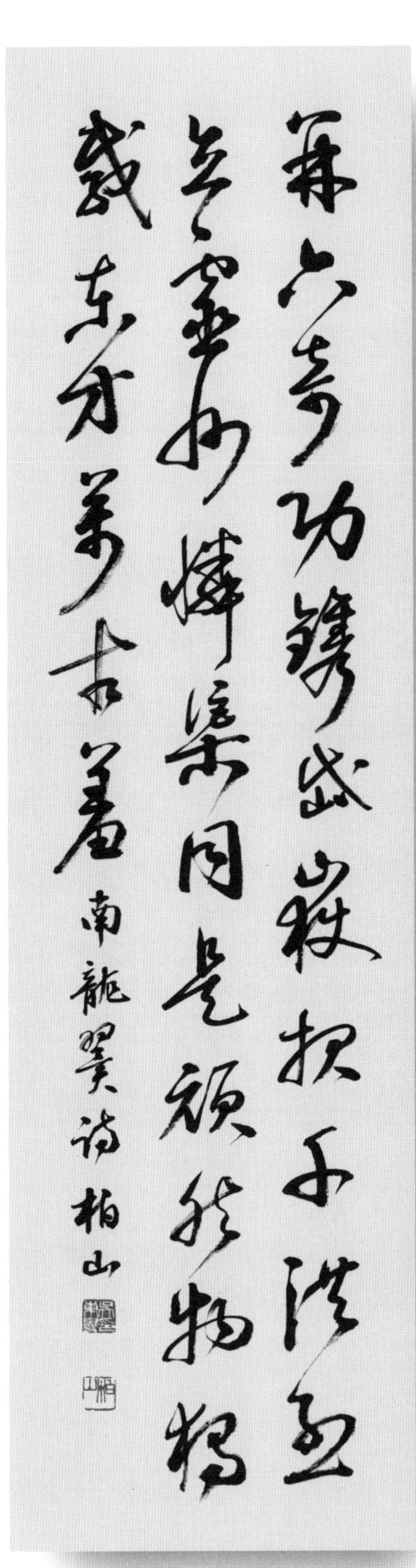

삼전도 碑를 지나며 읊다

過三田碑感吟

과 삼 전 비 감 음

并六奇功鐫岱嶽　병륙기공전대악
報千洪烈立靈州　보천홍렬입영주
憐渠同是頑然物　연거동시완연물
獨載東方萬古羞　독재동방만고수

육국 병합 기이한 공 岱嶽에 새기었고
천년 갚을 큰 공열은 靈州에 세웠다네
가여워라 너는 다같은 딱딱한 돌이로되
홀로 이 나라의 치욕을 만고에 싣고 있구나

三田碑 서울과 광주를 잇는 한강의 三田渡 나루(현 송파구 삼전동 부근)에 세워진 청 태종에 대한 인조의 항복비. 并六 진시왕이 육국을 통일한 공을 태산 절벽에 새김. 靈州 당 태종이 회흘 등을 평정하고 영주에 비를 세움. 鐫 새길 전

인조가 청 태조 앞에 무릎 꿇고 三拜九叩頭禮를 올리고 항복분서를 바쳤다. 진시왕 비석이나 당 태종 비석과 똑 같은 돌이지만 오직 삼전비 너만은 같은 돌이면서 이 나라 굴욕의 역사를 담아 만고에 그 부끄러움을 증언해 주고 있구나.

南龍翼(1628~1692): 조선 중기 문신. 자는 雲卿, 호는 壺谷이며 통신사의 종사관으로 일본에 다녀왔다. 예조판서, 이조판서 등을 지냈으며 문장과 글씨에 능하였다. 문집에 〈壺谷集〉, 〈扶桑錄〉 등이 있다.

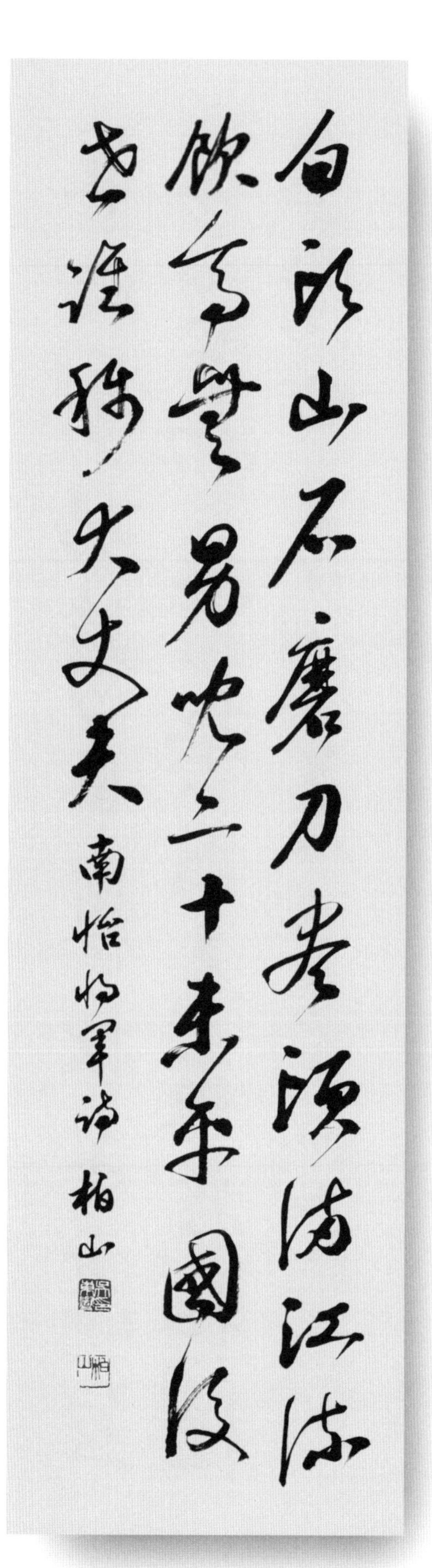

북방 영토를 정벌하며

北征歌
북 정 가

白頭山石磨刀盡 백두산석마도진
頭滿江流飮馬無 두만강류음마무
男兒二十未平國 남아이십미평국
後世誰稱大丈夫 후세수칭대장부

백두산의 바위돌은 칼을 갈아 없애버리고
두만강 강물은 말을 먹여 말려버리리라
사나이 이십대에 나라를 평화롭게 못한다면
훗날 어느 누가 나를 대장부라 부르리요

誰稱 누가 부르겠는가. 大丈夫 장부의 기개를 가진 사나이.

여진족과 대치하고 있는 북방의 변경에서 나라를 지켜내겠다는 각오를 펼친 장군다운 기개가 드러난다. 그러나 안타깝게도 이 시로 인하여 남이장군은 처형되는 운명이 되고 말았다. 유자광은 "未平國"의 '平'자를 '得'자로 고쳐 '사나이 스무 살에 나라를 얻지 못하면'의 뜻이 되게 함으로서 남이가 역모를 꾀한다고 무고를 하여 사형을 받게 하였다.

南 怡(1441~1468): 조선전기의 장군. 태종의 외손으로 17세에 무관으로 급제하여 이시애난을 평정, 여진족 정벌하여 공신으로 승승장구하여 28세에 병조판서에 오르자 상대당파 유자광의 모함으로 28세에 생을 마쳤다.

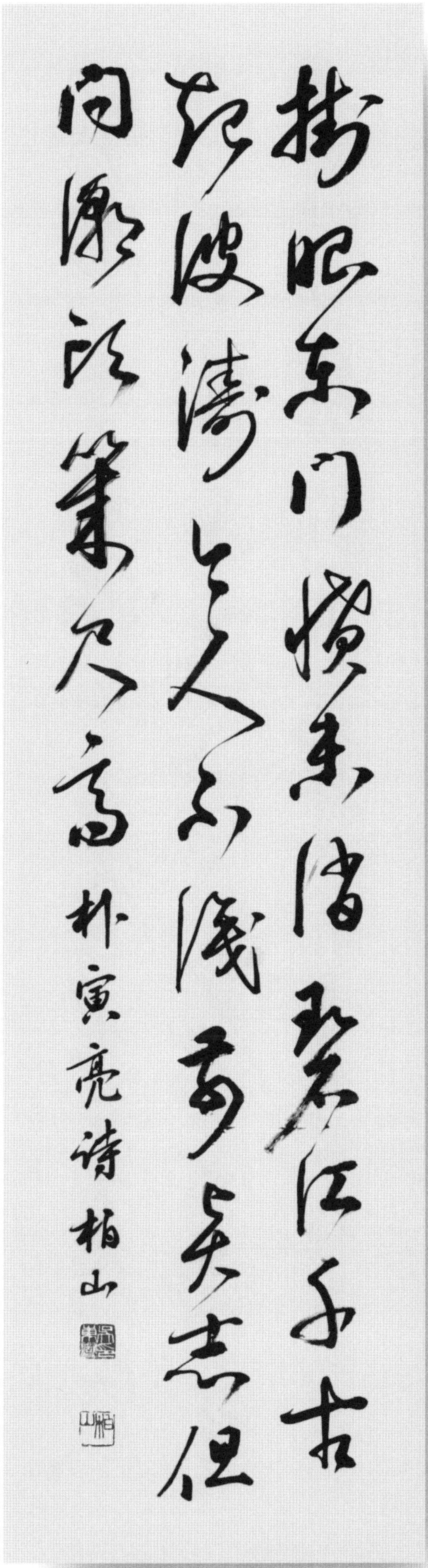

오자서 묘에서

伍子胥廟
오 자 서 묘

掛眼東門憤未消　괘안동문분미소
碧江千古起波濤　벽강천고기파도
今人不識前賢志　금인불식전현지
但問潮頭幾尺高　단문조두기척고

동문에 눈알 걸어도 여태 분이 안 풀려
푸른 강에 파도가 천 년 동안 이는구나
지금 사람 선현의 뜻 알지도 못하면서
파도 머리 높이가 얼마냐고 물어보네

掛眼 吳의 오자서가 죽을 때 자기 눈알을 吳의 동문에 걸어두고 吳가 망하는 모습을 자기 눈으로 보게 해달라는 고사. 憤未消 분이 풀리지 않음. 掛 걸 괘. 潮頭 절강성 강물이 밀물 때 밀려오는 높은 물결.

간신의 모함으로 죽게된 오자서는 고소성 동문에 눈알을 걸어두고 월나라 군대가 입성하는 꼴을 보겠다고 말한다. 사신길에 오자서 사당 앞에 서서 보니 천년이 지나도 풀리지 않는 분노가 높은 물결이 되어 밀려 온다. 옛날 일을 잊은 사람들은 역류하는 강물이 신기할 뿐이다.

朴寅亮(?~1096): 고려 문신. 본관은 竹山, 자는 代天 호는 小華이며 문종 때 遼가 압록강 동안을 국경선으로 확정할 때 그 부당성을 지적한 진정표를 지었는데 遼 왕이 문장에 감탄하여 국경주장을 철회하였다. 문집에 〈古今錄〉, 〈殊異傳〉 등이 있다.

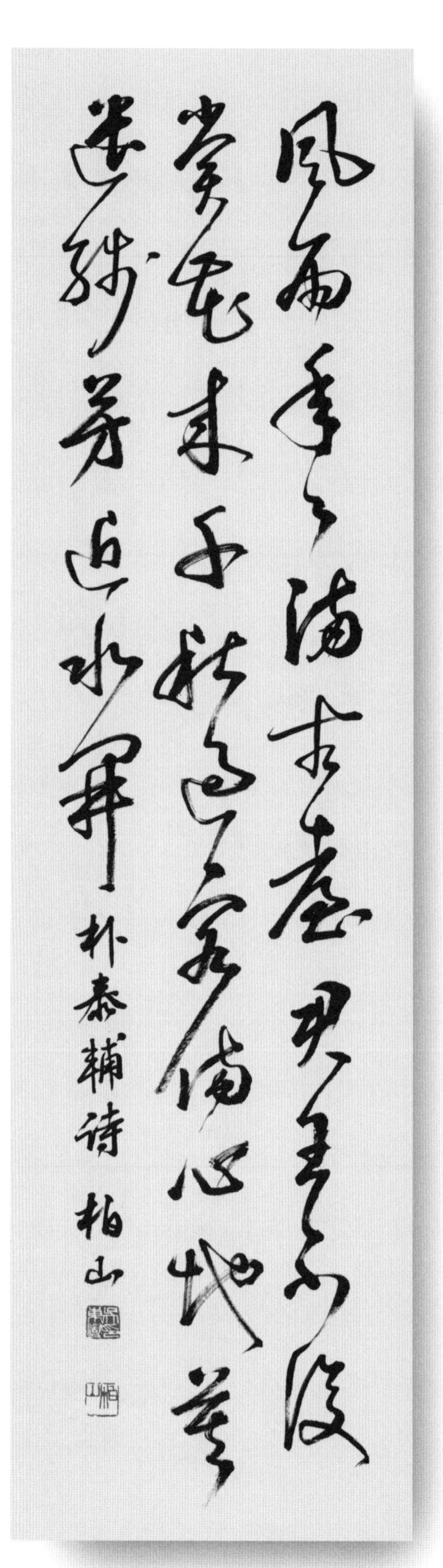

낙화암에서

落花巖

낙 화 암

風雨年年滿古臺 풍우년년만고대
君王不復賞花來 군왕불부상화래
千秋過客傷心地 천추과객상심지
莫遣殘芳近水開 막견잔방근수개

비바람 해마다 옛 누대에 가득하니
임금님은 꽃구경 다시는 안오시네
천년이 되어도 지나는 과객 슬퍼하는 곳
남은 꽃 물 가까이 피게 하지 마소서

賞花 꽃을 감상하다. 傷心 슬퍼하다. 莫遣 ~하게 하지말라. 殘芳 꽃이 지고 남은 꽃.

백제의 삼천궁녀들이 비바람에 꽃이 지듯 떨어진 이 곳 낙화암에는 비바람만 가득 불어오고 한 번 왔던 임금님은 다시는 오지 않았다. 혹시 물가에 꽃이라도 피면 궁녀들의 넋이 되살아날까봐 안스러워 한다.

朴泰輔(1654~1689): 조선후기 문신. 본관은 반남, 자는 士元, 호는 定齋이며 중추부판사 세당의 아들이다. 인헌왕후 폐위를 반대하다가 유배되어 사망하였으며 시문 서예에 능하고 〈定齋集〉이 있다.

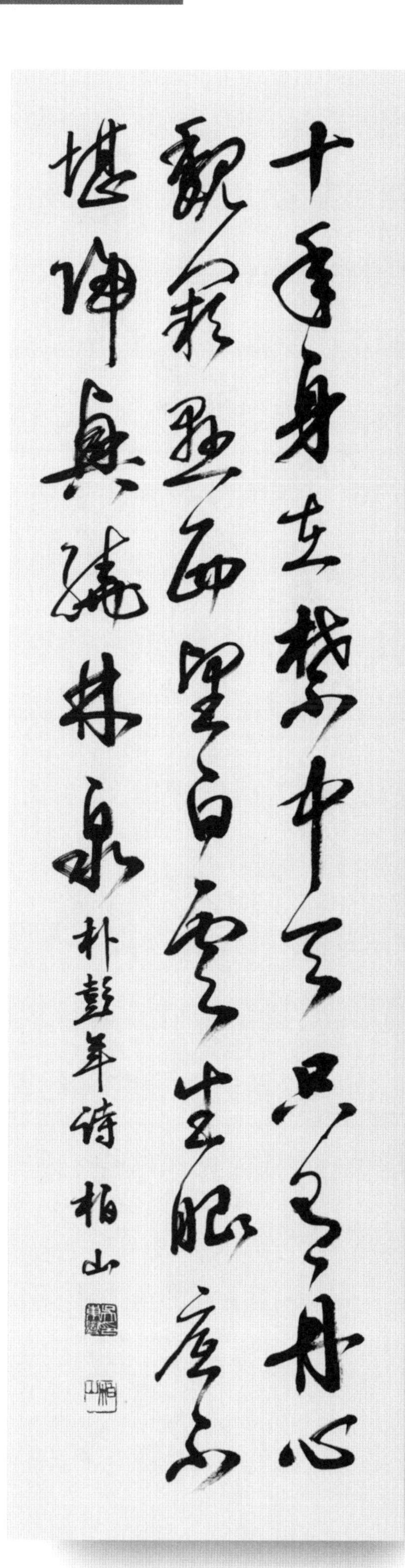

어버이 생각

思親
사 친

十年身在禁中天　십년신재금중천
只有丹心魏闕懸　지유단심위궐현
西望白雲生眼底　서망백운생안저
不堪歸興繞林泉　불감귀흥요임천

십년 동안 궁중에다 몸을 두었고
오로지 충성심을 조정에 걸었다네
서쪽 하늘 바라보면 흰 구름 눈에 들고
돌아가 은거할 생각 참을 수가 없구나

禁 금할 금. 궁중(=禁中). 丹心 진심. 충성심. 魏闕 궁중. 조정. 不堪 견딜수 없다. 참을 수 없다. 繞 얽힐 요. 두르다. 林泉 물러나 은거하는 곳.

십년간 임금을 일편단심 충성으로 받들며 관직을 지키느라 궁중에 머물다보니 하늘의 흰 구름만 보아도 고향의 산천으로 귀향하여 부모님을 효성으로 봉양하며 은거하고 싶은 생각을 참을 수가 없다.

朴彭年(1417~1456): 조선 전기 문인. 본관은 순천, 자는 仁叟, 호는 醉琴軒이며 우승지, 부제학, 형조참판 등을 지냈다. 형조참판 재임시 수양대군의 왕위계승에 반대하였다가 심한 고문을 받아 옥사하였다.

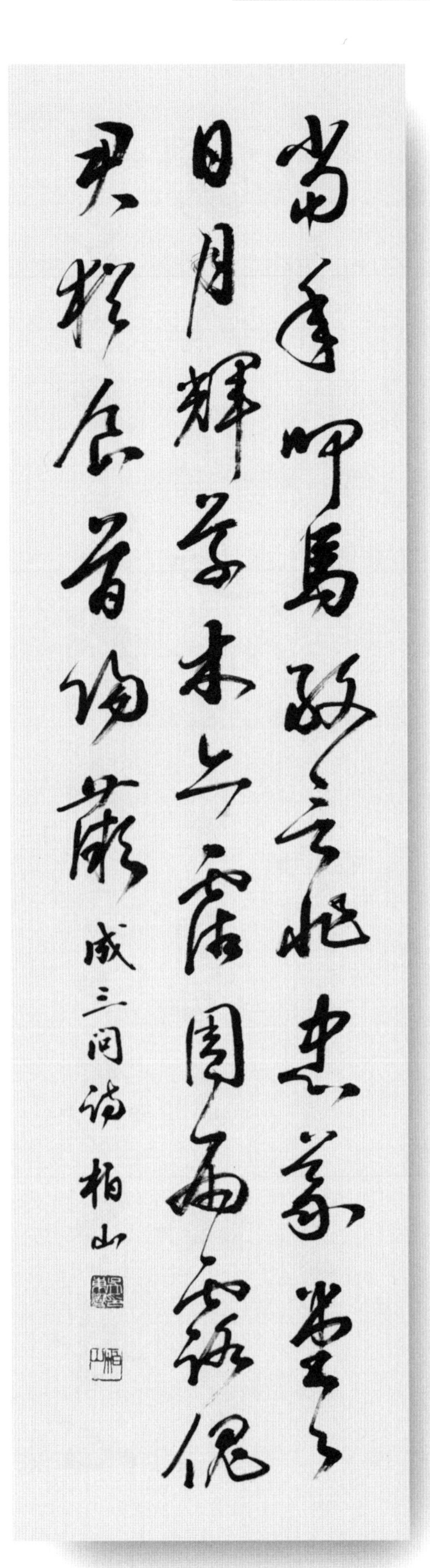

이제사당에서

夷齊廟
이 제 묘

當年叩馬敢言非　당년고마감언비
忠義堂堂日月輝　충의당당일월휘
草木亦霑周雨露　초목역점주우로
傀君猶食首陽薇　괴군유식수양미

말고삐 부여잡고 그릇됨을 아뢸 적에
당당한 그 忠義 일월처럼 빛나더니
초목 또한 주나라 雨露 먹고 자랐거늘
수양산 산채 먹고 지낸 그대가 부끄럽소

夷齊廟 伯夷와 叔齊 형제충신의 사당. (周 무왕이 殷을 치려 출정하자 신하로서 그 임금을 치는 것은 의가 아니라며 만류하였으나 듣지 않자 周의 곡식은 먹지 않겠다며 수양산에 들어가 고사리 캐 먹으며 은거하다 죽었다.) 叩 두드릴 고. 霑 젖을 점. 首陽薇 수양산 고사리. 薇 고사리 미.

고사리도 주나라 비와 이슬 먹고 자랐거늘 그걸 먹다니 부끄럽지 않은가. 나 같으면 차라리 그냥 굶어 죽었을 텐데.

成三問(1418~1456): 조선전기 문인, 사육신의 일인. 본관은 창녕, 자는 謹甫, 호는 梅竹軒이며 집현전학사 등을 지내고 훈민정음 창제에 참여, 단종복위 사건으로 陵遲處死, 1691 伸寃, 문집으로 〈梅竹軒集〉이 있다.

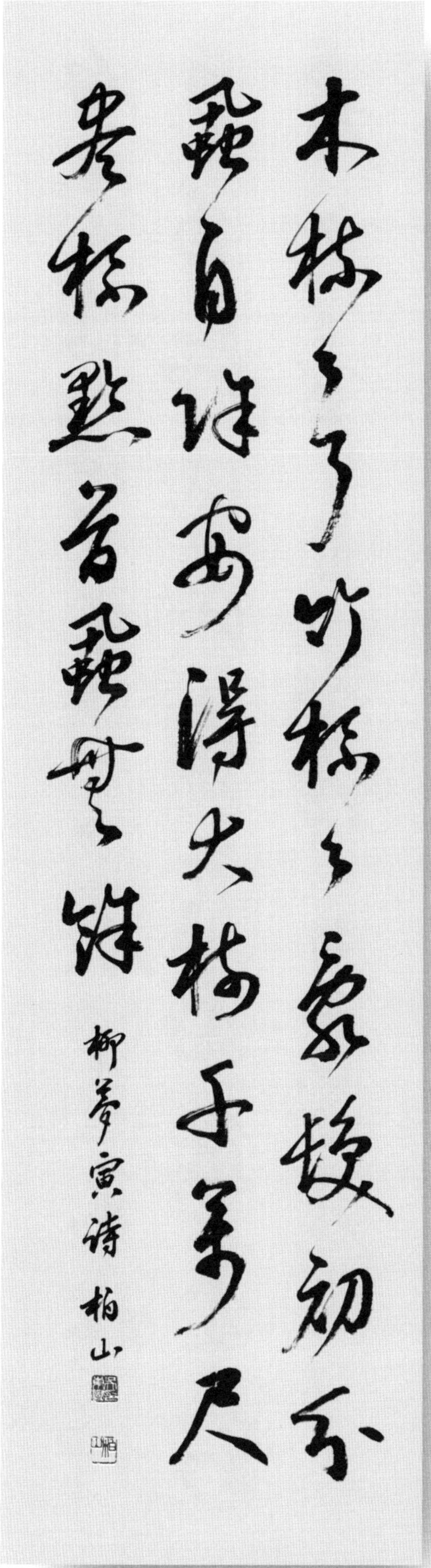

머리 빗겨

詠梳

영 소

木梳梳了竹梳梳　목소소료죽소소
亂髮初分蝨自除　난발초분슬자제
安得大梳千萬尺　안득대소천만척
盡梳黔首蝨無餘　진소검수슬무여

얼레빗 빗고 나서 참빗 빗으니
엉긴 머리 길 트이고 이 절로 없어지네
어찌하면 천만 척 큰 빗을 구하여
만백성 머리 빗겨 이 한 마리 없이 할꼬

木梳 얼레빗. 竹梳 참빗. 亂髮 뒤얽힌 머리. 蝨 이 슬. 악폐. 못된 짓. 蝨 이 슬. 악폐. 못된 짓. 黔首 백성(옛날 백성은 검은 수건으로 머리를 싸맴).

예로부터 권력에 붙어 아부하고 백성에게 군림하여 백성을 착취하는 간악한 관리를 蝨官이라 하였다. 이러한 슬관을 철저히 소탕하는 것을 빗질에 비유하여 백성의 아픔을 대변하고 위정자의 각성을 촉구한다.

柳夢寅(1559~1623): 조선중기 문신. 본관은 고흥, 자는 應文, 호는 於于堂 · 艮齋 · 默好子이며 世子侍講院文學으로 왕세자를 가르쳤다. 인조반정 때 역모로 몰려 사형되었다. 문집에 〈於于野談〉, 〈於于集〉이 있다.

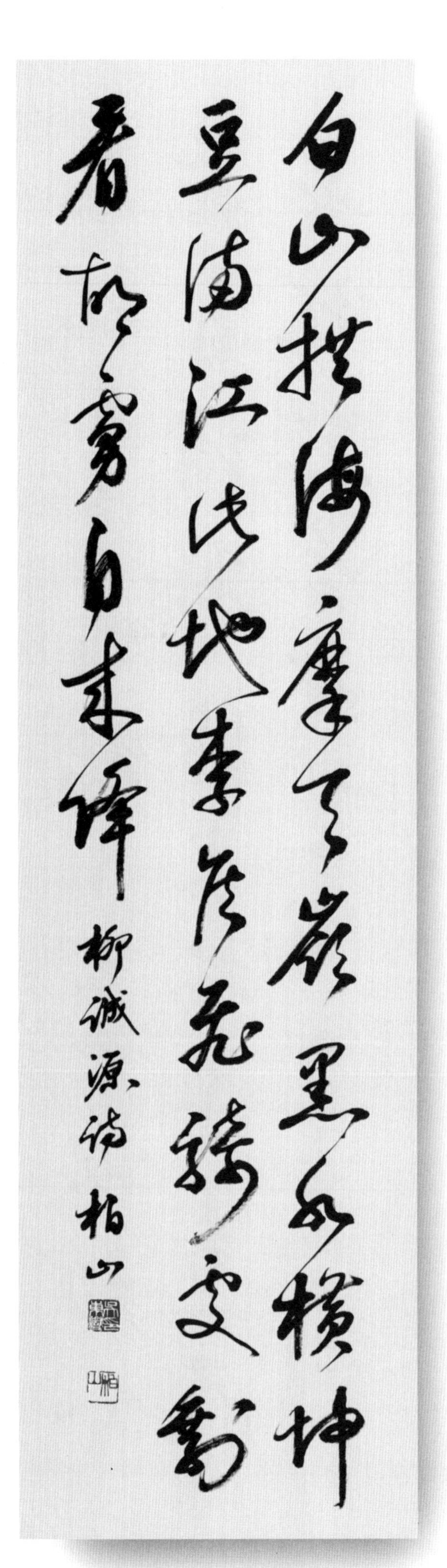

함흥에서

咸興

함 흥

白山拱海摩天嶺　백산공해마천령
黑水橫坤豆滿江　흑수횡곤두만강
此地李侯飛騎處　차지이후비기처
剩看胡虜自來降　잉간호로자래항

백두산이 바다로 뻗어내려 마천령이요
흑룡강이 대지를 가로질러 두만강이라
여기는 이 장군이 말 달리던 곳
항복하는 오랑캐들 많이도 보았겠네

白山 백두산. 拱 두 손 마주잡을 공. 솟아나다. 摩天嶺 함남 단천시에서 함북 김책시로 넘어가는 고개(709m). 黑水 흑룡강. 剩 남을 잉. 胡虜 北狄을 멸시하는 말. 오랑캐. 여진족. 李侯 이씨 지방장관(이성계). 降 항복 항. 내릴 강

함흥은 근세 조선의 발상지로서 당시 부근에는 여진족이 살았고 원나라의 세력권에 있었다. 함흥 땅 백두산과 흑룡강의 지세와 이성계 장군의 활약을 그리고 있다. 오랑캐들이 스스로 투항해 오도록 활약한 일을 찬양한다.

柳誠源(?~1456): 조선 전기 문인이며 사육신의 한 사람. 본관은 문화, 자는 태초, 호는 낭간이며 의방유취, 고려사, 세종실록 편찬에 참여하였다. 단종 복위 오의와 관련하여 성삼문 등이 고문 중이라는 말을 듣고 자결하였다.

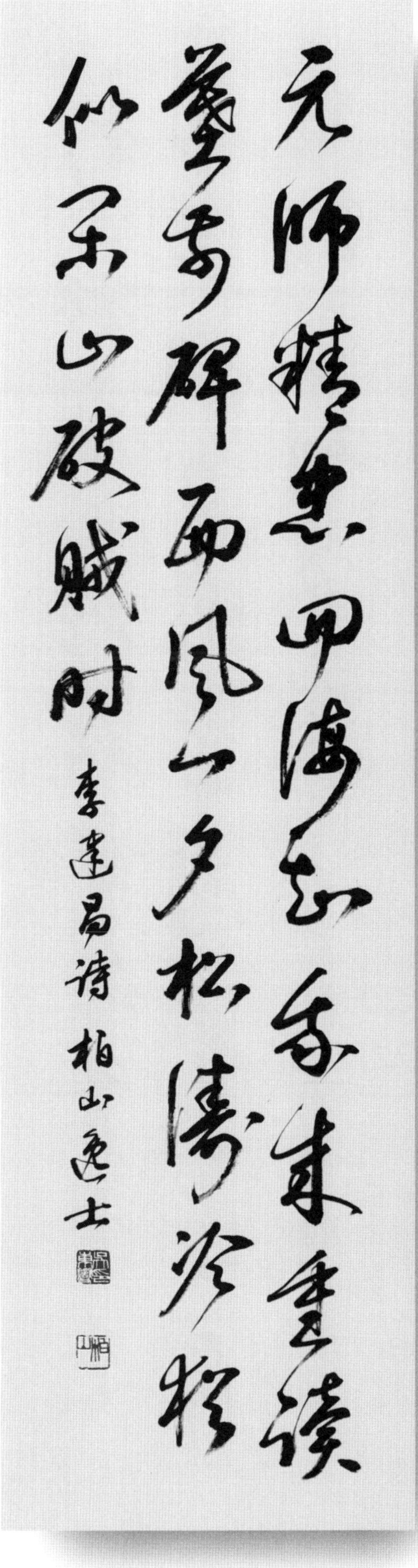

충무공 묘에 들르다

牙山過忠武公墓
아 산 과 충 무 공 묘

元帥精忠四海知　원수정충사해지
我來重讀墓前碑　아래중독묘전비
西風一夕松濤冷　서풍일석송도랭
猶似閑山破賊時　유사한산파적시

대장군의 충정은 온 세상이 다 아나니
묘소를 찾아와 비문을 읽고 또 읽는다
가을바람 부는 저녁에 솔바람 소리 차가운데
마치 한산대첩에서 왜적 쳐부수는 소리 같구나

元帥 이순신 장군. 四海 온 세상. 西風 가을바람. 松濤 소나무 바람. 猶似 마치 ~와 같다. 閑山 한산도 대첩. 破賊時 적을 격파하던 때.

개화기와 을미사변을 겪으면서 일본에 의해 망해가는 조선왕조의 국운을 근심스러워 하며 충무공 묘소를 찾는다. 망국의 시운을 만나 그 옛날 남해바다에서 왜적을 무찌른 충무공 같은 영웅이 다시 출현하기를 갈망하고 있다.

李建昌(1852~1898): 조선 말기 문신 · 학자. 본관은 전주, 자는 鳳朝, 호는 寧齋이며 한성부소윤, 승지 등을 지냈다. 김택영, 황현과 함께 조선말기 대표 문인으로 꼽히며 저서에 〈明美堂集〉, 〈黨議通略〉 등이 있다.

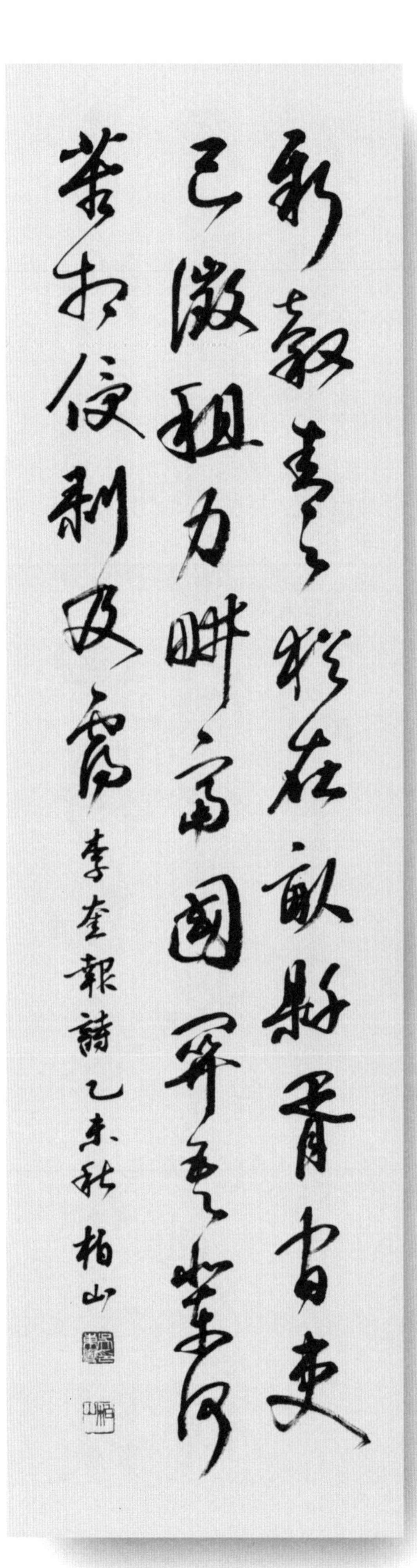

농부를 대신하여 읊다

代農夫吟

대 농 부 음

新穀靑靑猶在畝　신곡청청유재무
縣胥官吏已徵租　현서관리이징조
力耕富國關吾輩　역경부국관오배
何苦相侵剝及膚　하고상침박급부

햇곡은 아직도 논밭에서 푸른데
아전들 벌써부터 조세를 징수하네
힘써 농사지어 부국하는 우리 농부거늘
어찌하여 살 벗기듯 침탈이 극성인가

畝 이랑 무. 논밭 두렁. 縣胥 고을 아전. 胥 아전 서. 徵 부를 징. 力耕 힘써 농사 짓다. 吾輩 우리 농부들. 剝及膚 살을 벗기다.

상당히 비판적인 언사를 사용하여 부패한 관원들의 농민 수탈을 직설적으로 표현하였다. 수확도 하기 전부터 농민의 살을 벗기듯 아전들의 침탈이 극성스럽다고 그려내어 농민의 고충을 대신 말하고 있다.

李奎報(1168~1241): 고려 문인. 자 春卿, 호 白雲居士. 본관은 여주이며 門下侍郎平章事 등을 지냈다. 시, 술, 거문고를 좋아하여 三酷好라 불렀으며 저서에 〈東國李相國集〉, 〈白雲小說〉, 〈麴先生傳〉 등이 있다.

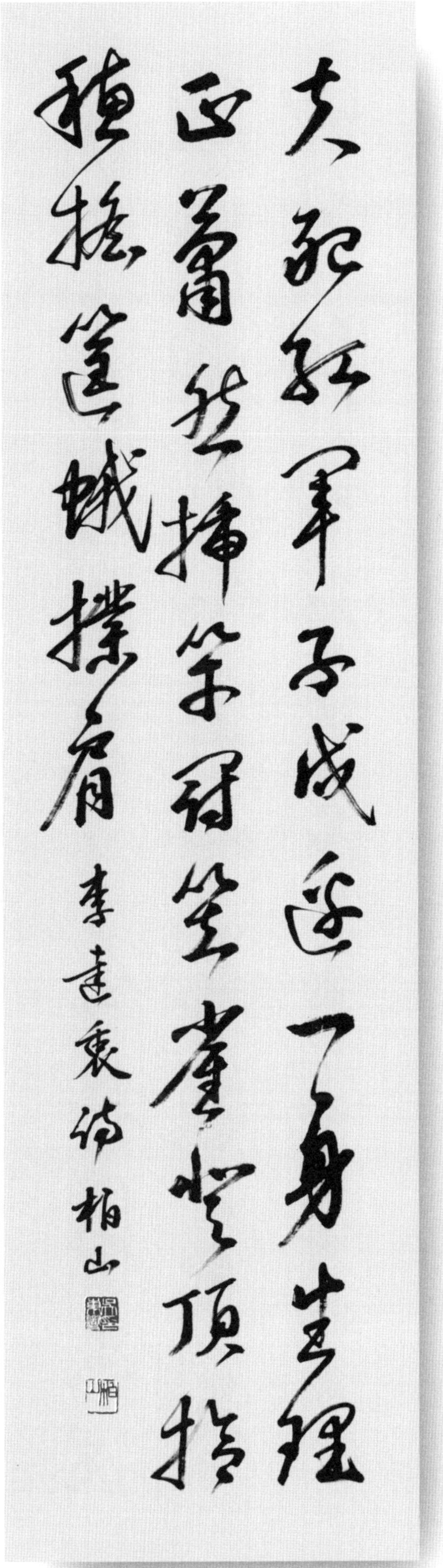

시골 아낙네의 탄식

田婦歎
전 부 탄

夫死紅軍子戍邊　부사홍군자수변
一身生理正蕭然　일신생리정소연
揷竿冠笠雀登頂　삽간관립작등정
拾穗擔筐蛾撲肩　습수담광아박견

지아비는 홍군에 죽고 아들은 변방에 가고
이 한 몸 생애가 참으로 쓸쓸하네
막대 짚고 삿갓 쓰니 머리에 참새 앉고
이삭 담는 광주리 멘 어깨에 나방이 붙는다

戍邊 변경을 지킴. 戍 지킬 수. 蕭然 쓸쓸하고 적적하다. 蕭 쓸쓸할 소. 揷 꽂을 삽. 拾穗 이삭을 줍다. 擔筐 광주리를 메다. 蛾 나방 아. 撲 칠 박.

남편은 전쟁에 나가 죽고 자식은 변방 수비병으로 가고 없어 혼자 쓸쓸하게 살아가는 아낙네의 모습이다. 삿갓 쓰고 광주리 매고 이삭 줍노라면 참새가 앉고 나방이 달라붙어 삶의 의미가 없는 허수아비처럼 보인다.

李達衷(1309~1384): 고려 후기 문인. 본관은 경주, 자는 仲權, 호는霽亭이며 감찰대부, 밀직제학 등을 지냈다. 신돈의 전횡 시기에 그를 반박하여 파면되었다가 신돈 주살 후 복위되었으며 문집에 〈霽亭集〉이 있다.

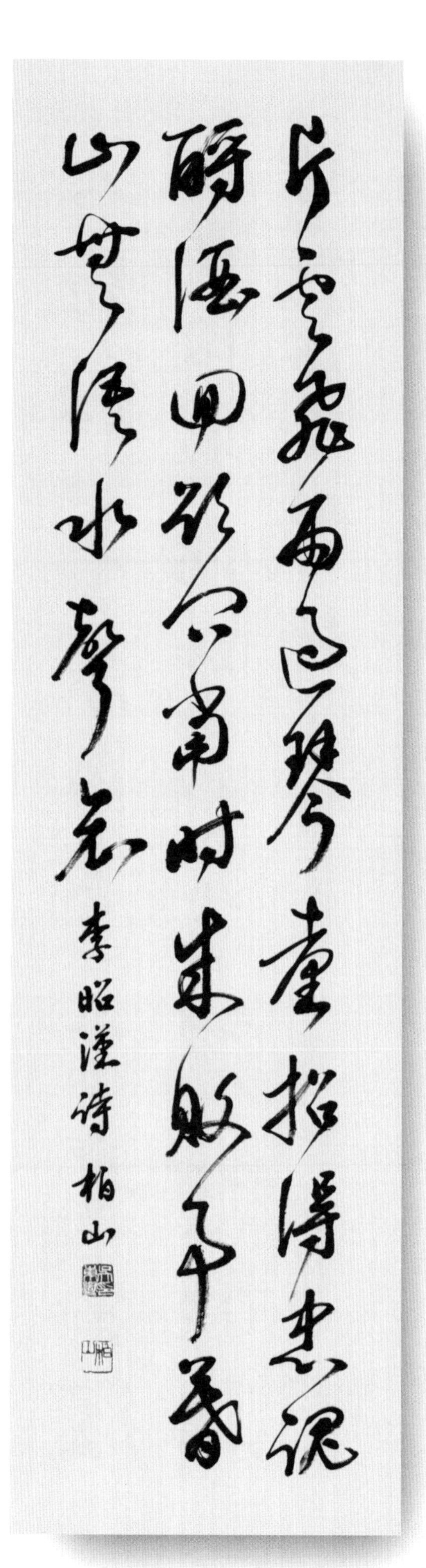

탄금대에서

彈琴臺
탄 금 대

片雲飛雨過琴臺　편운비우과금대
招得忠魂酹酒回　초득충혼뢰주회
欲問當時成敗事　욕문당시성패사
暮山無語水聲哀　모산무어수성애

구름 속 비 내리는 탄금대를 지나다가
임들의 충혼 불러 술 한 잔 치고 난 후
당시의 패한 연유 물어보고 싶지만
저무는 산 말이 없고 물소리만 흐느낀다

彈琴臺 충주의 명승지. 우륵이 가야금 타며 놀던 곳이며 임진왜란 때 장졸들이 몰사하고 신립 장군이 투신한 곳. 酹酒 술을 땅에 뿌려 제사지냄. 酹 강신할 뢰. 成敗事 전쟁에 패배한 사정.

그 날 왜군을 저지하기 위하여 탄금대에 배수진을 치고 싸우다가 신립장군과 장졸들이 몰사하였다. 비는 뿌리고 떠도는 원혼들에게 술잔 올려 위로하고 패인을 묻고 싶지만 산천은 말이 없고 허망할 뿐이다.

李昭漢(1598~1645): 조선중기 문신. 본관은 연안(황해도 연백), 자는 道章, 호는 玄洲, 아버지는 좌의정 廷龜이며 진주목사, 예조참의 등을 지냈다. 서예와 시문에 뛰어났으며 문집에 〈玄洲集〉 7권이 있다.

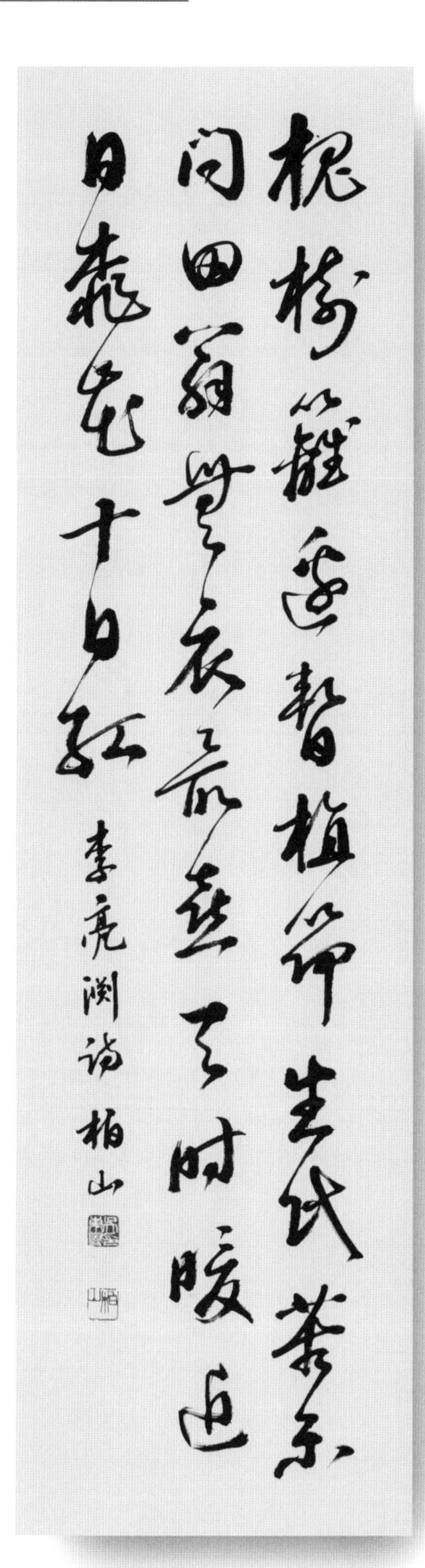

서장대에 올라

上西將臺
상 서 장 대

槐樹籬邊暫植筇　괴수리변잠식공
生民苦樂問田翁　생민고락문전옹
無衣最喜天時暖　무의최희천시난
近日桃花十日紅　근일도화십일홍

홰나무 울타리 옆에 잠시 지팡이 꽂아두고
민생들의 어려움을 늙은 농부에게 물어보았네
"헐벗은 백성이야 날씨 따스하면 제일 좋지요
요즘에는 복사꽃이 열흘이나 피어 있구만요."

西將臺 남한산성의 서쪽 장대(장수가 지휘하는 대). 槐樹 홰나무. 홰화나무. 槐 홰나무 괴. 籬邊 울타리 가. 生民 백성. 無衣 입을 옷이 없는 가난한 백성.

남한산성 서장대 길목에서 잠시 쉬다가 일하는 농부에게 요즘 살아가는 형편을 물어본다. 입을 옷이 없는 시골 농군이야 그저 춥지 않고 따뜻한 날씨만 바라는 소박한 마음뿐이다. 복사꽃이 열흘이나 가니 날씨가 참 좋았던가 보다.

李亮淵(1771~1853): 조선후기 문신. 본관은 전주, 자는 晋叔, 호는 臨淵이며 동지중추부사, 호조참판 등을 지냈다. 문장에 뛰어나고 성리학에 밝으며 〈石潭酌海〉, 〈枕頭書〉 등의 많은 저서를 남겼다.

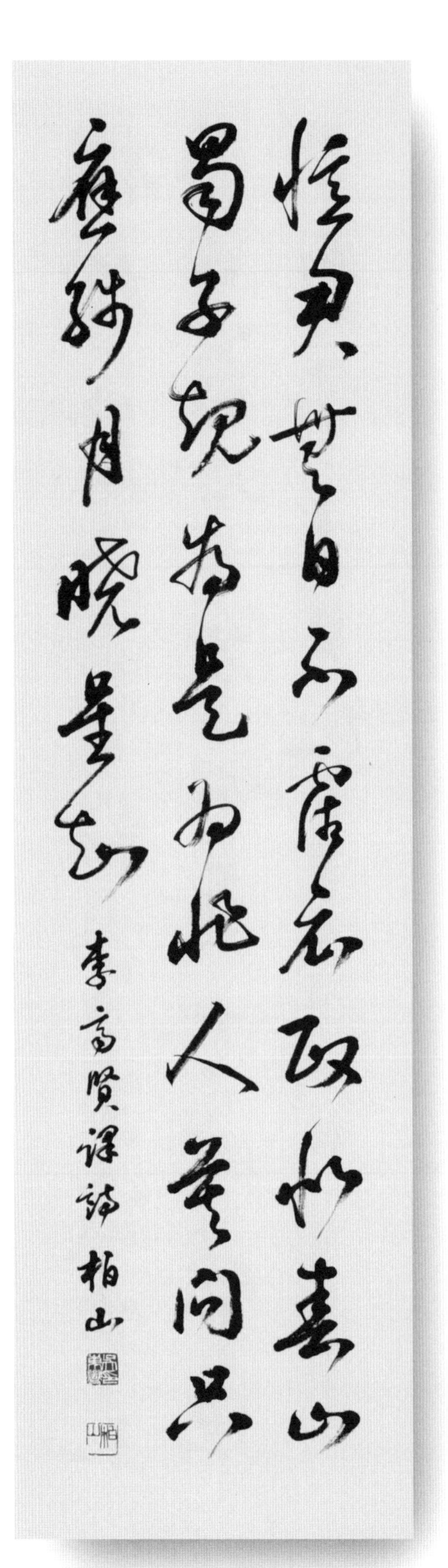

정과정

鄭瓜亭
정 과 정

憶君無日不霑衣	억군무일불점의
政似春山蜀子規	정사춘산촉자규
爲是爲非人莫問	위시위비인막문
只應殘月曉星知	지응잔월효성지

매일 님 그리워 우는 난 (내 님을 그리사와 우니다니)
봄 산의 두견새 신세로다 (산 접동새 난 이슷하요이다)
누가 옳고 그른지 묻지마라 (아니시며 거츠르신 달)
아는 이 달과 별뿐이라네 (잔월효성이 아라시리이다)

霑衣 옷을 적심. 霑 젖을 점. 蜀子規 촉의 望帝가 나라를 잃고 두견새가 되어 나라를 그리워하며 '촉국촉국'이라 운다고 한다. 曉星 샛별.

忠君戀主之詞의 전형적인 시로서 鄭敍의 고려가요를 한역한 것이다. 간신의 모함으로 귀양살이를 하게 된 자신의 처지를 子規에 비유하면서 자신의 결백은 새벽달과 별들이 알아주리라고 스스로 자위한다.

李齊賢(1287~1367): 고려말 학자 시인, 호 益齋, 본관 경주이며 문하시중을 지냈다. 忠宣王과 연경에 가서 萬卷堂을 열고 조맹부 등 원의 석학들과 교유하였다. 시문에 뛰어나며 〈益齋集〉이 있다.

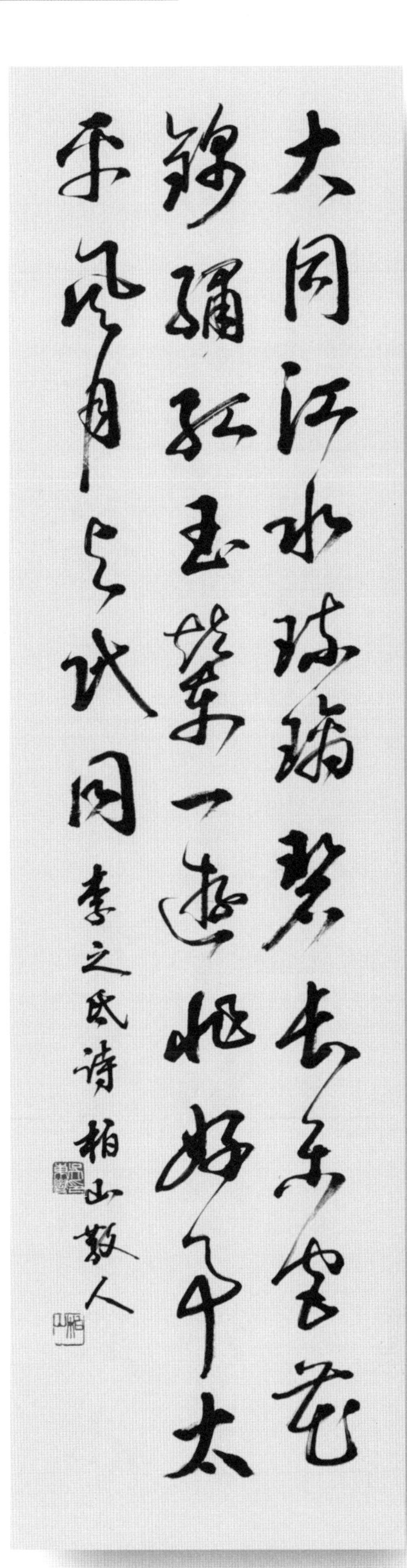

서도에서 읊다

西都口號
서 도 구 호

大同江水琉璃碧　대동강수유리벽
長樂宮花錦繡紅　장락궁화금수홍
玉輦一遊非好事　옥련일유비호사
太平風月與民同　태평풍월여민동

대동강 강물은 유리처럼 파랗고
장락궁의 꽃들은 비단 수처럼 붉구나
임금 수레 거동함은 놀기 위함이 아니라
태평 풍월을 백성과 함께 하고자 함이라

西都 고구려 수도 평양. 서경. 口號 시를 지어 쓰지 않고 입으로 읊음. 長樂宮 고려시대 평양성 안의 궁전. 玉輦 임금이 타는 가마. 輦 수레 연. 與民同 백성과 함께 즐김. 與民同樂.

대동강의 강물은 유리처럼 맑고 깨끗하며 장락궁에 피어 있는 꽃들은 비단에 수를 놓은 듯 한데 고려 임금이 서경을 거동하는 것은 평양의 승경을 즐기려는 것이 아니라 백성들과 함께 태평세월을 즐기려는 것이라고 인종 임금의 치세를 감싼다.

李之氐(1092~1145): 고려 전기 문신. 본관은 仁州, 자는 子固이며 예부상서, 참지정사, 판서경유수사 등을 지냈다. 이자겸의 전횡으로 인한 뇌물의 악폐를 금지시키려다가 평주사로 좌천되었으나 후에 起居注가 되었다.

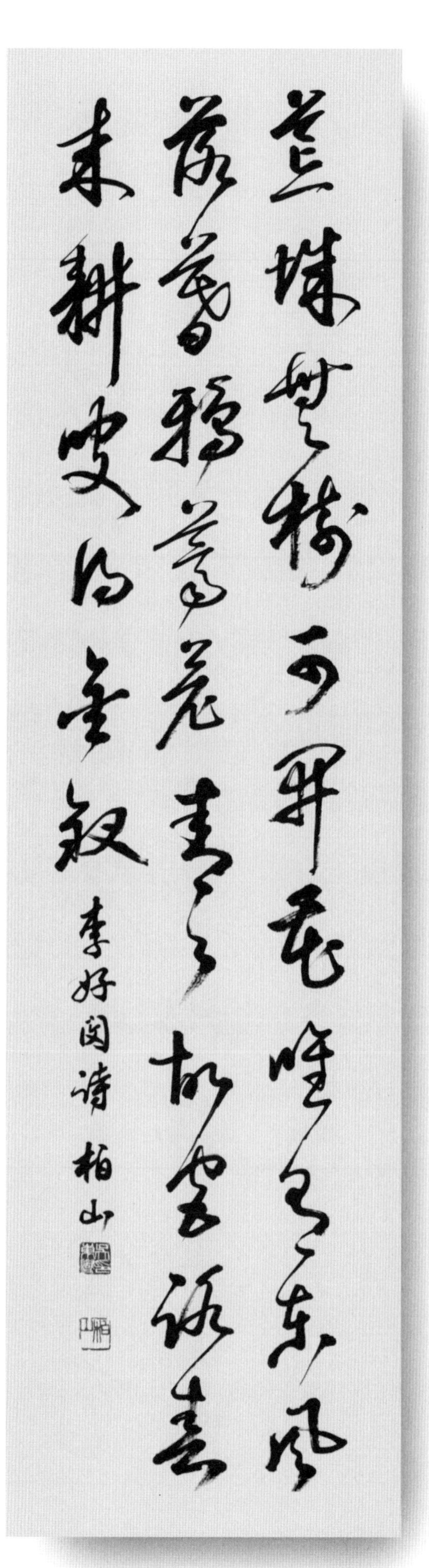

임란 후 필운대에서 봄을 바라보며

亂後弼雲春望

난 후 필 운 춘 망

荒城無樹可開花	황성무수가개화
唯有東風落暮鴉	유유동풍락모아
薺苨青青故宮路	제니청청고궁로
春來耕叟得金釵	춘래경수득금차

황량한 성에는 꽃필 나무 하나 없고
봄바람 부는 해질 녘에 까마귀만 내려앉네
고궁의 노변에는 냉이만 파릇한데
밭 갈던 늙은 농부 금비녀를 줍는다네

弼雲 이항복의 옛 집터인 필운대. 荒城 황량한 성. 樹可開花 꽃을 피울만한 나무. 東風 봄바람. 落暮鴉 석양에 갈까마귀 내려앉다. 薺苨 냉이와 도라지. 耕叟 밭가는 늙은이. 釵 비녀차.

임진왜란이 끝난 한양에도 봄이 찾아와 필운대에 올라 도성을 굽어본다. 여느 때 같으면 어디서나 꽃이 만발할 텐데 모두 다 불타고 고궁 길가에는 잡초만 돋아난다. 가끔 밭 갈다가 피난 중에 뜯기고 간 금비녀를 줍는다고 한다.

李好閔(1553~1634): 조선중기 문신. 자는 孝彦, 호는 五峰·睡窩이며 이조좌랑으로 임진왜란이 일어나자 의주에 왕을 扈從하였다. 明將 이여송 군대의 파견에 활약하였으며 말년에 詩酒로 소일하였다.

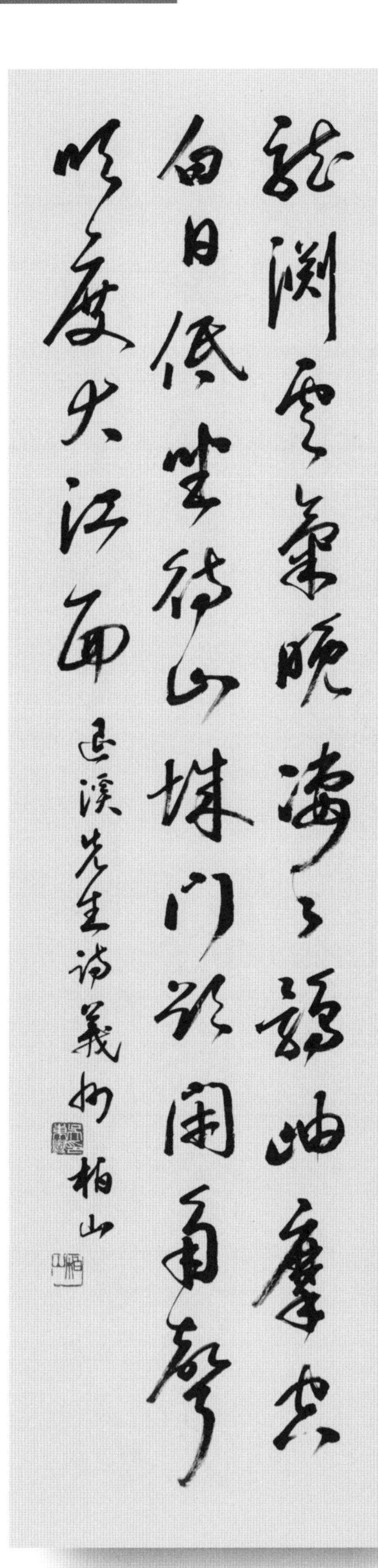

의주 관문에서

義州
의 주

龍淵雲氣晩凄凄　용연운기만처처
鶻岫摩空白日低　골수마공백일저
坐待山城門欲閉　좌대산성문욕폐
角聲吹度大江西　각성취도대강서

저녁 되니 구룡연에 안개 피어오르고
하늘 높은 송골산에 해는 져서 내려간다
산성문 닫히기를 가만히 앉아서 기다리자니
큰 강 너머 저편으로 호각소리 건너가네

龍淵 압록강 중간 발원지 구룡연. *凄凄* 쓸쓸할 처. 鶻岫 압록강 건너 의주부 관할 경계에 있는 松鶻山. 摩空 공중에 닿다. 摩 갈 마. 갈다. 닿다.

41세(1541)때 국경의 밀무역 조사차 의주에 와서 관문이 닫히기를 기다리고 있다. 해가 저무니 강물 위로 구름 피어오르고 강 건너 송골산 너머로 해가 지는데 관문의 호각소리 들리는 변방의 현장 모습이다.

李　滉(1501~1570): 문신, 학자. 본관은 眞寶, 자는 景浩, 호는 退溪이며 禮曹判書, 大提學 등을 지냈다. 시문과 글씨에 뛰어나고 성리학을 집대성한 유가의 대종으로 숭앙되며 방대한 문집 〈退溪全書〉가 있다.

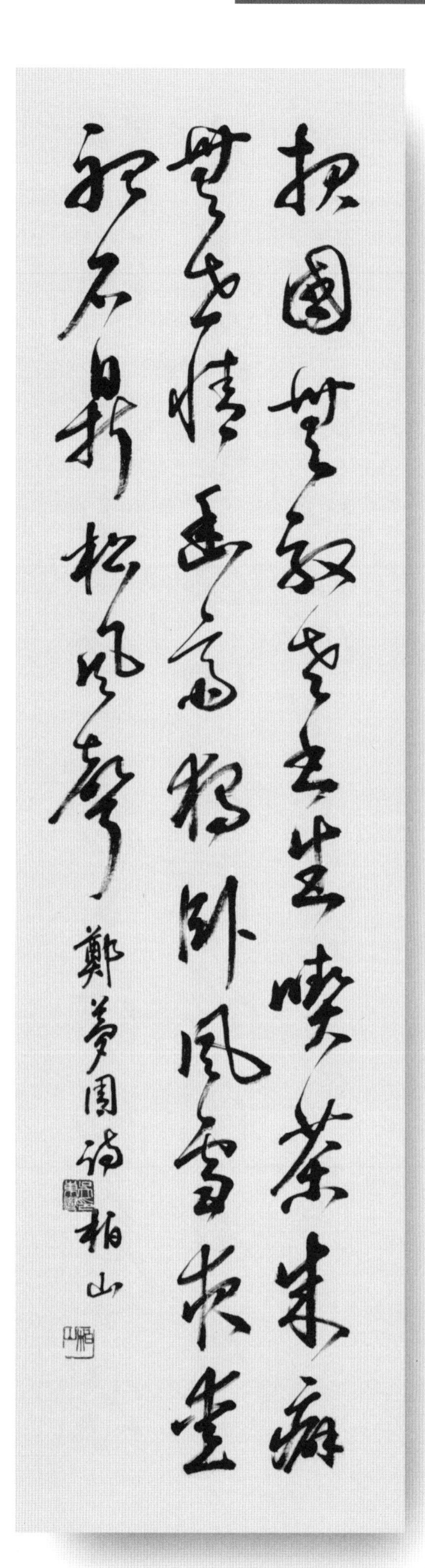

돌솥에 차 끓이며

石鼎煎茶

석 정 전 다

報國無效老書生	보국무효노서생
喫茶成癖無世情	끽다성벽무세정
幽齋獨臥風雪夜	유재독와풍설야
愛聽石鼎松風聲	애청석정송풍성

나라 은혜 보답 못한 늙은 서생
차 마시는 버릇 생겨 세상 일 정이 없네
눈보라치는 밤 서재에 홀로 누워
차 끓는 소리 솔바람 소리 즐기어 듣누나

報國 나라에 보답하다. 效 효과. 성과. 喫茶 차를 마시다. 成癖 습관이 형성되다. 石鼎松風聲 돌솥에 차 끓는 소리, 솔바람 소리.

나랏일을 많이 했지만 뜻대로 되지 않아 나라에 아무 보답도 하지 못했다는 생각이 든다. 산림에 한거하며 세상 일 잊어버리고 독서하며 서재에 누워 있으니 차 끓는 소리, 솔바람 소리가 들려온다.

鄭夢周(1337~1392): 고려 후기 문인. 본관 영일, 호는 圃隱이다. 정당문학, 예문관대제학, 성균관대사성을 역임하고 중국, 일본에 사신으로 가서 공을 세웠다. 성리학에 조예가 깊고 문집에 〈圃隱集〉이 있다.

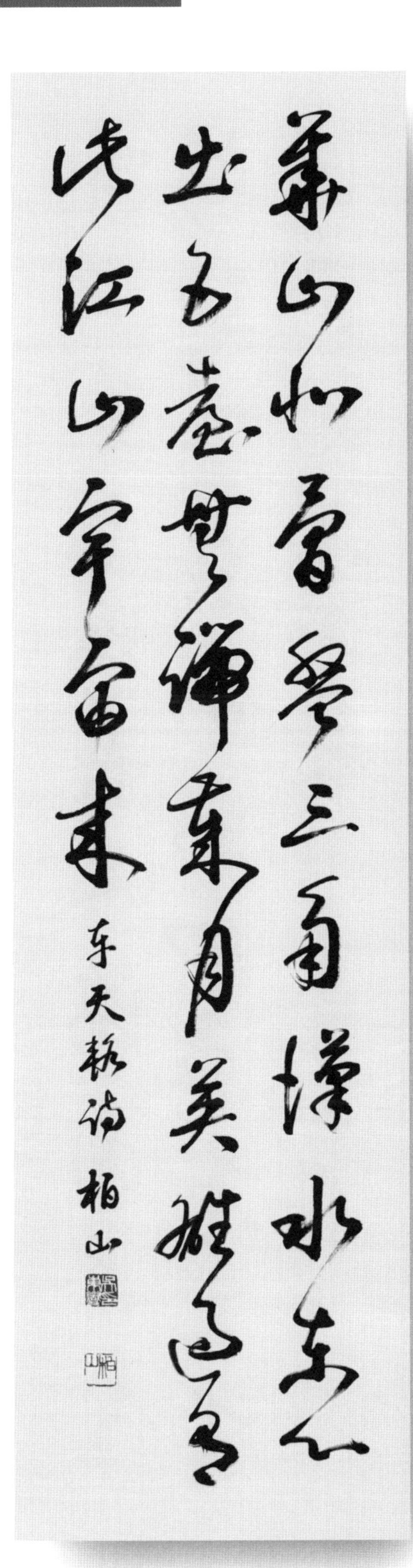

이 강산 여기

矢題

시 제

華山北骨盤三角　화산북골반삼각
漢水東心出五臺　한수동심출오대
無端歲月英雄過　무단세월영웅과
有此江山宇宙來　유차강산우주래

백두대간 정기 뻗어 삼각산에 서려있고
한강수 푸른 마음은 오대산에서 발원하네
끝없는 세월 타고 지나가던 영웅이
이 강산 예 있다기에 우주에서 내 왔노라

華山 서울 삼각산의 다른 이름. 백운봉, 국망봉, 인수봉의 세 봉우리. 北骨 백두대간을 말함. 東心 =靑心 푸른 마음. 無端 끝이 없음. 過 지나쳐 감. 들름.

유구한 세월의 흐름을 타고 우주를 자나가던 한 영웅인 내가 아름다운 삼천리강산이 여기 있다기에 잠시 들렀지만 태평성세라 영웅의 솜씨가 소용이 없구나. 이 호탕한 기백과 기상을 정두언, 김상헌, 이율곡이 격찬했다는 詩이다.

車天輅(1556~1615): 선조 때의 문신 · 문인. 본관은 연안, 자는 復元, 호는 五山이며 서경덕의 문인으로 한시와 가사에 조예가 깊다. 저서에 〈五山集〉, 〈五山說林〉, 가사에 〈江村別曲〉이 있다.

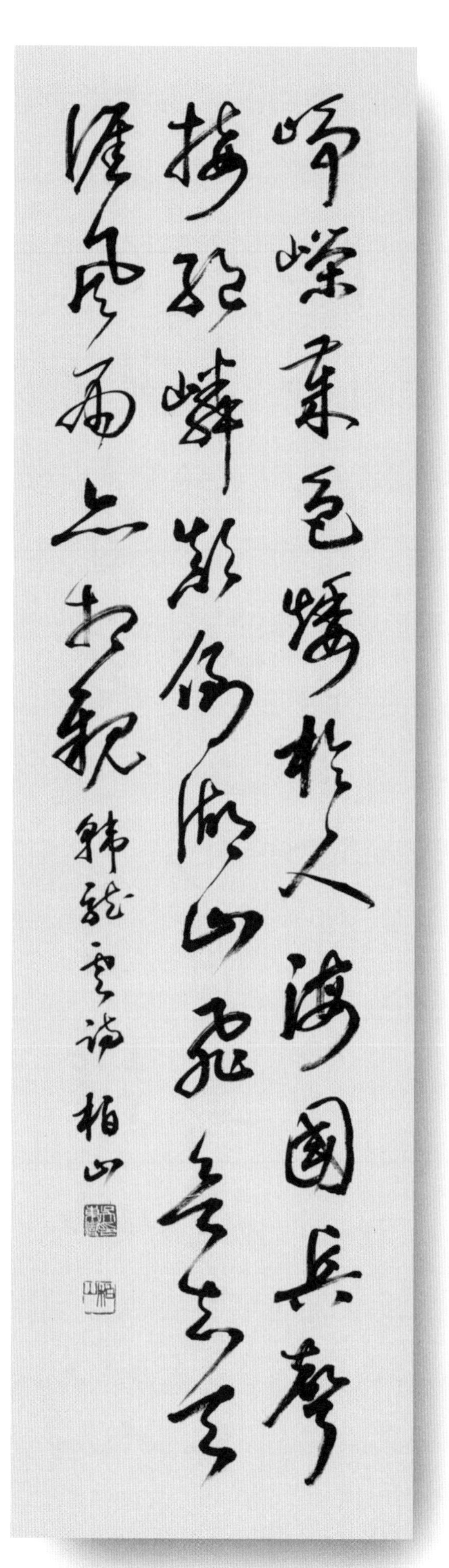

피난도중 비 맞으며

避難途中滯雨有感

피 난 도 중 체 우 유 감

崢嶸歲色矮於人 쟁영세색왜어인
海國兵聲接絕嶙 해국병성접절린
顚倒湖山飛欲去 전도호산비욕거
天涯風雨亦相親 천애풍우역상친

산속의 한 해도 얼마 남지 않았는데
왜놈의 군화 소리 산골에도 울려오네
이 나라를 뒤집어서 빨리 훔쳐가려하니
하늘가 비바람도 정이 가누나

崢 가파를 쟁. 嶸 가파를 영. 崢嶸 산세가 높고 험준함. 海國 일본. 嶙 가파를 린. 顚倒湖山 강산을 뒤집어 둘둘말아. 飛欲去 빨리 가져가려 함. 飛 빨리. 신속히.

설악산 오세암에 은거하며 세모를 맞았다. 이 나라를 점령한 왜놈들의 군대소리가 온 천지를 진동하여 험준한 설악산에도 울려온다. 이 나라를 둘둘 말아서 훔쳐가려 하니 하늘에 부는 비바람조차도 왜 이리 정이 가는가.

韓龍雲(1879~1944): 독립운동가 · 승려 · 시인. 본관은 청주, 본명은 韓奉玩, 자는 貞玉, 법명은 龍雲, 호는 萬海 · 卍海이며 불교개혁을 주장하고 민족대표 33인의 한 사람이다. 저서에 시집 〈님의 침묵〉, 〈조선불교유신론〉 등이 있다.

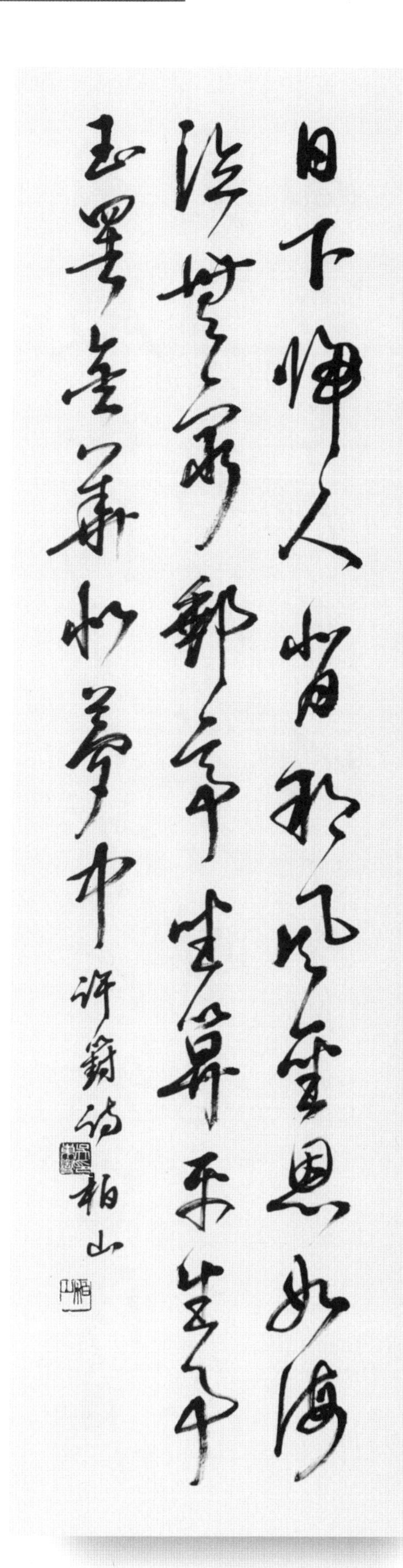

사면 후 함원역에서

赦後到咸原驛
사 후 도 함 원 역

日下歸人背朔風 일하귀인배삭풍
聖恩如海泣無窮 성은여해읍무궁
郵亭坐算平生事 우정좌산평생사
玉署金華似夢中 옥서금화사몽중

북풍 등지고 햇볕 받으며 서울로 돌아오는 길
바다 같은 임금 은혜 끝없이 눈물나네
역에 앉아 지난 일을 헤아려 보니
화려했던 벼슬길 꿈 속 같구나

咸原驛 함경도의 도로망 거산도의 역. 日下 수도(京師)의 다른 말. 요즈음. 郵亭 역 정자. 郵 역말 우. 坐算 앉아서 헤아리다. 玉署 귀중한 관직. 署 임명할 서. 맡을 서. 金華 화려함.

선조에게 받은 함경도 유배에서 풀려 서울로 오는 길에 함원역에 앉아서 지난날을 회고한다. 고생스런 유배생활을 끝내고 사나운 북풍을 등지고 따스한 남쪽을 향하게 되니 임금님 은혜에 감격하여 눈물을 흘린다.

許 篈(1551~1588): 조선 중기 문인. 자는 美叔, 호는 荷谷, 허난설헌의 오빠이며 허균의 형이다. 이조좌랑, 창원부사 등을 지내고 이이를 탄핵하였다가 유배를 당했다. 명나라 기행문 〈荷谷朝天記〉와 문집 〈荷谷集〉이 전한다.

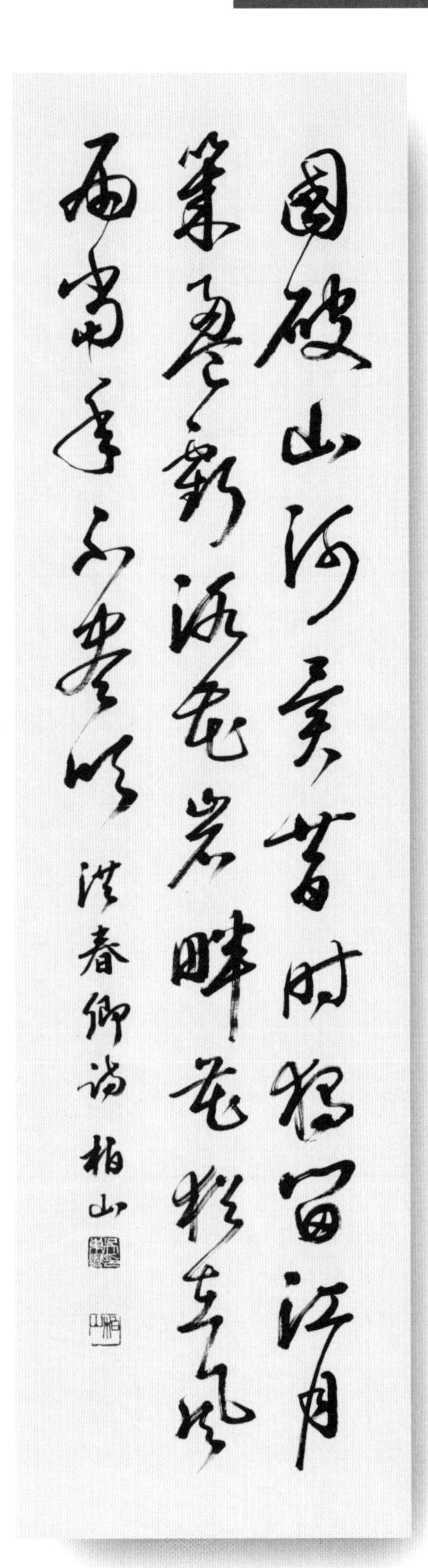

낙화암에서

落花岩
낙화암

國破山河異昔時　국파산하이석시
獨留江月幾盈虧　독류강월기영휴
洛花岩畔花猶在　낙화암반화유재
風雨當年不盡吹　풍우당년불진취

나라가 망하니 산하도 예 같지 않고
강달만 홀로 남아 차고 기울기 몇 번인가
낙화암 바위 위엔 아직도 남은 꽃 있어
비바람 불던 그 때 다 날아가진 않았구나

國破 나라가 망하다. 異昔時 옛날과 다르다. 盈 찰 영. 虧 이지러질 휴. 不盡吹 모두 날아가지 않다.

낙화암에 올라 백마강을 굽어보며 세월의 무상함을 느낀다. 한 왕조가 멸망하고 삼천 궁녀가 낙화가 되어 떠내려가고 없다. 차고 이지러지기를 거듭하는 강달만이 옛날과 다름없고 바위 사이의 한 떨기 꽃은 그 때 살아남은 꽃인양 외롭게 피어있다.

洪春卿(1497~1548): 조선 중기 문신. 본관은 남양, 자는 明仲, 호는 石壁이며 예조참의 등을 지냈다. 1541년 성절사로 명나라에 다녀왔으며 성품이 강직하고 권세에 굽히지 않았으며 金生體 글씨에 능하였다.

목숨을 끊으며

絕命詩

절 명 시

鳥獸哀鳴海嶽嚬 조수애명해악빈
槿花世界已沈淪 근화세계이침륜
秋燈掩卷懷千古 추등엄권회천고
難作人間識字人 난작인간식자인

새 짐승 슬피 울고 강산도 시름에 젖어
무궁화 이 나라는 망하고 말았네
가을 등 아래 책 덮고 千古를 헤아려 보니
인간 세상에 識者 구실하기 어렵군 그려

海嶽 강산. 嚬 찡그릴 빈. 槿花世界 무궁화 우리나라. 沈淪 영락하다. 몰락하다. 沈 가라앉을 침. 淪 빠질 륜. 침몰. 몰락. 掩卷 책을 덮다.

융희 4년(1910) 음력 8월 3일, 한일합방조약으로 합방령이 郡衙에서 민간에게 반포되자 바로 그 날 밤 절명시를 남기고 더덕술에 아편을 타서 마시고 이튿날 숨을 거두었다. 목숨으로 망하는 나라를 걱정한다.

黃 玹(1855~1910): 조선후기 학자, 우국지사. 본관은 장수, 자는 雲卿, 호는 梅泉이며 시국을 개탄하여 벼슬을 포기하고 구례 苟安堂에 은거하다가 한일합방이 선포되던 날 자결하였다. 저서에 〈梅泉野錄〉, 〈東匪紀略〉이 있다.

용평 버치힐(백산 오동섭)

修身 學問 수신 학문

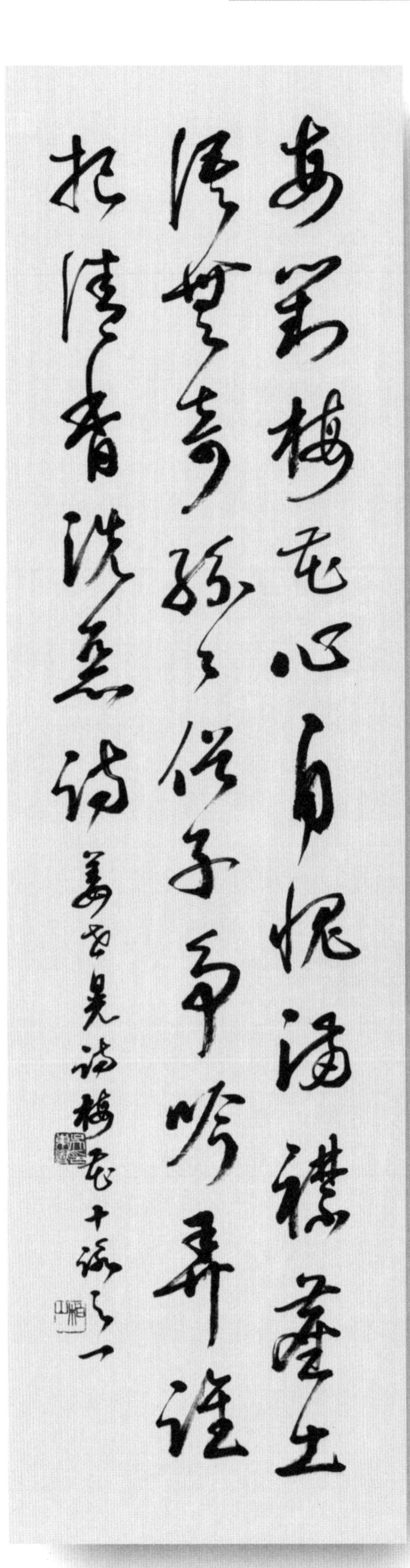

매화

梅花十詠
매 화 십 영

每對梅花心自愧 매대매화심자괴
滿襟塵土語無奇 만금진토어무기
紛紛俗子爭吟弄 분분속자쟁음롱
誰把淸香洗惡詩 수파청향세악시

매화 마주할 때 마다 마음 절로 부끄럽고
가슴에는 때가 가득 말에는 청신함 없네
분분한 속인들 마구 읊어 조롱하거니
뉘라서 맑은 저 향기로 내 추한 詩를 씻어줄까

自愧 스스로 부끄럽다. 襟 옷깃 금. 흉금. 마음. 紛紛 잇달아. 계속하여. 吟弄 함부로 읊어 농락하다. 把 ~를 가지고. 洗惡詩 추한 시를 씻다.

매화처럼 순수한 마음으로 매화를 대하며 매화시를 지어야 하는데 그렇지 못하니 부끄러움을 금할 수 없다. 많은 사람들이 남용한 시어로 지은 나의 惡詩를 누가 저 맑은 향기로 말끔히 씻어주었으면 좋으련만.

姜世晃(1713~1791): 조선후기 문신. 화가. 본관은 진주, 자는 光之, 호는 豹庵이며 호조, 병조참판을 지냈다. 글씨는 황희지, 미불의 서체를 본받고 전,예서와 산수화 사군자에 신묘하였으며 시는 육유의 시풍을 본받았다.

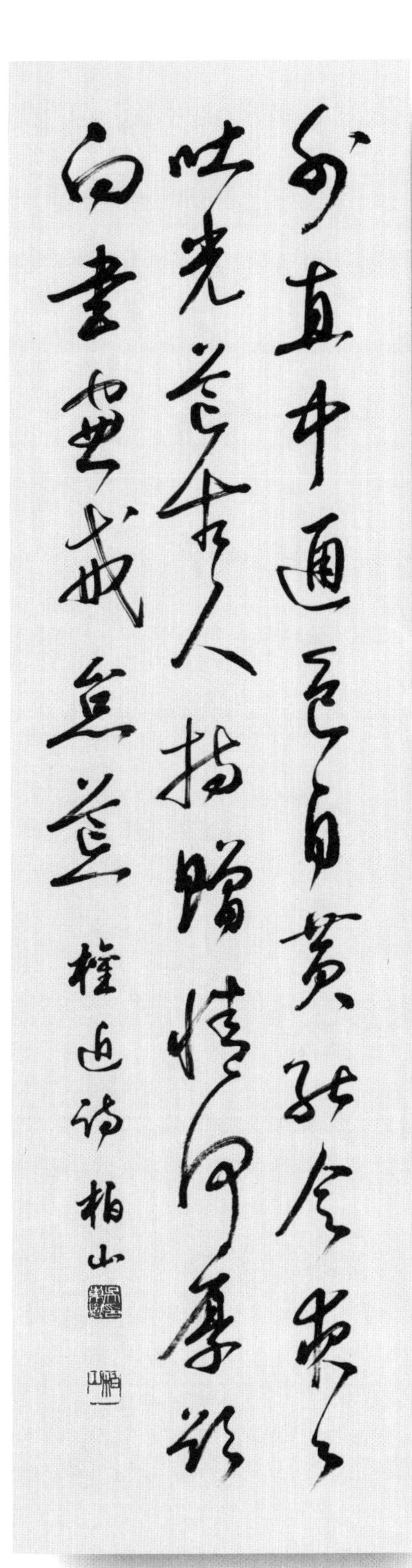

三峯이 보낸 황초에 사례하며

謝三峯惠蠟燭

사 삼 봉 혜 납 촉

外直中通色自黃 외직중통색자황
能令夜夜吐光芒 능령야야토광망
故人持贈情何厚 고인지증정하후
欲向書窓戒怠荒 욕향서창계태황

밖은 곧고 속은 비었는데 빛깔은 누런 색
능히 밤마다 불꽃을 토하는구나
오랜 벗이 보냈으니 얼마나 情이 두터운가
書窓에서 나태함을 경계하고자 함이겠지

蠟 밀랍 랍. 양초. 蠟燭 양초. 燭 초 촉. 夜夜 밤마다. 매일 밤. 持贈 몸소 가지고가서 증정하다. 怠荒 게으름을 피우며 일을 하지 않음.

남도 유배시절 三峯이 보낸 황초를 받고 쓴 이 答詩에 그들의 우정이 드러난다. 그저 생활에 쓰라고 보냈지만 권근은 게으르지 말고 書窓을 밝혀서 자신을 경계하라는 뜻으로 받아드리니 황초가 더욱 값진 선물이 되었다.

權 近(1352 공민왕 1~1409 태종 9): 본관은 안동, 자는 可遠 · 思叔, 호는 陽村이며 이색, 정몽주의 문인이다. 조선 개국 후 사병폐지를 주장하여 왕권확립에 공을 세웠으며 대사성 등을 지냈다. 시문집으로 〈양촌집〉 40권이 있다.

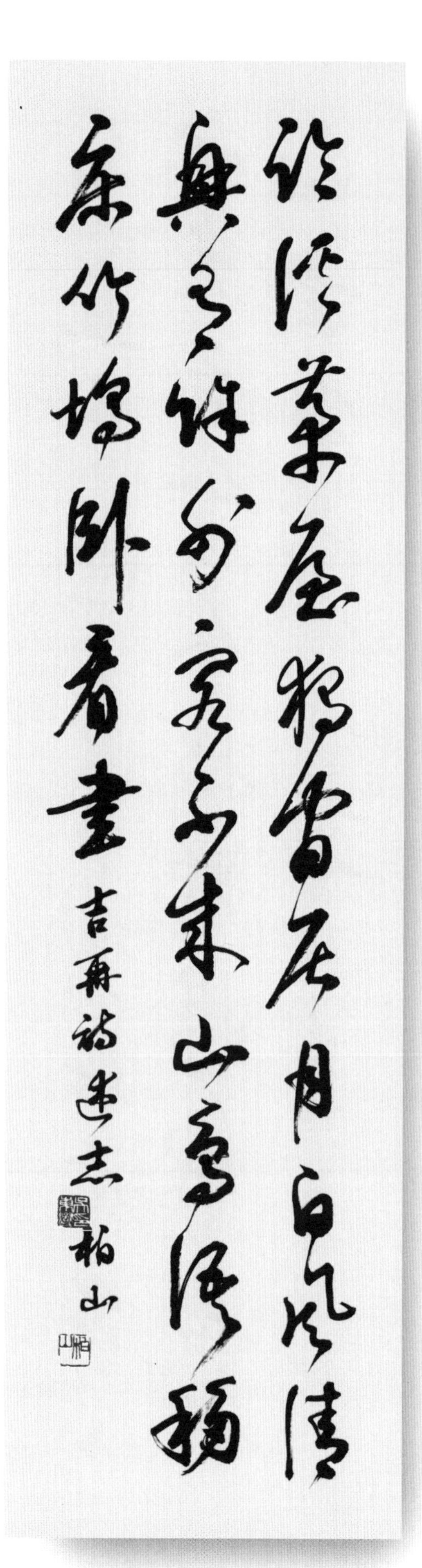

뜻을 좇아서

述志
술 지

臨溪茅屋獨閒居 임계모옥독한거
月白風淸興有餘 월백풍청흥유여
外客不來山鳥語 외객불래산조어
移床竹塢臥看書 이상죽오와간서

시냇가 초가집에 한가롭게 홀로 사니
달 밝고 바람 맑아 흥취가 넉넉하네
낯선 사람 오지 않아 산새들 지저귀고
대숲에 평상 옮겨 누워서 책 읽네

茅屋 띠집. 초가집. 移床 평상을 옮김. 竹塢 대숲이 우거진 언덕.

고려가 망하자 벼슬을 거절하고 시냇가 초가집에서 번잡한 세상을 등진 채 한가로이 지내고 있다. 달 밝고 바람 맑고 산새들 지저귀는 대숲에서 평상에 누워 책을 뒤적이는 이 흥취면 족하지 아니한가.

吉 再(1353~1419): 고려 말 학자, 본관은 海平, 자는 再父 호는 冶隱, 고려 三隱의 한 사람이며 成均館博士, 門下注書 등을 지내고 구미 금오산에 은거하였다. 문집에 〈冶隱集〉, 〈冶隱續集〉, 〈冶隱言行拾遺〉 등이 있다.

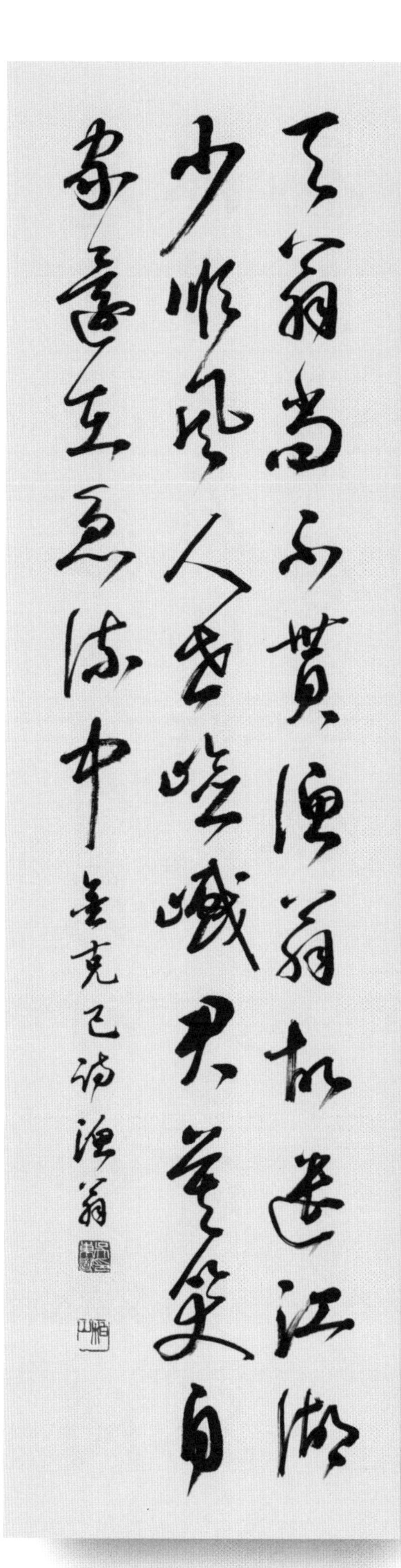

늙은 어부

漁翁
어 옹

天翁尚不貰漁翁 천옹상불세어옹
故遣江湖少順風 고견강호소순풍
人世嶮巇君莫笑 인세험희군막소
自家還在急流中 자가환재급류중

하늘은 아직도 어옹을 용서치 않아
일부러 강호에 순풍을 보내지 않네
인간 세상 험하다고 그대여 웃지 마오
그대 자신도 도리어 급류 속에 있는 것을

天翁 하느님. 조물주. 尙 숭상할 상. 아직. 貰 외상 세. 세주다. 용서하다. (술)사다. 故 일부러. 고의로. 嶮巇 험하고 가파름. 巇 가파를 희.

어지러운 세상 피하여 혼자 한가로이 고기나 잡으며 세상을 비웃지만 강호의 생활도 그리 편한 것은 아니다. 바람이 없어 배 젓기 힘들고 급류가 있어 위험하니 여전히 힘든 세상이라는 것을 깨우쳐 준다.

金克己(생몰 미산): 고려 명종조 시인. 본관은 경주, 호는 老峯이며 어려서 부터 문장에 뛰어났다. 진사에 올랐지만 은거하며 시작에 몰두하였다. 〈東國輿地勝覽〉에 그의 작품 다수가 실려 있다.

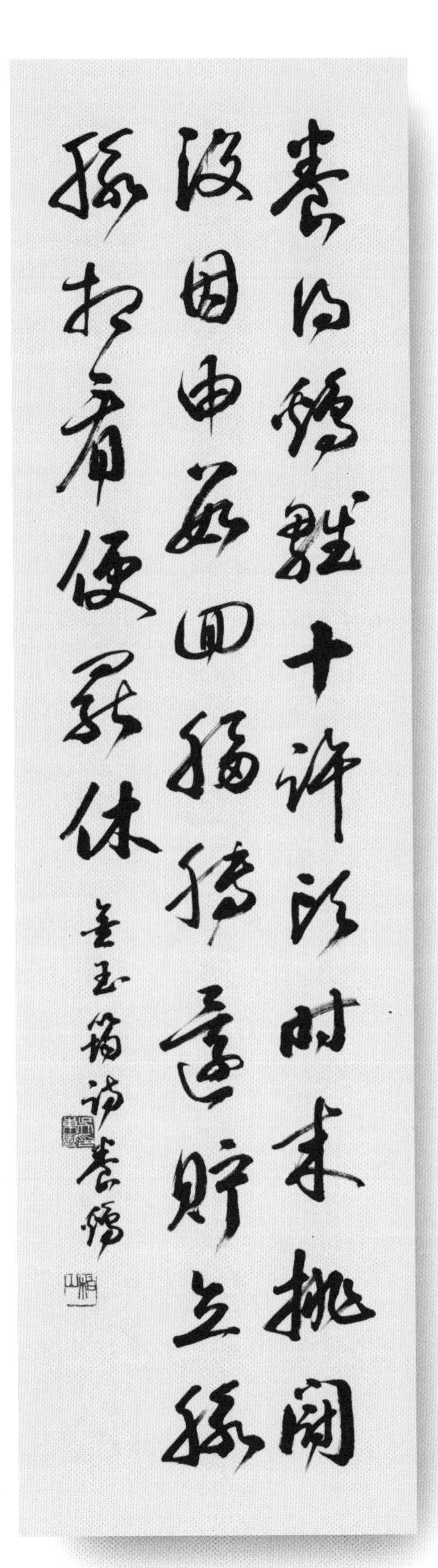

닭을 기르며

養鷄
양 계

養得鷄雛十許頭　양득계추십허두
時來挑鬪沒因由　시래도투몰인유
數回皛膊還貯立　수회픽박환저립
脉脉相看便罷休　맥맥상간편파휴

십여 마리 병아리를 얻어서 기르는데
때때로 아무런 까닭 없이 서로 다투네
수차례 홰치다가 다시 멈춰 싸울 태세
계속해서 노려보다가 잠시 후에 그만두네

皛膊 닭이 홰치며 푸득거림. 皛 답답할 픽. 홰치는 소리. 膊 팔뚝 박. 닭 홰치는 소리. 貯立 싸울 태세로 서 있음. 貯 쌓을 저. 모아두다. 脉脉 (눈길 행동)말없이 은근히 나타내는 모양. 脉 맥박 맥. 연달을 맥.

일본 망명지에서 병아리를 키웠다. 마당의 병아리들이 잘 놀다가도 까닭 없이 쪼아대며 싸우다가 잠시 멈춰서 서로 노려보다가 언제 싸웠냐는 듯이 다시 사이좋게 논다. 서로 끝장을 내고 원수가 되는 인간들의 싸움이 부끄럽다.

金玉筠(1851~1894): 조선후기 정치가. 본관은 안동, 자는 伯溫, 호는 古筠·古愚이며 갑신정변 실패 후 일본으로 망명하여 10년간 방랑하다 상해에서 자객에게 살해되었다. 저서에 〈箕和近事〉, 〈甲申日錄〉 등이 있다.

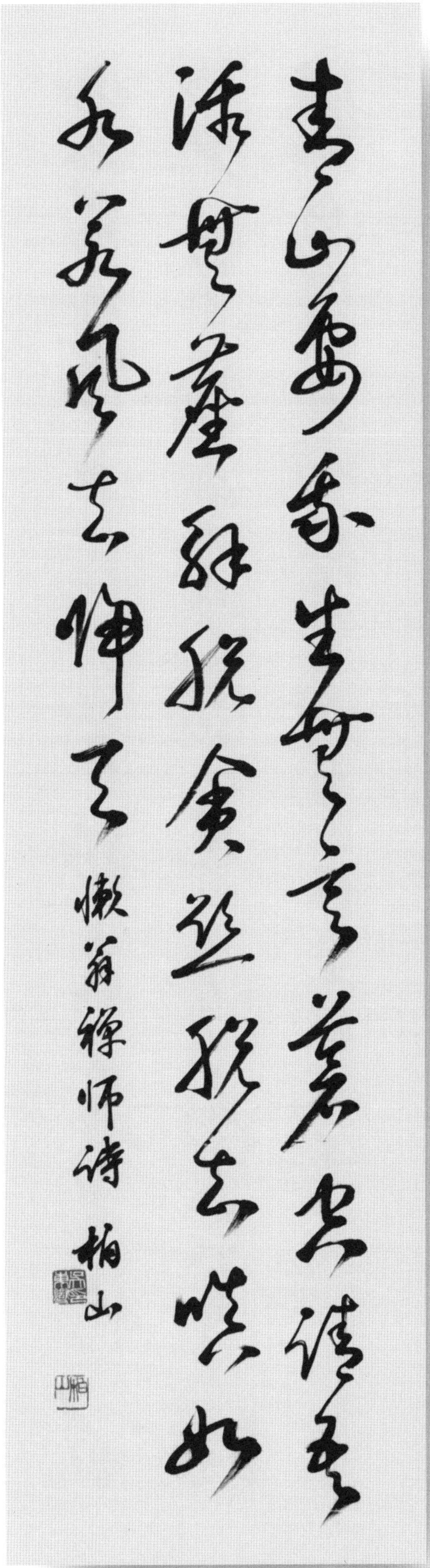

청산은 나를 보고

靑山兮要我
청 산 혜 요 아

靑山要我生無言	청산요아생무언
蒼空請吾活無塵	창공청오활무진
解脫貪慾脫去嗔	해탈탐욕탈거진
如水若風去歸天	여수약풍거귀천

청산은 나를 보고 말없이 살라하고
창공은 나를 보고 티 없이 살라하네
사랑도 벗어놓고 미움도 벗어놓고
물같이 바람같이 살다가 가라하네

塵 티끌 진. 解脫 벗어나다. 해탈하다. 貪慾 탐욕. 물욕. 嗔 성낼 진.

나옹선사가 읊은 선어를 한시의 형식으로 후인들이 옮겨 놓았다. 선사는 출가 이후 우주의 모든 삼라만상이 부처님과 같음을 깨우치고 자연에 순응하며 작은 소유, 작은 성취에 만족하고 "물같이 바람같이 살다가라"고 타이른다.

懶翁禪師(1320~1375): 고려 말기 고승. 영해 출신, 성은 牙씨, 속명은 元惠, 법명은 慧勤, 법호는 懶翁 · 江月軒이며 공민왕의 왕사를 지냈다. 20세에 출가하여 24세 양주 천보산 화암사에서 수도, 주지가 되었으며(1371) 선사의 법맥은 무학대사가 이었다.

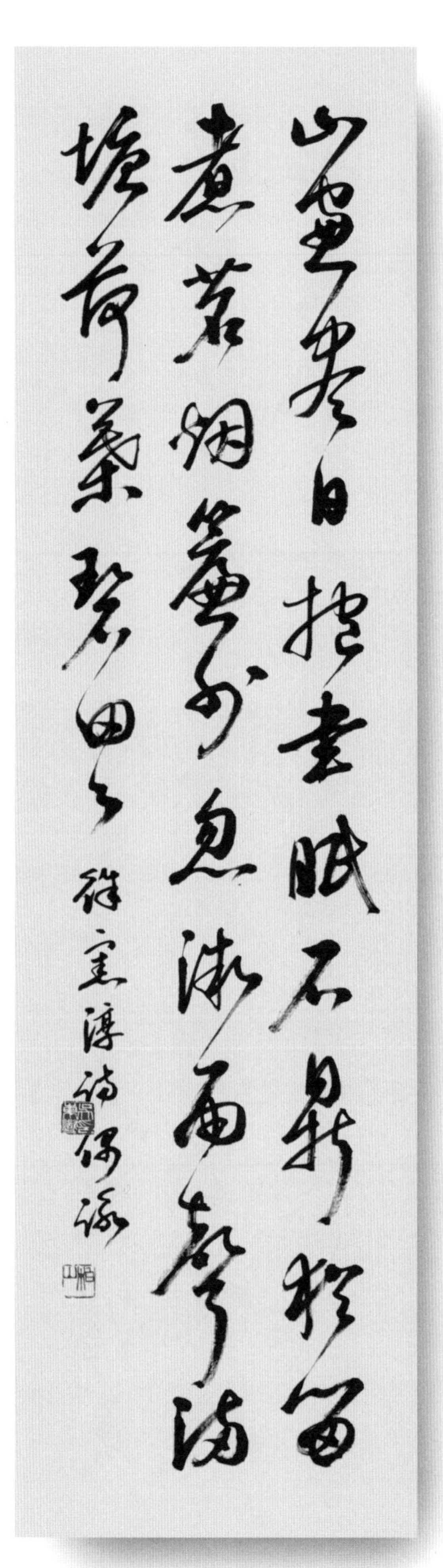

연잎을 읊다

偶詠
우 영

山窓盡日抱書眠　산창진일포서면
石鼎猶留煮茗烟　석정유류자명연
簾外忽聽微雨聲　염외홀청미우성
滿塘荷葉碧田田　만당하엽벽전전

산창에서 하루 종일 책 안고 졸다 깨니
돌솥에는 차 달인 내 아직도 서려있네
문득 발 너머 들려오는 보슬비 소리
연못 가득 연잎들 푸르게 뒤덮고 있구나

山窓 산속 집의 창. 盡日 하루 종일. 石鼎 돌솥. 煮茗 차를 달임. 簾外 발 밖. 微雨 보슬비. 田田 연잎 따위가 수면을 뒤덮고 있음.

산기슭에 한적하게 자리 잡은 산거에서 차 다려 마시고 창가에 누워서 책을 읽다가 가슴에 책을 엎어 놓은 채 졸음에 든다. 보슬비 소리에 깨어 밖을 보니 연못 가득 연잎이 푸르다. 선비의 한적한 생활모습이다.

徐憲淳(1801~1868): 조선 후기 문신. 본관은 달성, 자는 穉章, 호는 石耘이며 경상감사, 이조판서 등을 지냈다. 여러 차례 청나라를 다녀왔으며 동학교조 최제우와 교도를 잡아 처벌하였고 청렴결백하게 정사를 수행하였다.

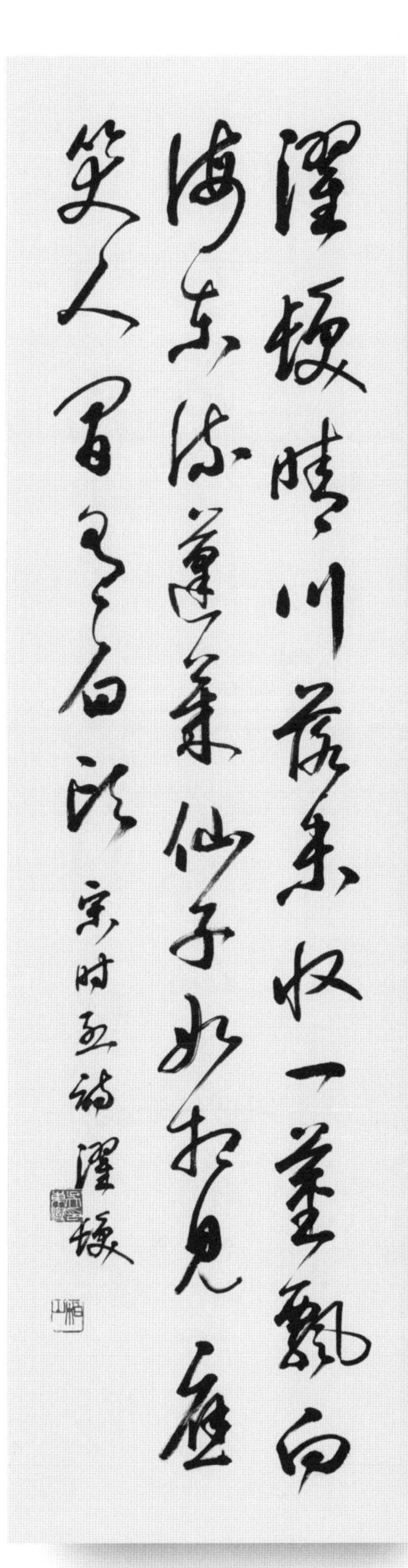

머리를 감으며

濯髮

탁 발

濯髮晴川落未收　탁발청천락미수
一莖飄向海東流　일경표향해동류
蓬萊仙子如相見　봉래선자여상견
應笑人間有白頭　응소인간유백두

청천에 머리 감다 떨어진 낙발 한 올
동해를 향하여 나풀나풀 떠가누나
봉래산 신선들이 흰 머리칼 본다면
사람도 백발이 있다고 웃으시겠지

濯髮 머리를 감다. 莖 줄기 경. 가닥. 오리. 길고 가는 것 세는 양사. 蓬萊 신선이 산다는 상상의 산. 飄 나부낄 표.

화양동 계곡물에 머리를 감는다. 백발은 고락의 표상이요 인생 말년 원숙의 상징인데 동해의 봉래산에 산다는 영생의 백발 신선들이 나의 백발 머리칼을 보게 된다면 신선을 흉내 내다 죽을 때가 되었다고 비웃으며 가련해 하겠지.

宋時烈(1607~1689): 조선중기 상신, 학자. 본관은 恩津, 자는 英甫, 호는 尤庵이며 서인의 거두, 노론의 영수로서 좌, 우의정 등을 지냈다. 세자책봉 문제로 유배 후 사사. 서예에도 일가를 이루었으며 문집에 〈尤庵集〉, 〈宋子大全〉 등이 있다.

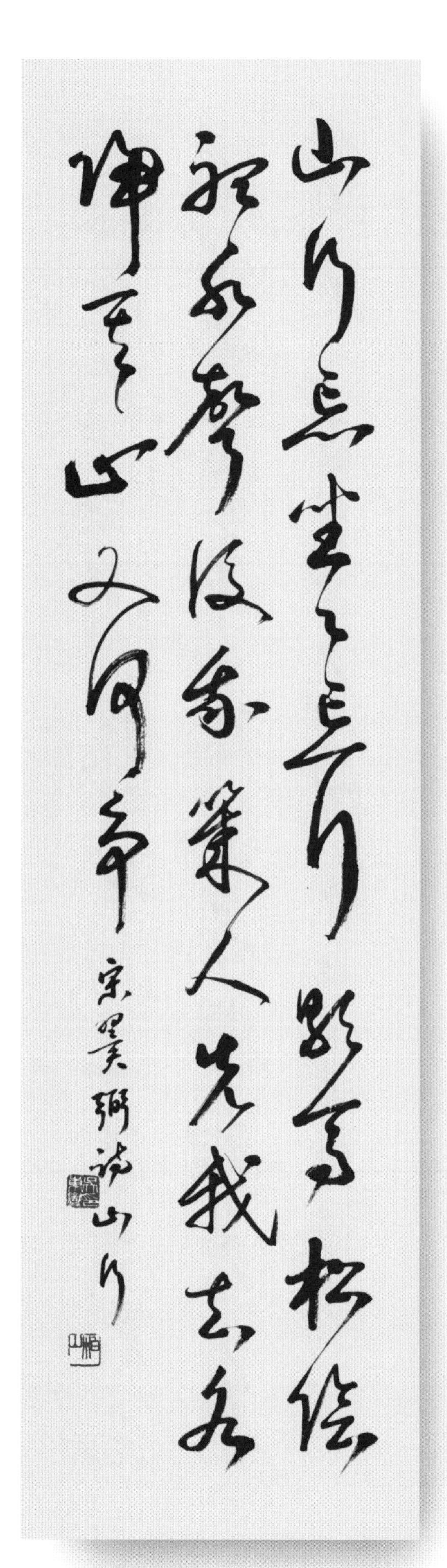

산길을 가며

山行
산 행

山行忘坐坐忘行　산행망좌좌망행
歇馬松陰聽水聲　헐마송음청수성
後我幾人先我去　후아기인선아거
各歸其止又何爭　각귀기지우하쟁

산행할 땐 앉길 잊고 앉으면 가길 잊어
솔 그늘에 말 세우고 물소리 듣고 있네
뒤 따라 오던 사람 앞질러 지나가도
멈출 곳에 멈출테니 무엇을 다투리오

歇馬 말을 쉬게 하다. 歇 쉴 헐. 쉬다. 멈추다. 松陰 소나무 그늘. 聽水聲 물소리 듣다.

산길을 내처 가다 말 쉬게 하려고 솔 그늘에 앉는다. 물소리 바람소리 에 마음 빼앗겨 일어날 생각이 없어지고 만다. 뒤 따라오던 행인들 몇 차례 지나가도 저 맑은 시냇물 소리가 내 발을 자꾸 붙잡는다.

宋翼弼(1534~1599): 본관은 礪山, 자는 雲長, 호는 龜峰·玄繩이며 서출이라 벼슬을 못하였다. 성혼, 이이와 학문을 논하고 성리학과 예학에 통하였으며 문장, 시, 서예에 일가를 이루었다. 문집에 〈龜峰集〉이 있다.

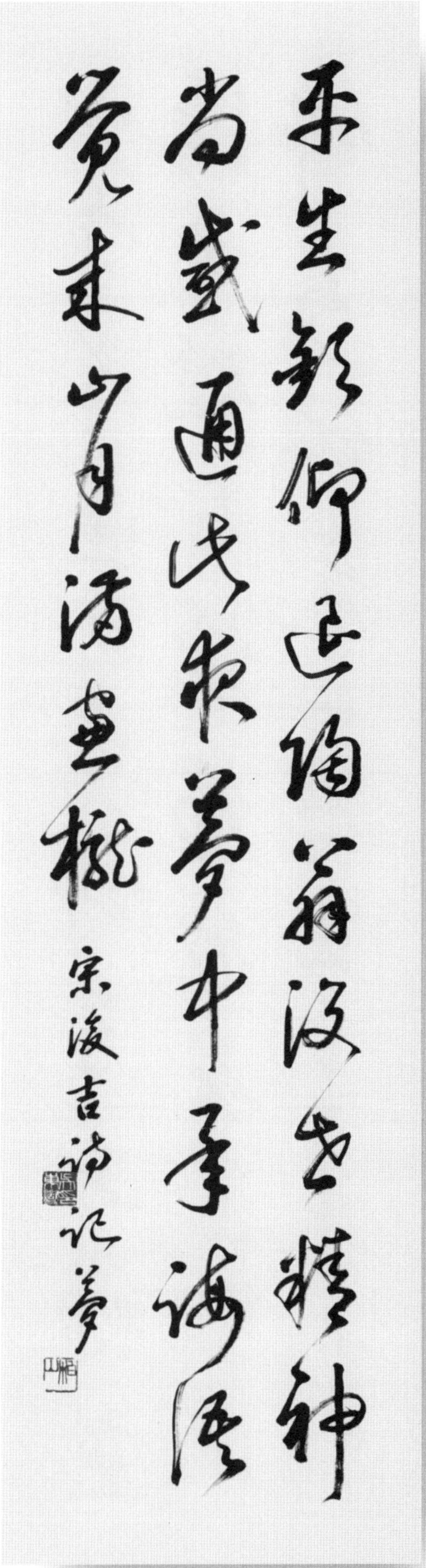

꿈을 적다

記夢
기 몽

平生欽仰退陶翁　평생흠앙퇴도옹
沒世精神尙感通　몰세정신상감통
此夜夢中承誨語　차야몽중승회어
覺來山月滿窓櫳　각래산월만창롱

내 평생 도산의 퇴계선생 흠앙하였지
세상에 없어도 그 정신 아직도 통하누나
오늘밤 꿈속에서 가르침을 받았는데
깨고 보니 산달이 들창에 가득하네

欽仰 공경하여 우러러 사모하다. 欽 공경할 흠. 退陶翁 도산의 퇴계 이황 선생. 沒世 세상을 떠나다. 일생. 誨 가르칠 회. 窓櫳 격자 창살이 있는 창문. 櫳 창 롱.

내 평생 공부를 하면서 퇴계선생의 학문과 인품을 얼마나 흠앙하였던가. 내 정성이 간절하니 꿈속까지 찾아오셔서 가르침의 말씀을 주고 가신다. 창 너머 환한 달빛처럼 내 정신도 환해진 것 같구나.

宋浚吉(1606~1672): 조선중기 문신. 본관은 恩津, 자는 明甫, 호는 同春堂이며 이이·김장생의 문인으로 대사헌, 이조판서를 지냈다. 성리학과 예학에 밝고 문장과 글씨에 뛰어났으며 문집에 〈語錄解〉, 〈同春堂集〉이 있다.

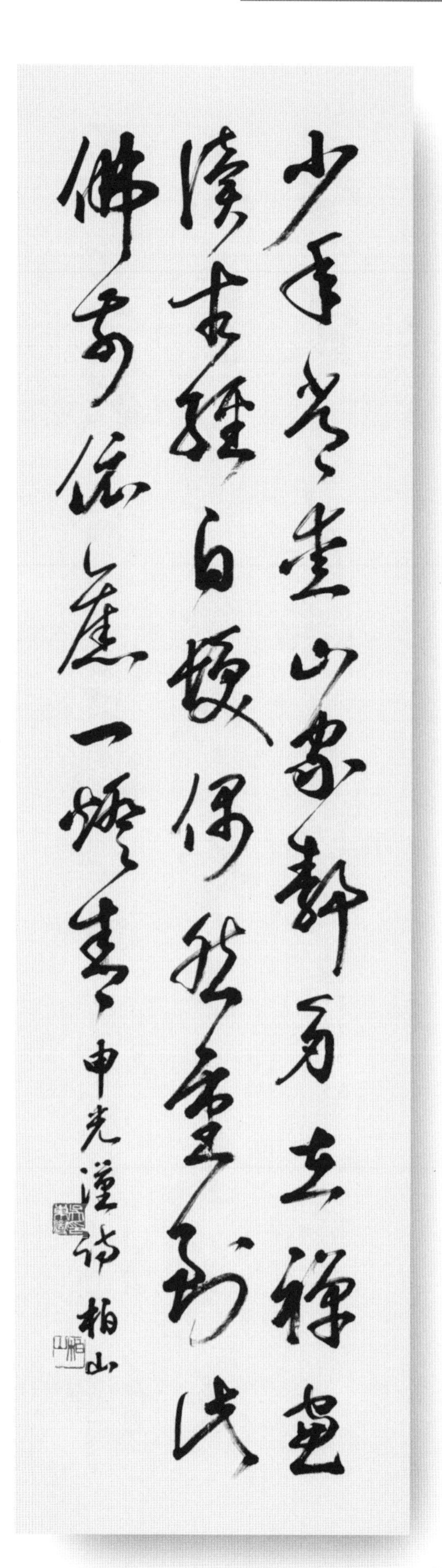

산사에서

投宿山寺
투 숙 산 사

少年常愛山家靜 소년상애산가정
多在禪窓讀古經 다재선창독고경
白髮偶然重到此 백발우연중도차
佛前依舊一燈靑 불전의구일등청

젊은 날엔 산사의 고요함이 좋았고
선방에선 옛 경전 많이도 읽었다네
백발되어 우연히 다시 이 곳 와보니
부처 앞엔 밝은 등불 옛날 같구나

常愛 늘 좋아하다. 禪窓 선방. 重到此 다시 이곳에 오다. 依舊 옛날과 같이.

젊은 날 절집의 고요함이 좋아서 열심히 경전을 읽었었지. 이제 백발이 되어 다시 찾은 젊은 날의 산사는 그 때처럼 불등이 가물대지만 그 때 경전 읽던 젊은이는 이렇게 老軀를 이끌고 그 날을 회상한다.

申光漢(1484~1555): 자는 漢之, 호는 駱峰 · 企齋 · 靑城洞主, 신숙주의 조카이며 대사성, 홍문관 제학을 지냈다. 영성부원군에 봉하여졌고 文簡의 시호가 내려졌으며 시풍이 웅건하고 호방하다.

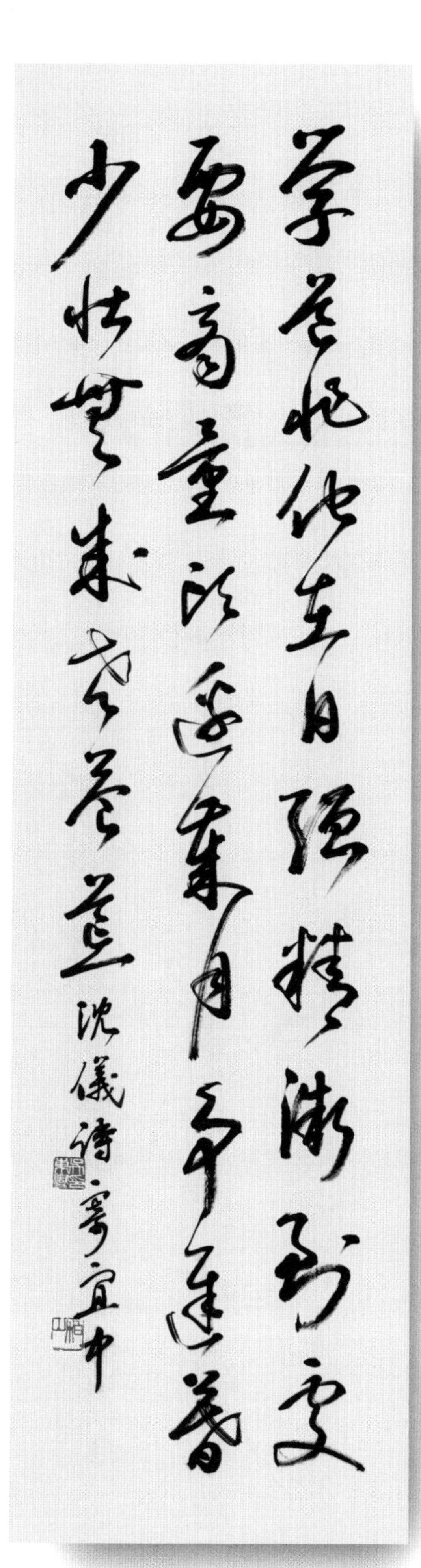

의중에게 부치다

寄宜仲

기 의 중

學道非他在日强　학도비타재일강
精微到處要商量　정미도처요상량
頭邊歲月爭遲暮　두변세월쟁지모
少壯無成老益荒　소장무성노익황

道를 배움은 나날이 굳세짐에 있나니
곳곳마다 정미하게 헤아려 생각해야 하네
머리 위로 세월은 다투어 저무는데
젊어 이루지 못하면 늙어 더욱 황량하리라

非他 다른 것이 아니다. 精微 정밀하고 미묘하게. 자세하게. 商量 헤아려 생각하다. 少壯 젊고 건장한 나이. 老益荒 늙으면 더욱 황량함.

젊어 이루지 못하면 늙어지면 더욱 삶이 황량해 지니 건장한 젊은 나이에 열심히 도를 배워야 한다. 도를 배우는 목적은 자신의 삶을 나날이 굳세게 하는데 있으니 정미한 곳에서는 깊이 헤아려 생각해야 한다.

沈　儀(1475~ ?): 조선 초기 문신. 본관은 풍산, 자는 義之, 호는 大觀齋, 沈貞(좌의정)의 동생이다. 성품이 강직하고 직언을 잘 하여 여주부 교수로 좌천되었다. 저서에 〈大觀齋夢遊錄〉이 있다.

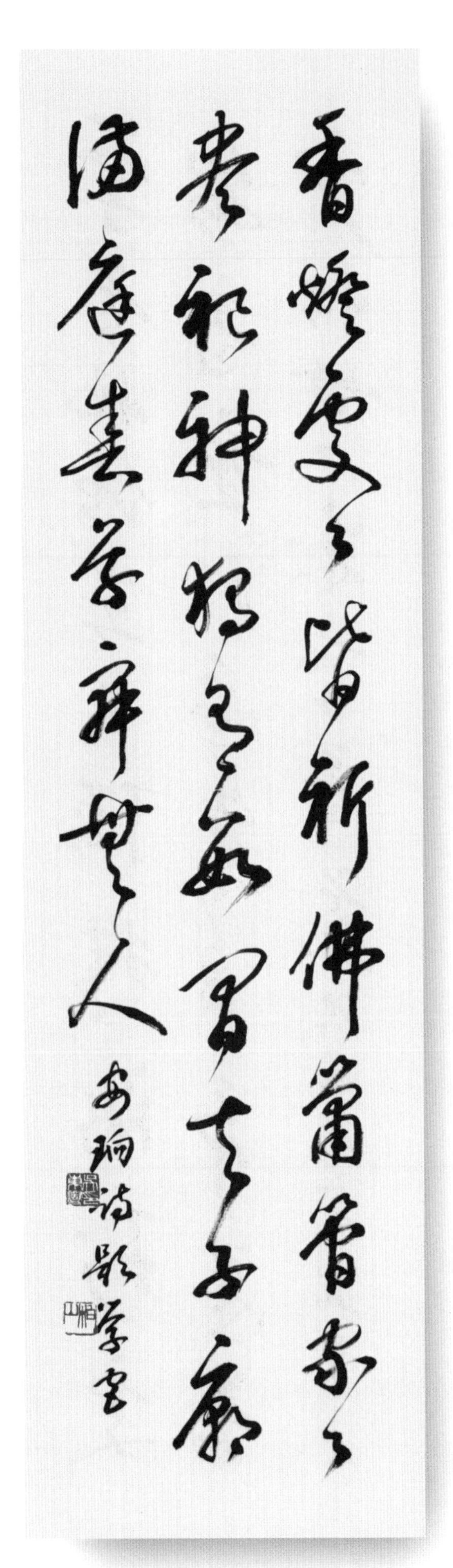

학당에 부쳐

題學宮
제 학 궁

香燈處處皆祈佛	향등처처개기불
簫管家家盡祀神	소관가가진사신
獨有數間夫子廟	독유수간부자묘
滿庭春草寂無人	만정춘초적무인

향등 밝힌 곳곳마다 부처 앞에 기도하고
집집마다 풍악 울려 귀신을 섬기네
단지 두어 간의 공자 사당에는
봄풀만 가득할 뿐 인적조차 없구나

香燈 향 피우고 등 밝힘. 簫管 퉁소와 피리, 음악. 祀神 신에게 제사 지냄. 寂無人 사람이 없어 적막함.

고려 말, 민간의 풍속은 부처를 숭상하고 미신을 신봉하여 절마다 분향하고 헌등하며, 집집마다 굿하는 소리로 요란한데 사대부들의 유학은 설 자리를 잃고 공자의 사당조차 풀이 우거져 쓸쓸함을 한탄한다.

安　珦(1243~1306): 고려 후기 문인. 본관은 순흥. 초명은 裕, 후에 珦으로 개명, 호는 주자의 호 晦庵을 본떠서 晦軒으로 부름. 右司議大夫, 集賢殿太學士 등을 지내고 주자학 도입과 인재양성에 기여하고 문묘에 配享되었다. 영주 소수서원에 祭享되었으며 시호는 文成이다.

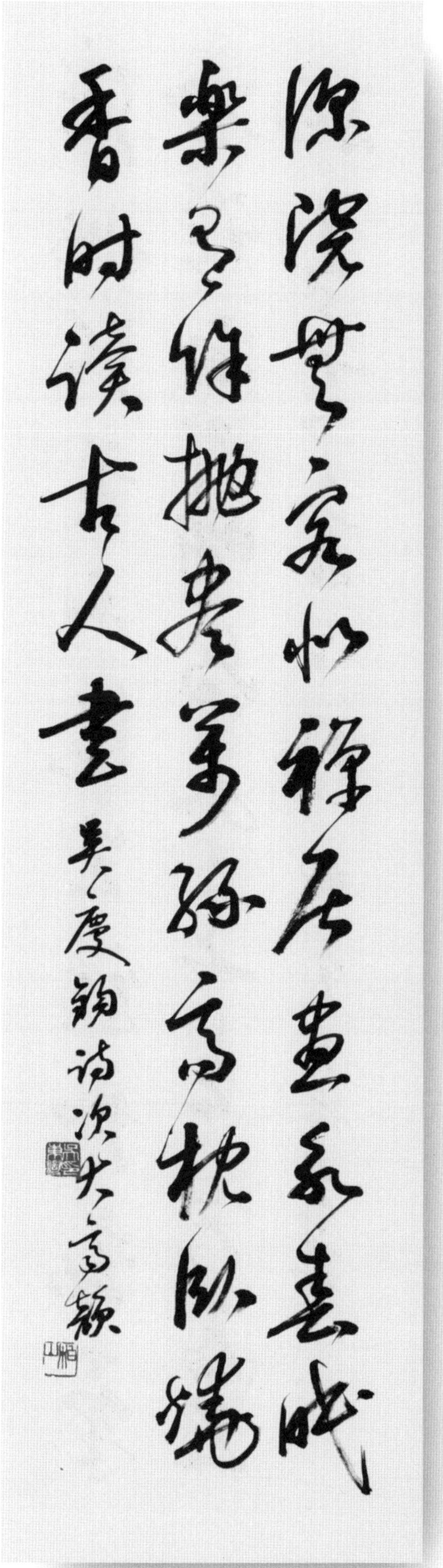

옛 글을 읽다

次大齊韻

차 대 제 운

深院無客似禪居　심원무객사선거
晝永春眠樂有餘　주영춘면낙유여
抛盡萬緣高枕臥　포진만연고침와
燒香時讀故人書　소향시독고인서

깊은 집 손님 없어 절간 같은데
긴 봄날 낮잠 맛이 넉넉하여라
온갖 인연 팽개치고 베개 높이 베고 누워
때때로 향 피우며 옛사람의 글을 읽는다

深院 깊은 뜰. 禪居 절건 같은 집. 萬緣 모든 인연. 高枕臥 베개를 높이 베고 눕다. 燒香 향을 피우다. 時讀 때때로 책을 읽다.

사람들은 늘 이런 저런 인연과 얽매어 살게 되고 자신만의 과제를 안고 살기 마련이다. 이런 모든 인연을 팽개치고 낮잠 한 잠 자고난 후 선정에 들듯 향을 피워 정신을 맑게 하고 베개 높이 베고 고전을 읽는다.

吳慶錫(1831~1879): 조선 말기의 개화사상의 비조, 역관, 서화가, 금석학자. 본관은 해주, 자는 元秬, 호는 亦梅 · 鎭齋이며 아들 世昌은 33인 민족대표의 한 사람이다. 강화도조약 문정관을 지내고 저서에 〈三韓金石錄〉 등이 있다.

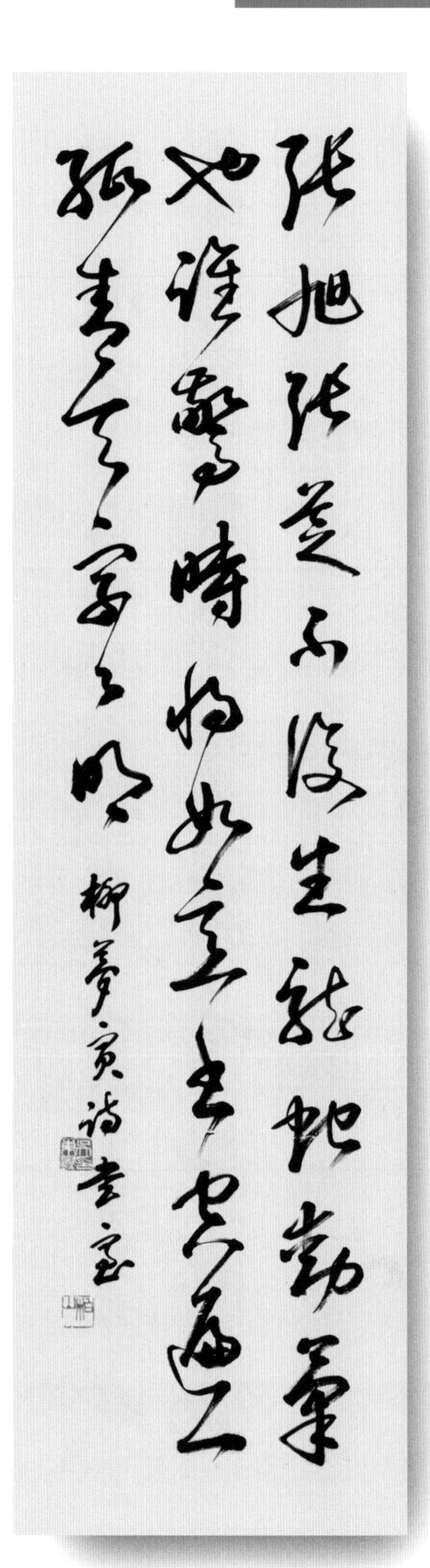

하늘에 쓴 글씨

書室
서 실

張旭張芝不復生	장욱장지불부생
龍蛇動筆也誰驚	용사동필야수경
時將如意書空遍	시장여의서공편
一紙青天字字明	일지청천자자명

장욱과 장지는 다시는 나오지 않으니
龍蛇가 꿈틀대는 글씨 놀랄 이 누구랴
때때로 마음대로 하늘 가득 휘둘러 쓰니
한 장 종이 푸른 하늘 글자마다 빛나네

張旭 광초로 유명한 서예가. 張芝 당 서예가. 龍蛇動筆 용과 뱀이 꿈틀거리는 듯 생동감 있는 글씨. 書空遍 하늘 가득 글씨쓰다. 一紙青天 푸른 하늘을 한 장의 종이로 함.

이제 누구도 장욱과 장지 같이 사람들을 놀라게 하는 글씨를 쓸 수 없으니 나는 푸른 하늘을 넓고 넓은 한 장의 종이로 삼아 그 위에 마음대로 휘둘러 글씨를 써서 글자마다 빛나는 글씨가 되어 놀라게 하고 싶다.

柳夢寅(1559~1623): 조선중기 문신. 본관은 고흥, 자는 應文, 호는 於于堂·艮齋·默好子이며 世子侍講院文學으로 왕세자를 가르쳤다. 인조반정 때 역모로 몰려 사형되었다. 문집에 〈於于野談〉, 〈於于集〉이 있다.

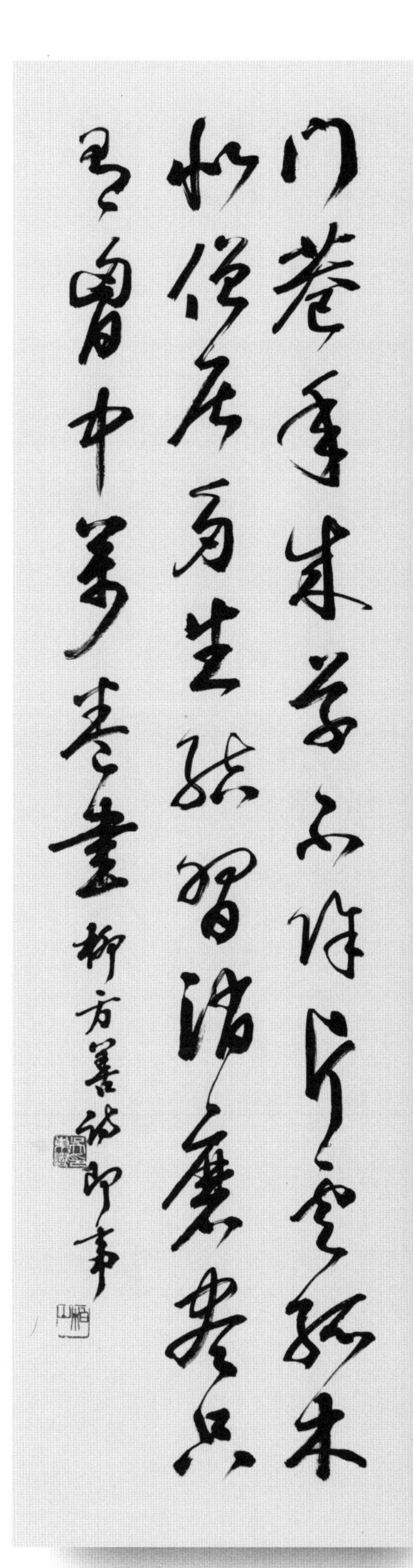

생각나는 대로 읊다

卽事
즉 사

門巷年來草不除 문항년래초불제
片雲孤木似僧居 편운고목사승거
多生結習消磨盡 다생결습소마진
只有胸中萬卷書 지유흉중만권서

올 들어 골목길 잡초를 뽑지 않아
조각구름 나무 하나 스님 거처 비슷하네
평생 동안 몸에 쌓인 구습 따윈 모두 쓸어버리고
가슴속에 남은 것은 만 권의 서책뿐

門巷 대문 앞 골목. 草不除 잡초를 뽑지 않다. 多生結習 오랫 동안 몸에 밴 습관. 消磨盡 갈아 없애다.

찾아오는 이 아무도 없는 골목이라 잡초가 무성하고 구름 아래 외로운 나무 한 그루 서 있는 거처가 단출하기만 하다. 그 동안 살아오면서 이것저것 쌓인 생각 모두 쓸어버리고 나를 키우고 지켜 준 만 권 서책의 경륜만 가슴에 품고 산다.

柳方善(1388~1443): 본관은 서산, 자는 子繼, 호는 泰齋이며 권근, 변계량 등에게 수학하고 서거정, 이보흠 등의 학자를 길렀다. 민무구 옥사에 관련된 아버지(柳沂)에 연좌되어 영천에 유배되었다. 문집에 〈泰齋集〉이 있다.

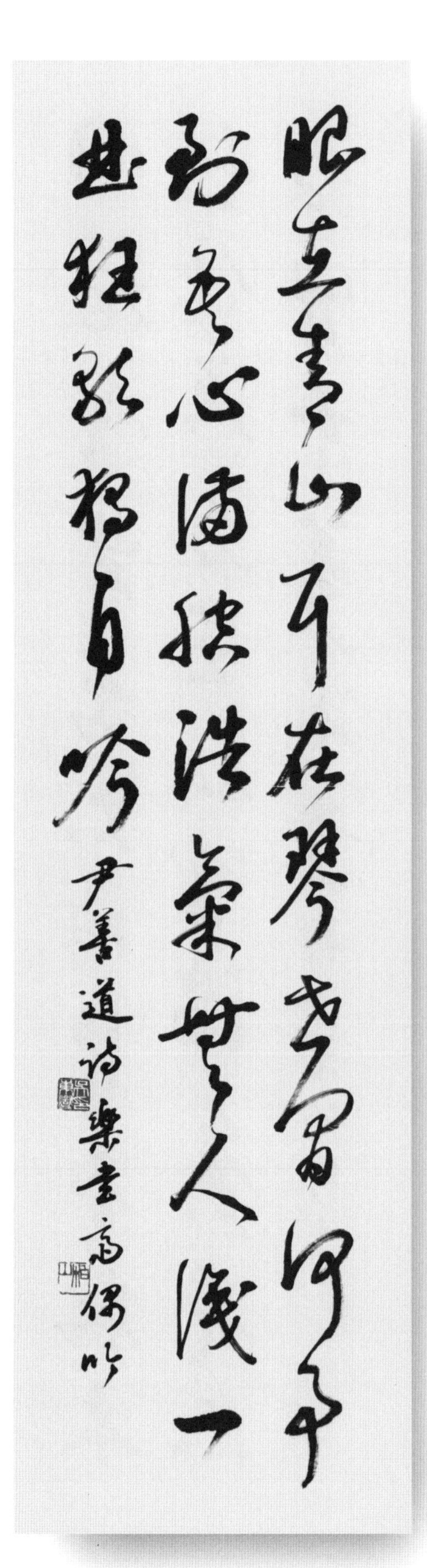

낙서재에서 짓다

樂書齋偶吟
낙 서 재 우 음

眼在青山耳在琴　안재청산이재금
世間何事到吾心　세간하사도오심
滿腔浩氣無人識　만강호기무인식
一曲狂歌獨自吟　일곡광가독자음

눈에는 청산이요 귀에는 거문고라
이 외에 세상 어떤 일이 내 마음에 닿을꼬
음악 가락 가득한 호기 아무도 아는 이 없으니
한 곡조 미친 듯이 혼자서만 부른다

樂書齋 보길도의 윤선도거처 삼 칸 초가. 滿腔 가득한 음악 가락. 腔 빈 속 강. 음악 곡조, 가락. 浩氣 浩然之氣. 無人識 아는 이 없다.

낙서재에 앉아 부용동 원림의 청산을 바라보며 거문고를 튀기고 있으면 세상 아무 것에도 마음이 가지 않는다. 음악 가락 가득한 부용동의 호연지기를 누가 알랴. 이 흥취를 주체하지 못하여 미친 듯 혼자 흥얼댄다.

尹善道(1587~1671): 시인. 본관은 해남, 자는 約而, 호는 孤山이며 공조참의, 동부승지 등을 지냈으며 당쟁으로 일생의 반은 유배지에서 보냈다. 시조문학의 대가이며 문집에 〈孤山遺稿〉가 있다.

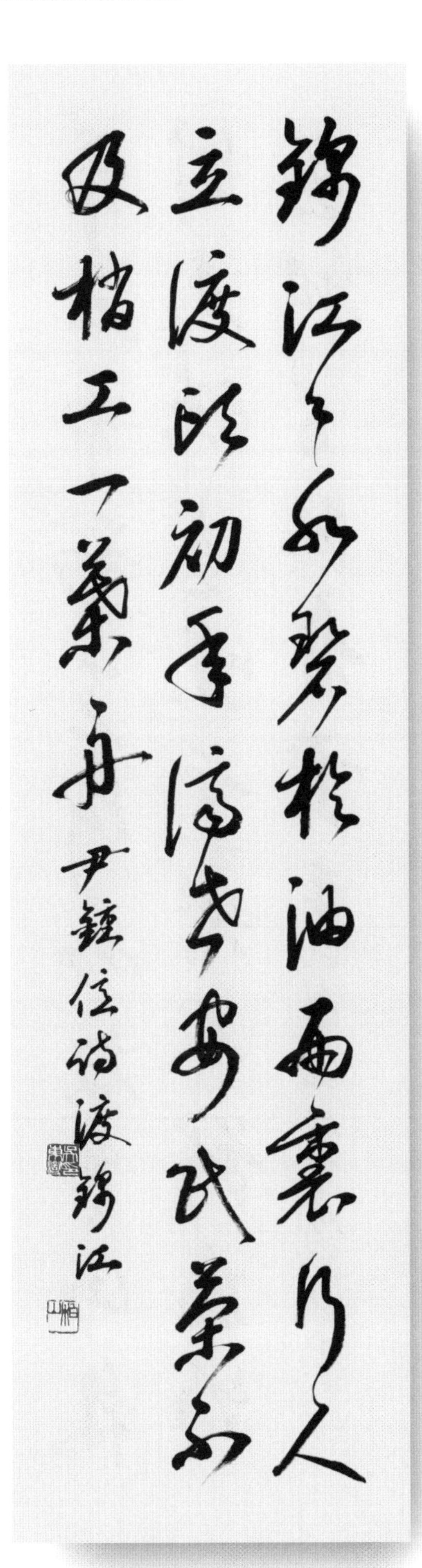

금강을 건너며

渡錦江
도 금 강

錦江江水碧於油　금강강수벽어유
雨裏行人立渡頭　우리행인입도두
初年濟世安民策　초년제세안민책
不及梢工一葉舟　불급초공일엽주

금강의 강물은 기름보다 푸르고
행인은 비 맞으며 나루터에 서있네
지난날 다짐했던 제세안민의 뜻은
일엽편주 뱃사공만도 못하여라

碧於油 기름보다 푸르다. 雨裏 빗속에. 渡頭 =渡口 나루터. 濟世安民: 세상을 구제하고 백성을 편안하게 함. 梢工 뱃사공. 梢 끝 초. 가늘고 긴 물건의 끝부분. 키. 배 뒷부분(艄)

과거에 낙방하니 濟世安民 청운의 꿈은 사라지고 낙향하는 나루터에 서서 허망하게 비를 맞으며 배를 기다리자니 처량한 마음 가눌 길 없다. 뱃사공만도 못한 신세가 되었다. 그러나 이 세상 어느 누가 그 꿈 다 이루고 사는 이 있다던가.

尹鍾億(1788~1817): 조선후기 문인. 자는 輪卿, 호는 醉綠黨이며 다산 정약용의 문인이다. 다산은 윤종억에게 보낸 편지에서 집안 다스리는 요령으로 첫째는 勤자요 둘째는 儉자라고 일러주었다.

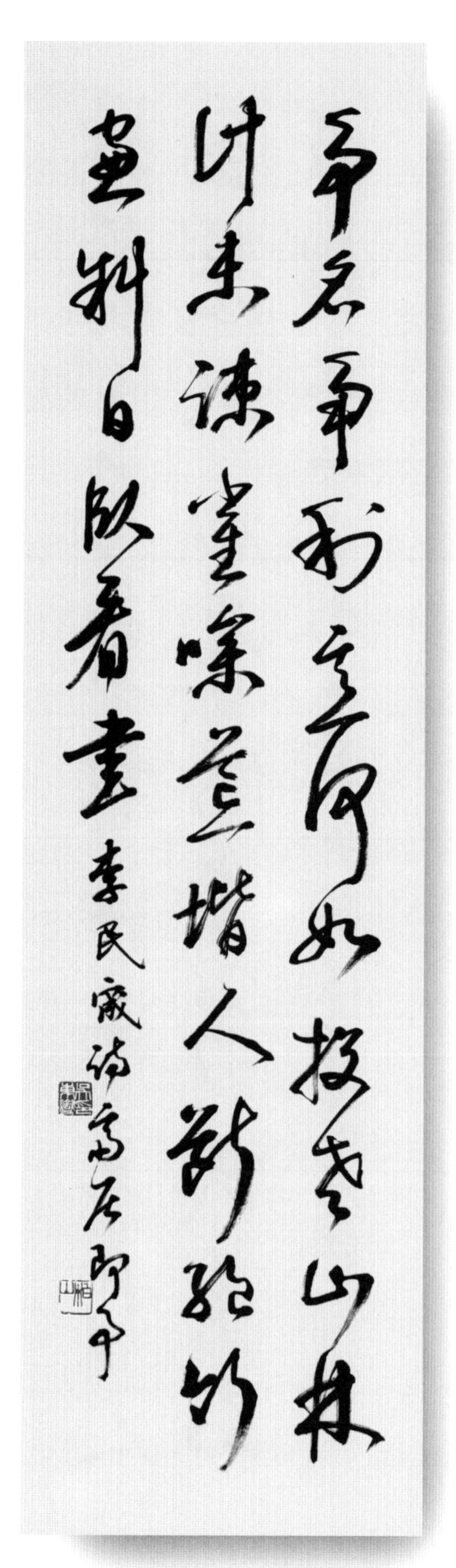

재거에서 짓다

齋居卽事

재 거 즉 사

爭名爭利意何如	쟁명쟁리의하여
投老山林計未疎	투로산림계미소
雀噪荒堦人斷絕	작조황계인단절
竹窓斜日臥看書	죽창사일와간서

명예 이익 다퉈보니 마음이 어떠졌나
늙어 산속에 든 것이 모자란 생각은 아니네
섬돌에는 참새가 지저귀고 인적은 끊어졌는데
해질녘 대나무 창가에 누워 책을 읽노라

投老 노년이 되다. 投 던지다. 이르다. 疎 트일 소. 성기다. 실속없다. 噪 떠들석할 조. (벌레 새) 울다.

산중 재실에 들어와 살다보니 명예와 이권을 다투며 부질없이 살던 시절이 생각난다. 잡초 무성한 섬돌위에 참새가 지저귀고 저무는 해가 대나무 사이로 창가를 비추면 책을 읽고 누워서 자족감에 젖어든다.

李民宬(1570~1629): 조선중기 문신. 본관은 영천, 자는 寬甫, 호는 敬亭이며 정묘호란 때 경상좌도 의병장이 되어 전주에서 왕세자를 보호하였다. 글씨와 시에 능하였으며 문집에 〈敬亭集〉이 있다.

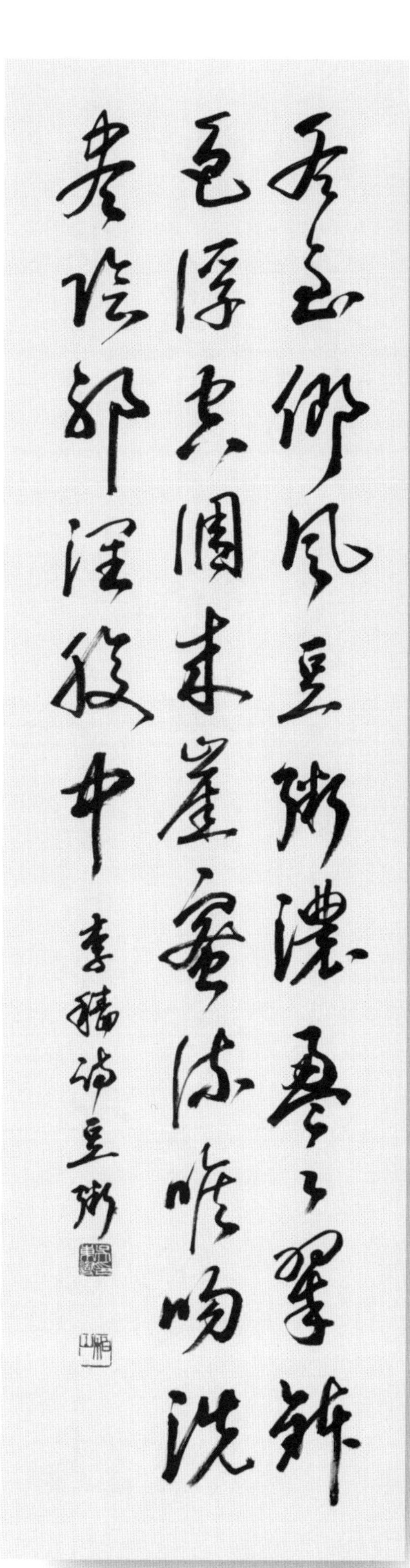

팥죽을 들이키며

豆粥

두 죽

冬至鄕風豆粥濃 동지향풍두죽농
盈盈翠鉢色浮空 영영취발색부공
調來崖蜜流喉吻 조래애밀류후문
洗盡陰邪潤腹中 세진음사윤복중

향리 풍속 동지에는 팥죽을 되게 쑤어
푸른 사발 가득 뜨니 짙은 색이 떠오르네
산꿀을 섞어 타서 한 참에 마시면
삿된 기운 다 씻겨서 뱃속이 潤나겠지

鄕風 마을, 고향의 풍습. 豆粥 팥죽. 盈盈 그릇에 가득 담긴 모양. 翠鉢 푸른빛 사발. 鉢 바리때 발. 사발. 崖蜜 산꿀. 낭떠러지 애. 喉목구멍 후. 吻 입술 문. 陰邪 음흉하고 삿된 기운.

일 년 동안 몸속에 깃들여 있던 온갖 사악한 액운을 씻어내기 위하여 동짓날 붉은 색 팥죽을 쒀서 먹는 풍습은 지금도 이어진다. 청자 사발에 빽빽한 팥죽을 가득 담아 꿀을 타서 먹으면 뱃속이 깨끗해져 새로운 기운이 솟아 또 한 해를 무사히 맞이하기를 기대한다.

李 穡(1328~1396): 고려 후기 문인, 본관 韓山, 자는 穎叔, 호는 牧隱이며 이제현의 門人이다. 元의 과거에 급제하여 한림원에등용, 귀국하여 이부시랑한림직학사, 예문관대제학, 성균관대사성, 판삼사사를 역임, 이성계 出仕 종용을 고사하였다. 〈牧隱文庫〉, 〈牧隱詩藁〉가 있다.

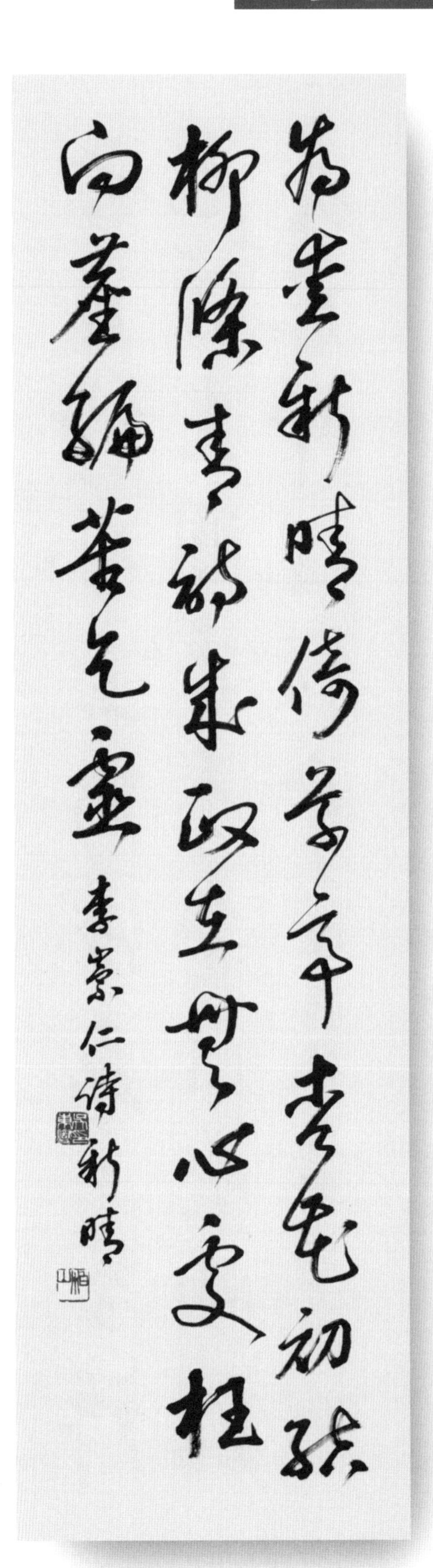

날씨가 맑게 개다

新晴
신 청

爲愛新晴倚草亭　위애신청의초정
杏花初結柳條靑　행화초결유조청
詩成政在無心處　시성정재무심처
枉向塵編苦乞靈　왕향진편고걸령

활짝 갠 날씨 좋아 정자에서 둘러보니
살구 열매 맺혔고 버들가지 푸르렀네
詩 역시 봄날처럼 무심히 이뤄지는 것
억지로 얽어 매어 영감을 구걸하랴

新晴 방금 날씨가 개임. 草亭 산야에 있는 정자. 枉 굽을 왕. 헛되이. 쓸데 없이. 塵編 쓸데 없이 얽어 매다. 苦乞靈 억지로 영감을 구걸함.

이리 저리 쓸데없는 것들을 모아 억지로 짜낸 시상을 얽어 맨들 영감 있는 詩가 되는 것은 아니다. 비온 뒤 활짝 갠 푸른 하늘처럼, 살구가 열리고 버들가지 짙어지는 봄날처럼 무심하게 이루어지는 것이다.

李崇仁(1347~1392): 고려말 문인, 자는 子安 호는 陶隱이며 門下舍人, 右司議大夫, 知密直司事 등을 역임하였다. 성리학자로 시문에 뛰어나 李穡의 극찬을 받았으며 〈陶隱集〉이 전하고 있다.

이 유 태

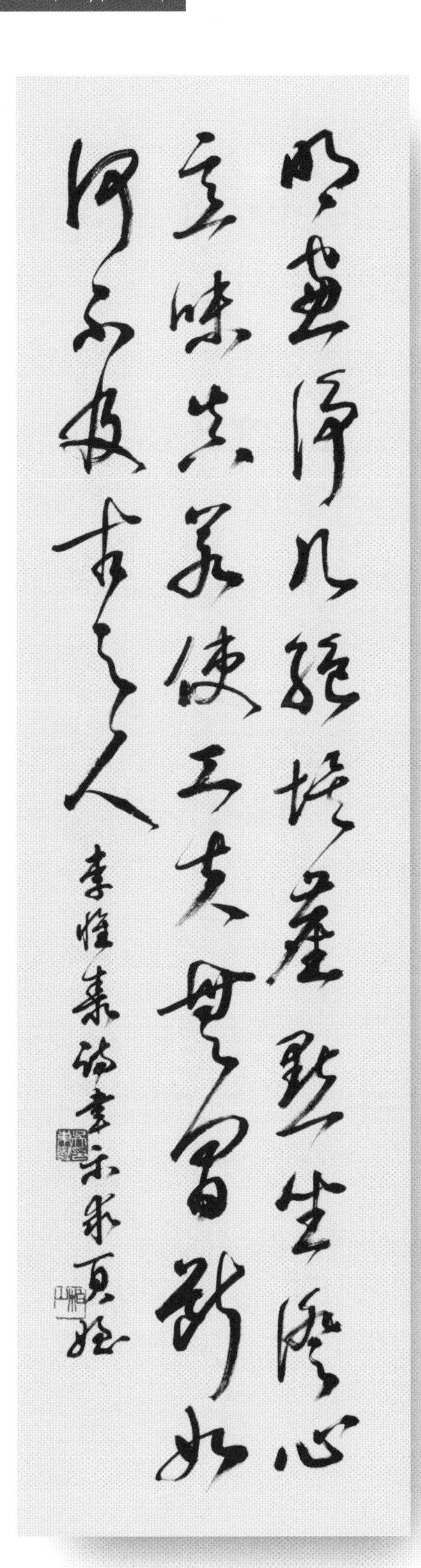

구혈조카에게 써 보이다

書示求頁姪

서 시 구 혈 질

明窓淨几絕埃塵　명창정궤절애진
默坐澄心意味眞　묵좌징심의미진
若使工夫無間斷　약사공부무간단
如何不及古之人　여하불급고지인

밝은 창가 책상위에 먼지 하나 없는데
가만히 앉아 마음 맑히면 의미가 참되어라
만약에 멈추지 않고 공부한다면
어찌하여 고인에 미치지 못하리오

埃 티끌 애. 塵 티끌 진. 默坐澄心 고요히 앉아 마음을 맑게하다. 如何 어떠한가. 왜.

조카에게 열심히 공부하라고 권면한다. 밝은 창가에 책상을 깨끗이 하고 조용히 앉아 마음을 청결하게 하여 몸을 닦고 마음을 닦으라고 당부한다. 이렇게 쉼 없이 공부하면 너도 선인들처럼 되지 않겠느냐.

李惟泰(1607~1684): 조선중기 문신. 본관은 경주, 자는 泰之, 호는 草廬이며 송시열 등과 북벌계획에 참여하였다. 이조판서로 추증되고 錦山書院에 배향되었으며 문집에 〈草廬集〉이 있다.

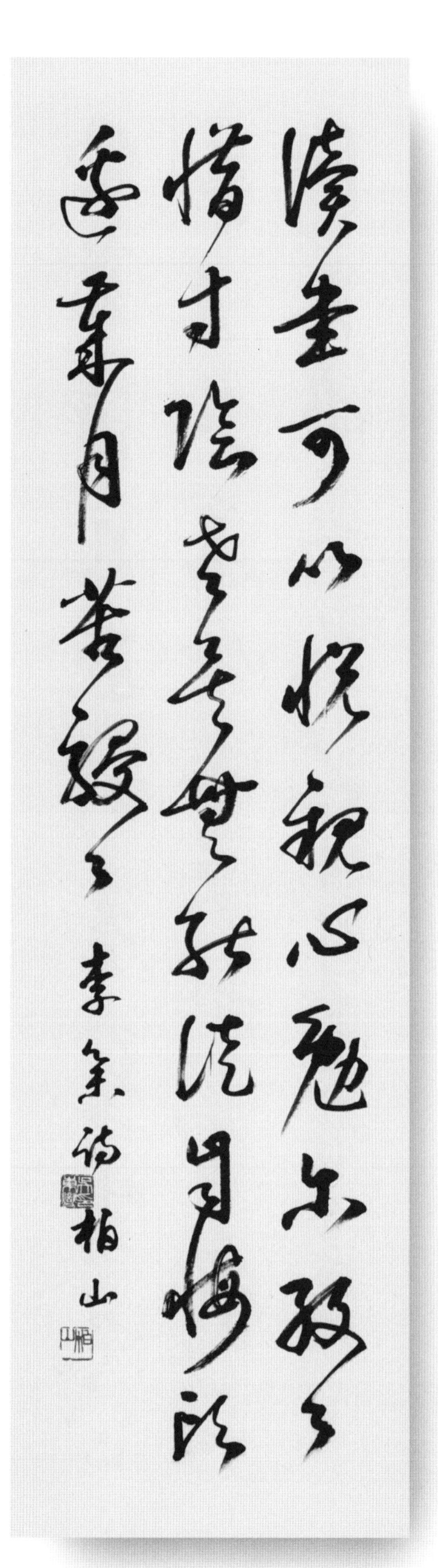

장남에게 시를 지어 보이다

長兒遊學佛國寺以詩示之

장 아 유 학 불 국 사 이 시 시 지

讀書可以悅親心　독서가이열친심
勉爾孜孜惜寸陰　면이자자석촌음
老矣無能徒自悔　노의무능도자회
頭邊歲月苦駸駸　두변세월고침침

독서는 어버이의 마음을 기쁘게 하나니
시간을 아껴서 부지런히 공부하거라
늙어서 무능하면 공연히 후회만 하리니
머리맡의 세월은 심히 빠르기만 하느니라

孜孜 부지런하다. 孜 부지런할 자. 惜寸陰 시간을 아끼다. 寸陰 아주 짧은 시간. 徒 걸어다닐 도. 다만. 공연히. 苦 지나치다. 심하다. 駸駸 나아감이 매우 빠름. 駸 달릴 침.

세월이 가고 늙어지면 모든 세상사가 쓸쓸해지고 무능해져 후회만 하게 된다. 아비가 자식에게 시간을 아끼며 부지런히 공부하라고 간곡히 타이른다. 세월은 빨라서 금방 백발이 될 터이니 제발 이 아비처럼 되지 않기를 바랄뿐이다.

李　集(1327 충숙왕 14~1387 우왕 13): 고려후기 학자 문인. 본관은 廣州, 호는 成老, 浩然, 遁村이며 정몽주, 이색, 이숭인등과 교류하고 조선 개국후 判典校侍事, 參議 등을 지냈다. 둔촌동 일자산(서울 강동구 둔촌동)에 본 詩의 碑가 있다.

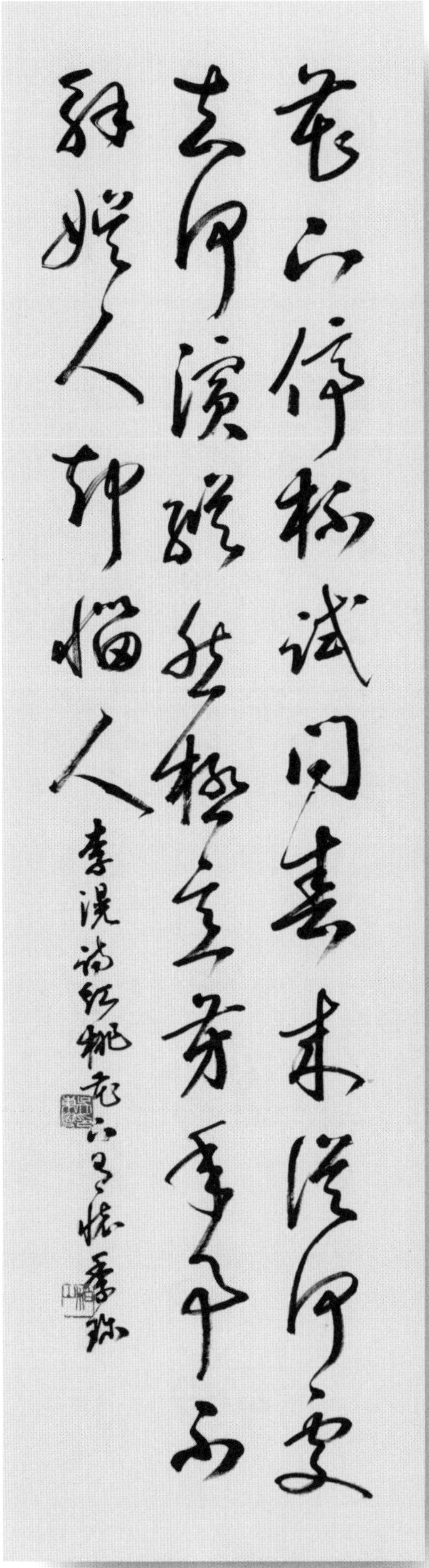

복사꽃 아래에서 생각한다

紅桃花下有懷季珍

홍 도 화 하 유 회 계 진

花下停杯試問春　화하정배시문춘
來從何處去何濱　내종하처거하빈
縱然極意芳年事　종연극의방년사
不解娛人却惱人　불해오인각뇌인

복사꽃 아래에서 잔 멈추고 봄에게 물어본다
어디서 왔다가 어느 물가 가느냐
너를 따라 이 청춘 맘껏 누려보려 하는데
어이하여 즐거움보다 괴로움을 주는고

季珍 세월의 귀중함. 試問春 봄에게 물어본다. 濱 물가 빈. 縱然極意 맘껏 따르다. 芳年 =芳齡 꽃다운 나이. 惱 괴로워할 뇌. 화내다. 고뇌하다.

바야흐로 복사꽃 화사한 봄날을 맞아 맘껏 청춘을 謳歌하고 싶지만 어쩐 일인지 봄은 나를 즐겁게 하기는커녕 오히려 나를 번민하게 만든다. 해야 할 과업은 이루지 못했는데 봄은 또 어느 물가로 가버릴테지.

李　滉(1501~1570): 문신, 학자. 본관은 眞寶, 자는 景浩, 호는 退溪이며 禮曹判書, 大提學 등을 지냈다. 시문과 글씨에 뛰어나고 성리학을 집대성한 유가의 대종으로 숭앙되며 방대한 문집 〈退溪全書〉가 있다.

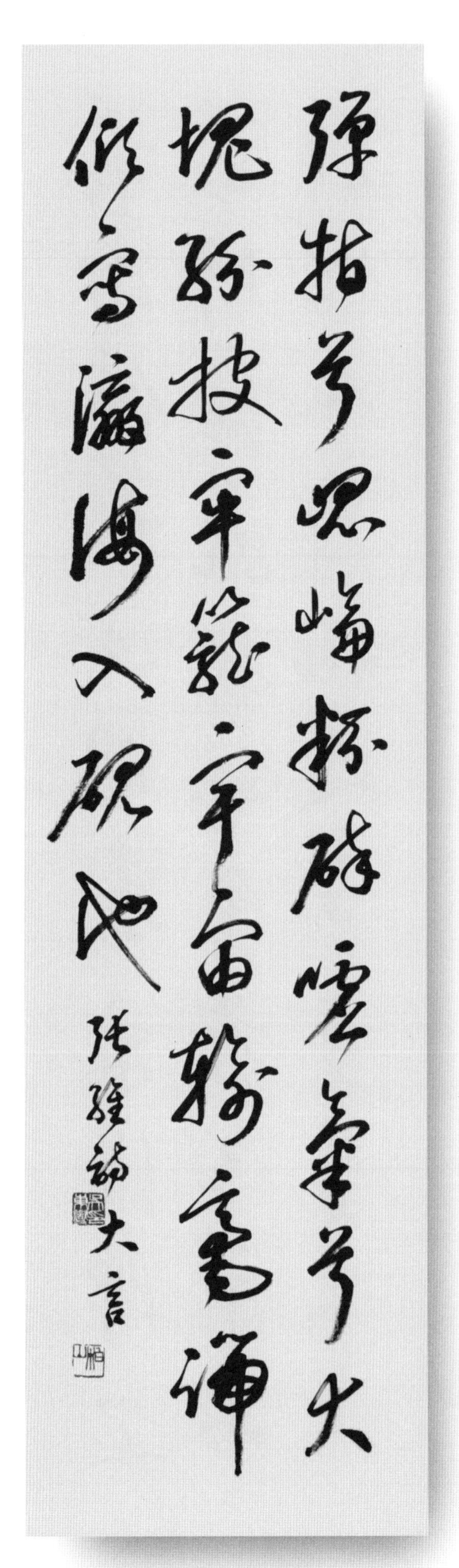

대장부의 한 말씀

大言
대 언

彈指兮崑崙粉碎　탄지혜곤륜분쇄
嘘氣兮大塊紛披　허기혜대괴분피
牢籠宇宙輸毫端　뇌롱우주수호단
傾寫瀛海入硯池　경사영해입연지

손가락을 튕기니 곤륜산이 산산조각
숨 한번 불어대니 대지가 날아가네
우주를 가두어 붓끝으로 가져오고
동해물을 기울여서 벼루에 담노라.

崑崙 곤륜산. 粉碎 가루로 만들다. 분쇄하다. 噓 불허. 大塊 대지. 紛披 분산하다. 牢籠 새장. 우리, 감옥. 牢 우리 뢰. 海 동해의 별칭. 瀛 큰 바다 영.

손바닥 위에 우주를 얹어놓고 장난치는 대범한 발상을 하였다. 곤륜산과 대지를 가루로 만들어서 이것을 동해물과 함께 벼루에 갈아서 일필휘지를 하려고 한다. 대체 무슨 자를 쓰려고 하는지 무척 궁금하다.

張 維(1587~1638): 조선중기 문신. 본관은 덕수, 자는 持國, 호는 谿谷이며 문장이 뛰어나 조선중기 4대가로 꼽혔다. 新豊府院君에 봉해졌으며 영의정에 추증되었다. 문집에 〈谿谷集〉이 있다.

詩를 읊다

吟詩
음 시

終朝高詠又微吟　종조고영우미음
若似披沙欲練金　약사피사욕련금
莫怪作詩成太瘦　막괴작시성태수
只緣佳句每難尋　지연가구매난심

큰 소리 작은 소리 아침 내내 읊조리니
모래를 정제하여 금싸라기 고르는 듯
시 짓다가 여위었다고 이상하게 생각마라
좋은 시구 찾기란 번번이 힘드는 법

終朝 아침 내도록. 莫怪 괴이하게 생각마라. 成太瘦 심하게 마르다. 瘦 파리할 수. 마르다. 여위다. 每難尋 매번 찾기 어렵다.

詩句 하나 막혀서 밤새 끙끙댄다. 아침 내도록 이리도 읊어보고 저리도 읊어봤지만 한 구절 찾기란 쉽지가 않다. 모래 속에서 금 고르기나 다를 바 없다. 이렇게 주야로 고심하다보면 수척해질 수밖에...

鄭夢周(1337~1392): 고려 후기 문인. 본관 延日, 자는 達可, 호는 圃隱이다. 정당문학, 예문관대제학, 성균대사성을 역임하고 중국, 일본에 사신으로 가서 공을 세웠다. 성리학에 조예가 깊고 문집에 〈圃隱集〉이 있다.

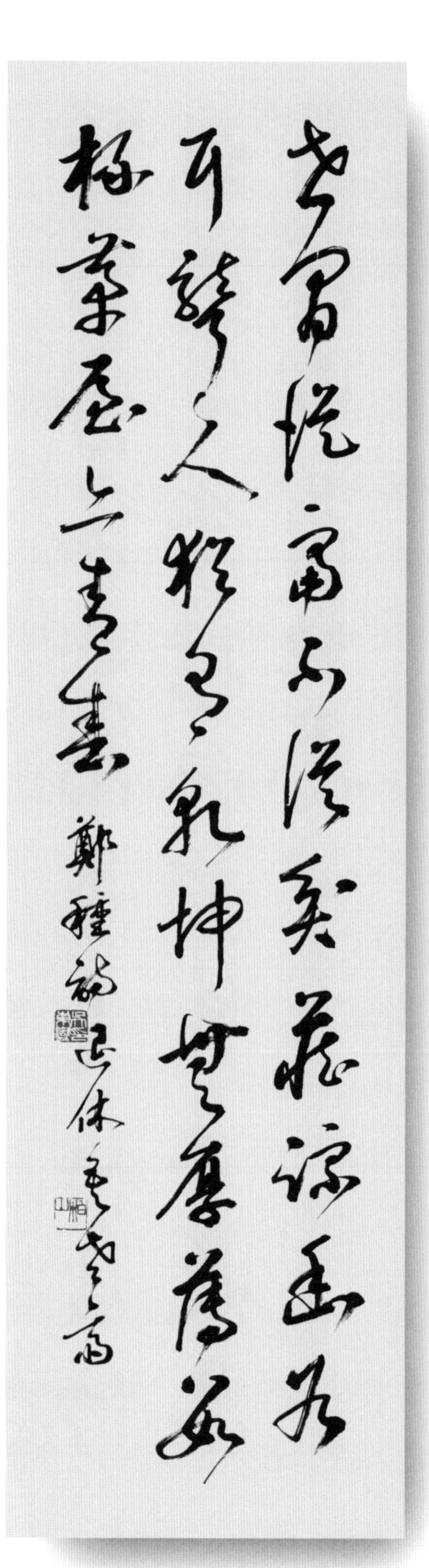

오로재에서 퇴휴하며

退休吾老齋
퇴 휴 오 로 재

世間從富不從貧 세간종부부종빈
藏踪幽谷耳聾人 장종유곡이롱인
猶有乾坤無厚薄 유유건곤무후박
數椽茅屋亦青春 수연모옥역청춘

세상은 富만 따르고 가난은 좇지 않아
깊은 산골 자취 숨겨 귀머거리로 살아가네
여전히 하늘과 땅은 厚하고 薄함이 없어
몇 칸 초가집에도 봄날이 찾아드누나

藏踪 자취 감추고. 踪 발자취 종. 聾 귀먹을 롱. 乾坤 천지. 음양. 厚薄 후하고 박함. 椽 서까래 연. 茅屋 초가집. 누추한 집. 茅 띠 모.

富만 추종하는 번잡한 세상이 싫어 깊은 골짜기에 은거하며 세상과 인연을 끊고 산다. 가진 것이 없어 가난하게 살고 있지만 하늘은 누구에게나 공평하여 후하고 박함이 없으니 이 보잘 것 없는 띠집에도 따뜻한 봄날이 찾아든다.

鄭 種(1417~1476): 조선 초기 무신. 본관은 동래, 자는 畝夫, 호는 吾老齋이며 이시애난의 평정으로 적개공신에 책봉되었다. 세조의 왕위찬탈에 공을 세워 佐翼原從功臣에 책록되고 중추원부사 등을 지냈다.

조 식

시냇물에 목욕하다

浴川

욕 천

全身四十年前累 전신사십년전루
千斛清淵洗盡休 천곡청연세진휴
塵土倘能生五內 진토당능생오내
直今刳腹付歸流 직금고복부귀류

사십년간 전신에 얽힌 온갖 허물들
천 섬들이 맑은 못에서 말끔히 씻어내리
혹시라도 오장 안에 티끌이 생겨나면
지금 당장 배를 갈라 물에 흘러 보내리라

累 누 끼칠 루. 피로하다. 고되다. 허물 결함. 千斛 천섬 斛 휘 곡. 1곡은 열 말. 倘 혹시 당. 만약~라면. 五內 오장 안. 刳腹 배를 가르다. 刳 가를 고. 도려내다. 발라내다.

못에 들어가 목욕을 하다 생각하니 몸만 씻을게 아니다. 지나온 세월 동안 온 몸에 쌓여있는 온갖 허물과 삿된 생각들을 티끌 하나 없이 이 맑은 물에 말끔히 씻어내고 새 정신으로 살아야겠다는 생각이 든다.

曺 植(1501~1572): 조선 학자, 본관은 창녕, 자는 楗仲, 호는 南冥이며 매번 벼슬을 사양하고 지리산에 은거하여 대학자로 숭앙되었다. 문집에 〈南冥集〉, 〈南冥學記〉, 〈破閑雜記〉 등이 있고 시호는 文貞이다.

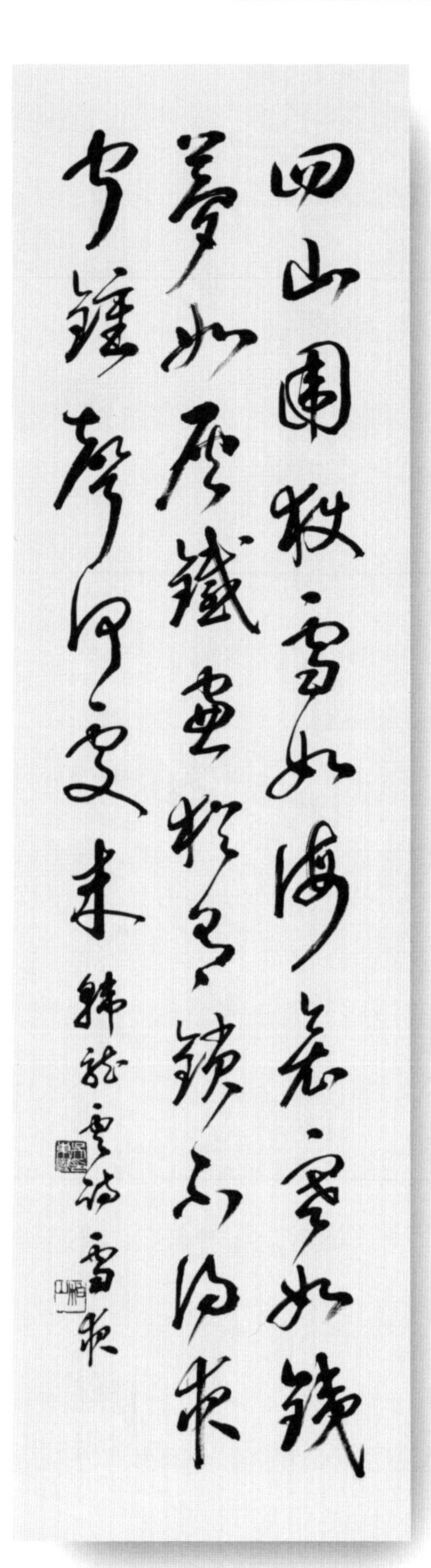

눈 내리는 밤

雪夜
설 야

四山圍獄雪如海 사산위옥설여해
衾寒如鐵夢如灰 금한여철몽여회
鐵窓猶有鎖不得 철창유유쇄불득
夜聞鐘聲何處來 야문종성하처래

산으로 에워 싼 감옥에 눈은 바다 같은데
찬 이불 쇠와 같고 꿈길은 재와 같아라
철창조차 가두지 못하는 것 있나니
밤중의 종소리는 어디서 들려오나

四山圍獄 사방이 산으로 둘러 싼 감옥. 圍 에워쌀 위. 衾寒 차거운 이불. 衾 이불 금. 鎖不得 가둘 수 없다. ~不得 동사 뒤에 붙어서 ~할 수 없다, ~해서는 안된다. 鎖 자물쇠 쇄

감옥에 갇혀 철창 밖을 내다보니 산이 둘러싸여 그 너머 바깥세상은 보이지 않고 쌓인 눈이 바람에 날리니 바다처럼 일렁인다. 한밤중에 들려오는 저 종소리처럼 내 정신의 자유는 아무도 막지 못하리.

韓龍雲(1879~1944): 독립운동가 · 승려 · 시인. 본관은 청주, 속명 裕天, 호는 萬海 · 卍海이며 동학운동 가담 후 백담사에서 불교에 심취하였다. 독립운동으로 투옥. 〈님의 침묵〉, 〈불교대전〉, 〈한용운집〉 등이 있다.

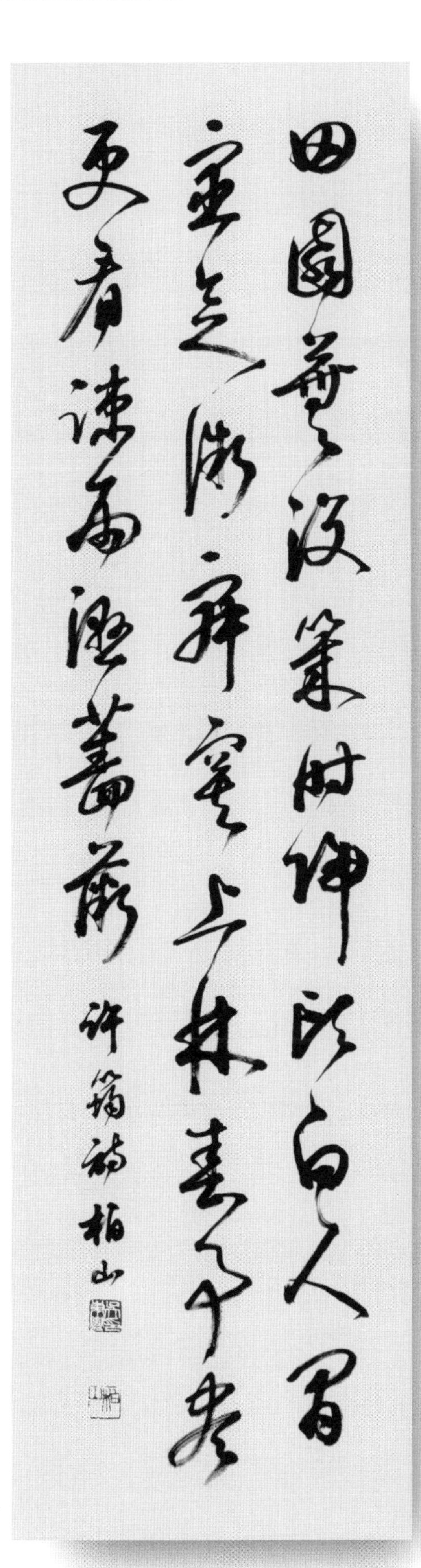

초여름 성중에서

初夏省中作
초 하 성 중 작

田園蕪沒幾時歸　전원무몰기시귀
頭白人間宦念微　두백인간환념미
寂寞上林春事盡　적막상림춘사진
更看疎雨濕薔薇　갱간소우습장미

전원은 황폐한데 언제쯤 돌아가나
머리 허연 이 사람 벼슬할 생각 없네
상림에 봄이 다하니 적막하기만 한데
보슬비에 젖은 장미 다시 보게 되다니

蕪沒 황폐화하다. 잡초에 덮히다. 宦念 벼슬할 생각. 宦 벼슬살이 환. 上林 上林苑으로 漢 천자의 苑 이름. 관아의 정원. 疎雨 성기게 내리는 비.

司僕寺正으로 있을 때(1603) 초여름 관아에서 지었다. 서른밖에 안되었지만 머리가 백발인 허균은 벼슬에 뜻이 없어 빨리 고향 땅 강릉의 전원으로 돌아갈 생각만 한다. 다행히 보슬비에 젖은 장미가 위로해 준다.

許　筠(1569~1618): 자는 端甫, 호는 蛟山이며 시를 보는 안목이 당대의 으뜸이라 하였으며 唐詩를 시의 전범으로 삼았다. 남대문 벽서사건으로 저자거리에서 능지처참을 당했다. 〈惺叟詩話〉, 〈國朝詩刪〉 등의 저서가 있다.

완도 정도리(백산 오동섭)

隱居 自然 은거 자연

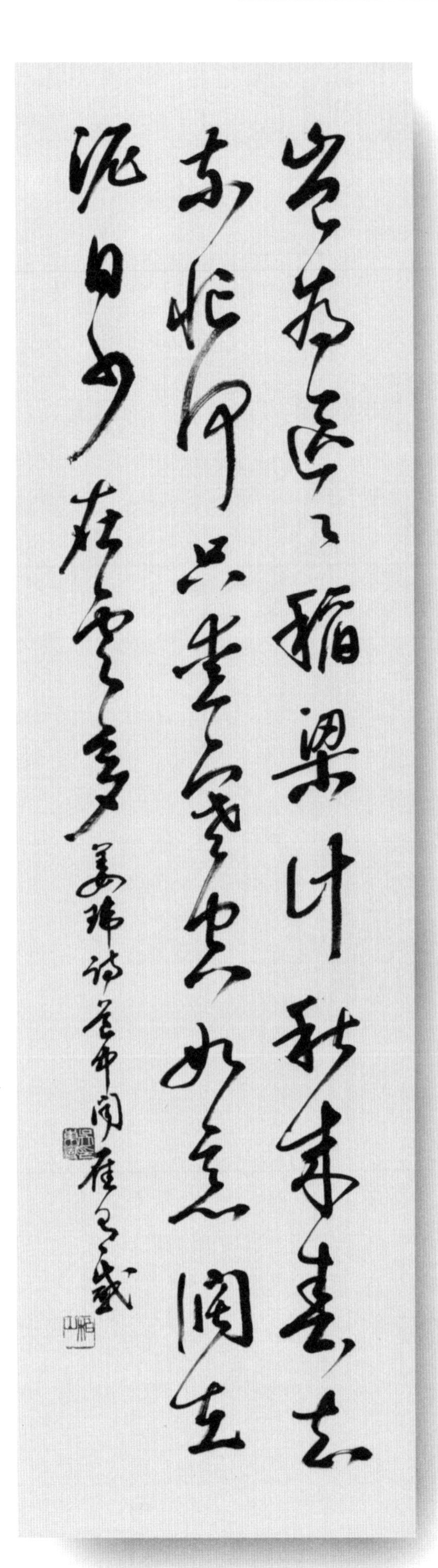

길가다 기러기 소리 들으며

道中聞雁有感

도 중 문 안 유 감

豈爲區區稻粱計　기위구구도량계
秋來春去奈忙何　추래춘거내망하
只愛寒空如意濶　지애한공여의활
在泥日少在雲多　재니일소재운다

어찌하여 구구하게 벼이삭만 찾겠는가
가을에 와서 봄에 가니 무에 그리 바쁘던가
다만 넓고 넓은 찬 하늘을 사랑하니
진흙탕의 날은 적고 구름속의 날이 많구나

豈爲 어찌~하겠는가. 區區 사소하다. 시시하다. 稻粱計 벼이삭 찾아 먹을 생각. 濶 넓을 활. 忙 바쁠 망. 서둘다.

기러기가 단지 먹고 살려고 그 먼 길을 바삐 오가겠는가? 흙탕물에 내려 앉아 잠시 먹이를 찾을 뿐 어느새 날아올라 광활한 구름 하늘을 자유롭게 노닌다. 하늘만 쳐다보는 진흙탕 인생이 문득 초라해 보인다.

姜　瑋(1820~1884): 조선후기 학자 · 시인. 본관은 진주, 자는 仲武, 호는 秋琴이며 제주도 귀양중인 김정희를 찾아가 5년간 사사하였다. 개화사상가로 활동하였으며 저서에 〈北游談草〉, 〈古懽堂集〉이 있다.

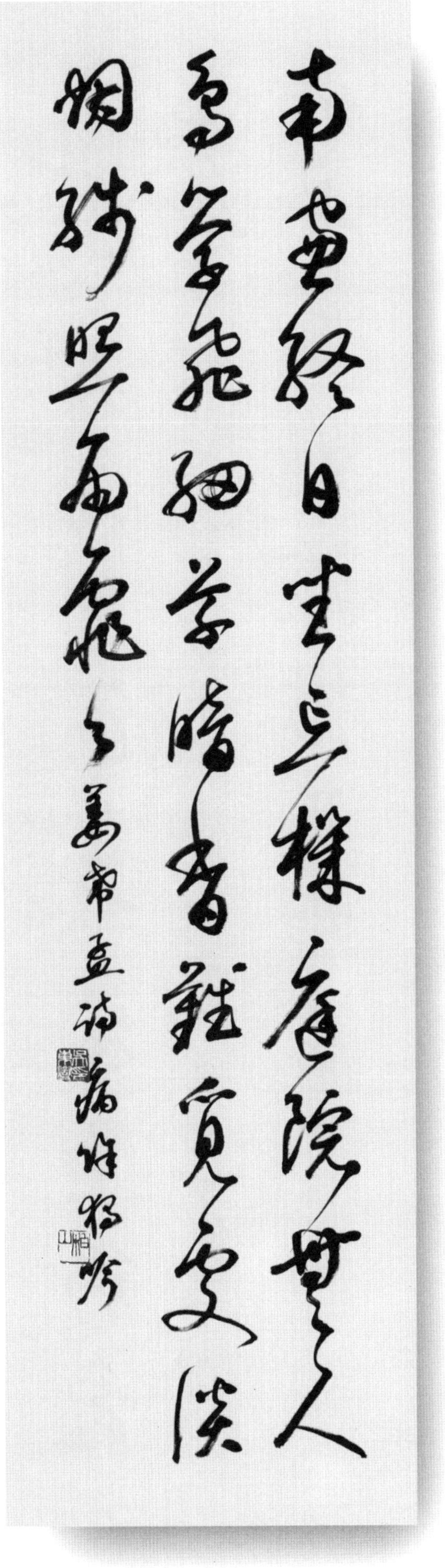

앓고 난 후 혼자 읊다

病餘獨吟

병 여 독 음

南窓終日坐忘機　남창종일좌망기
庭院無人鳥學飛　정원무인조학비
細草暗香難覓處　세초암향난멱처
淡烟殘照雨霏霏　담연잔조우비비

남창에 하루 종일 생각 없이 앉았노라니
인적 없는 뜰에는 새가 날기 연습하네
여린 풀 짙은 향기 어디선가 그윽하고
엷은 안개 해 밝은데 비는 부슬부슬 내린다

忘機 생각을 잊다. 機 틀 기. 생각. 鳥學飛 새가 날기를 익힌다. 暗香 짙은 향기. 淡烟 엷은 안개. 霏霏 부슬부슬 내리는 비 모양. 霏 올 비.

하루 종일 남창에 기대 앉아 아무 생각 없이 창밖을 내다본다. 뜰에서 날기 연습하는 어린 새, 어디에선가 풍겨오는 방초 향기, 저녁 햇볕비친 엷은 안개, 그리고 보슬비. 긴 병환에서 일어나 보니 살아있는 세상이 나를 격려해 준다.

姜希孟(1424~1483): 조선 초기 문신. 본관은 진주, 자는 景醇, 호는 私淑齋이며 이조판서, 좌찬성 등을 지냈다. 서거정과 절친한 사이이었고 經史와 典故에 뛰어난 문장가이며 문집에 〈私淑齋集〉이 있다.

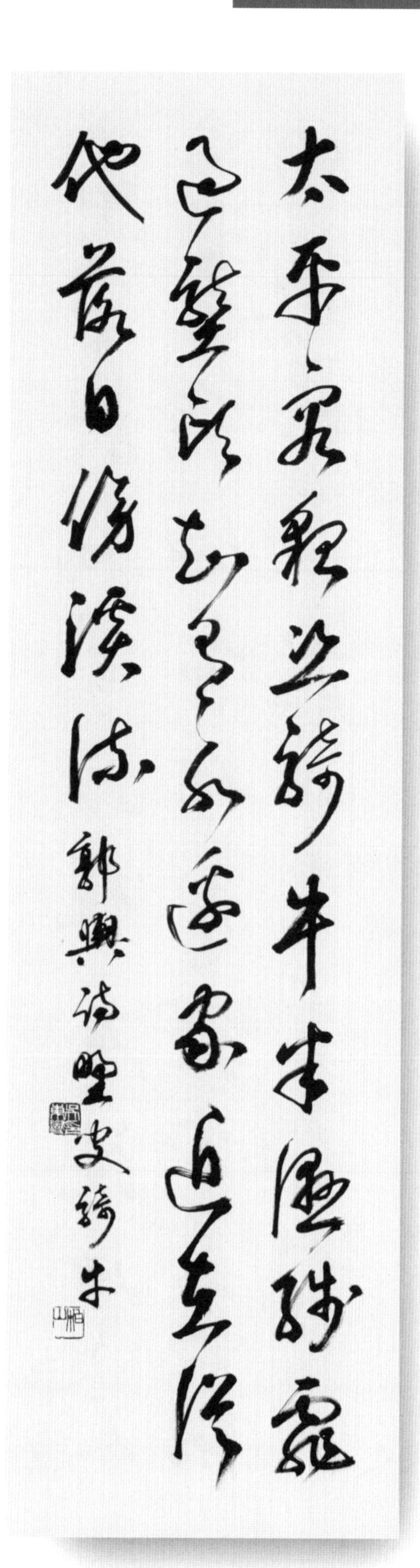

소 타고 가는 늙은이

野叟騎牛
야 수 기 우

太平容貌恣騎牛	태평용모자기우
半濕殘霏過壟頭	반습잔비과농두
知有水邊家近在	지유수변가근재
從他落日傍溪流	종타낙일방계류

태평스런 용모로 아무렇게나 소등 타고
안개비에 반쯤 젖어 밭둑길 지나간다
그 사는 집 물 가까이 있는 줄 알겠으나
지는 해 그를 좇아 시내 곁을 따라 가네

恣 방자할 자. 제멋대로. 殘霏 비 그칠 무렵의 안개비. 壟頭 밭두둑 길. 霏 안개 비. 壟 논, 밭두둑 롱. 傍溪流 시내 곁을 따라 흐름.

청산에 소를 놓아먹이고 석양에 소등타고 돌아오는 순박한 산늙은이의 태평스런 모습을 그린 仙風道韻의 시이다. 소 가는 방향을 보니 늙은이가 물가에 사는 것은 알겠는데 지는 해가 물에 잠겨서 왜 그를 따라 가는지는 모르겠다는 것이다.

郭　輿(1058~1130): 고려의 문신. 호는 東山處士, 예종과 談論唱和하였으며 城東 若頭山에 虛靜齋라는 산재를 짓고 왕이 편액을 하사하고 산책 때 들러 함께 시를 즐겼다고 한다. 사후 왕이 정지상을 시켜 〈山齋記〉를 써서 碑를 세우 세웠다. 시호는 眞靜.

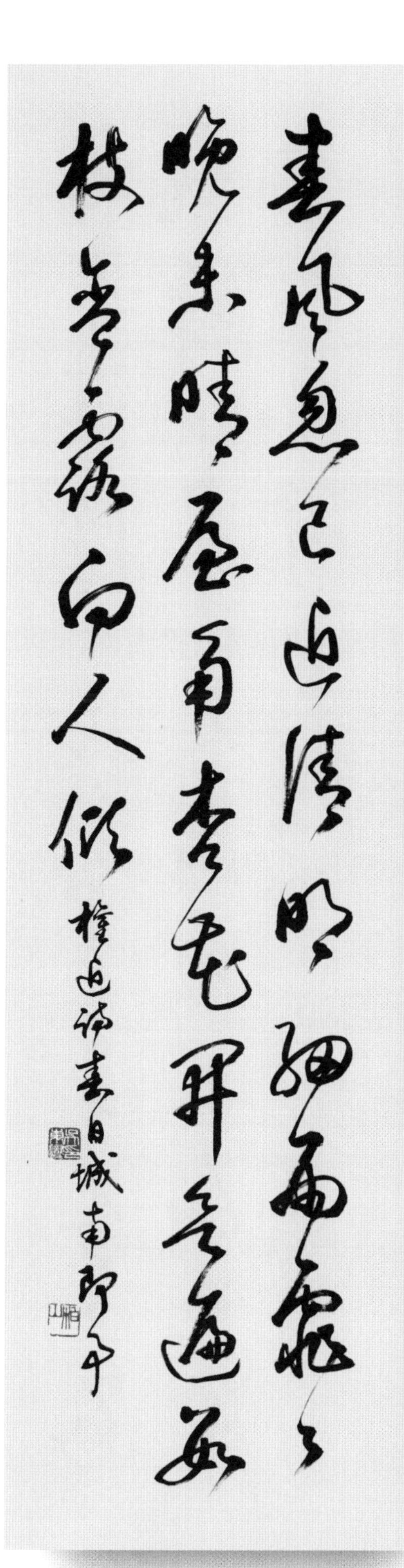

봄날 성남에서

春日城南卽事
춘 일 성 남 즉 사

春風忽已近淸明　춘풍홀이근청명
細雨霏霏晩未晴　세우비비만미청
屋角杏花開欲遍　옥각행화개욕편
數枝含露向人傾　수지함로향인경

봄바람 불어 어느새 청명절에 가깝고
이슬비 보슬보슬 늦도록 개지 않네
집 모퉁이 살구꽃은 활짝 피려하는 듯
이슬 먹은 가지들이 나를 보고 기울었네

淸明 24절기 중 다섯째. 춘분과 곡우 사이. 霏霏 날아 흩어지는 모습. 霏 올 비. 屋角 집 모퉁이. 開欲遍 활짝 피려 함. 遍 두루 편. 온. 번.

청명절이 가까워 오니 봄기운이 완연하고 봄비가 안개인 듯 비인 듯 하루 종일 내리고 있다. 집 앞의 살구꽃은 빗방울을 가득 머금어 제 무게를 감당치 못해 가지가 늘어져 마치 내게 다가와 봄 인사를 건네는 듯하다.

權 近(1352~1409): 본관은 안동, 자는 可遠 · 思叔, 호는 陽村이며 이색, 정몽주의 문인이다. 조선 개국 후 사병 폐지를 주장하여 왕권확립에 공을 세웠으며 대사성 등을 지냈다. 시문집으로 〈양촌집〉 40권이 있다.

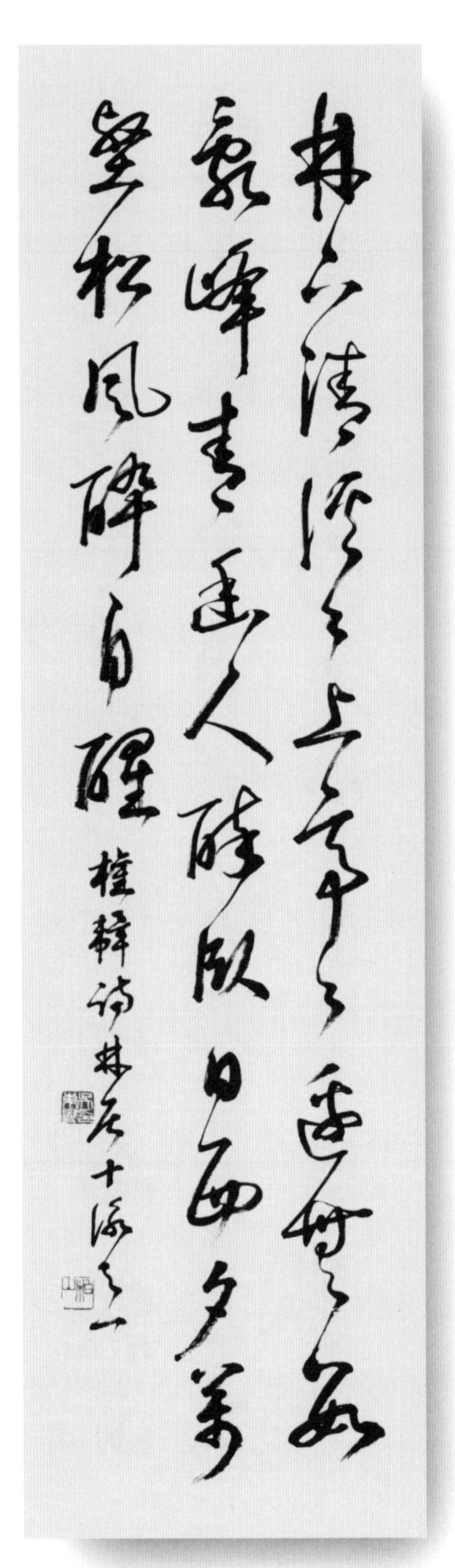

숲속 거처를 노래함

林居十詠
임 거 십 영

林下淸溪溪上亭 임하청계계상정
亭邊無數亂峰靑 정변무수난봉청
幽人醉臥日西夕 유인취와일서석
萬壑松風醉自醒 만학송풍취자성

숲 아랜 맑은 시내 시내 위엔 정자있고
정자 가엔 수많은 봉우리 푸르구나
해질 녘 幽人은 취하여 누웠는데
골짜기 솔바람에 취한 술 절로 깨네

幽人 은자. 세상을 피하여 은둔하여 사는 사람. 日西夕 해가 서쪽으로 저무는 저녁. 醉自醒 취한 술 절로 깨다.

세상을 피하여 산림에 은둔하여 시내 언덕 위에 정자 하나 세우고 이따금 정자에서 자연을 벗하며 한 잔 기울인다. 골짜기에서 불어오는 시원한 솔바람이 취해 누워있는 나의 술기운을 걷어가니 차츰 정신이 맑게 개어온다.

權 韠(1569~1612): 조선중기 문신. 자는 汝章, 호는 石洲이며 권벽의 아들로 어려서부터 시명이 높았다. 광해군의 척족 정치를 풍자하는 宮柳詩로 인하여 귀양가는 도중 동정으로 주는 술을 마시다가 폭음으로 사망하였다.

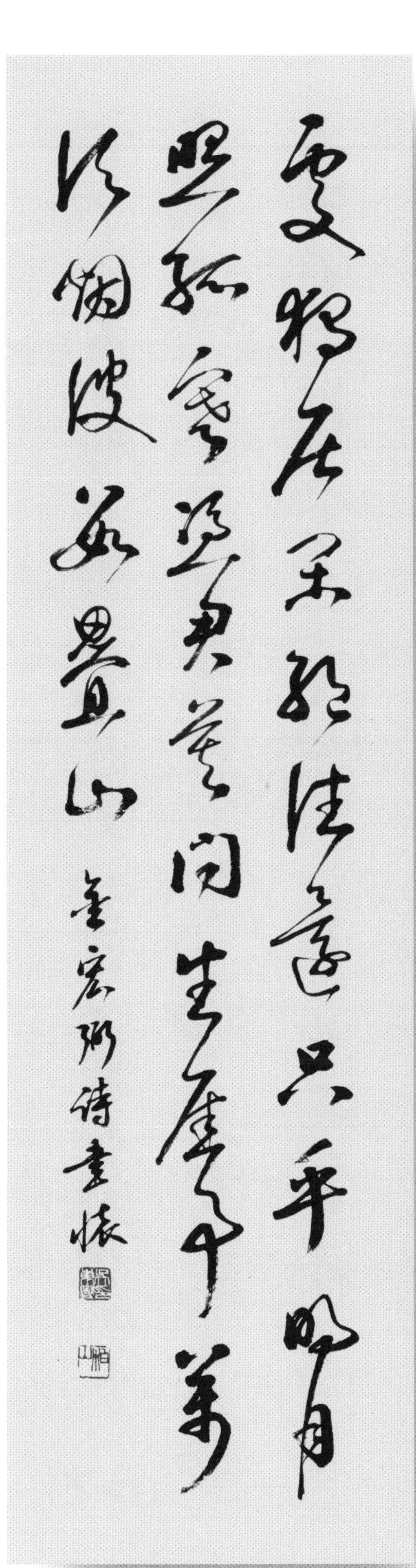

회포를 쓰다

書懷
서 회

處獨居閑絕往還 처독거한절왕환
只呼明月照孤寒 지호명월조고한
憑君莫問生涯事 빙군막문생애사
萬頃烟波數疊山 만경연파수첩산

홀로 한가롭게 사니 오가는 이 없어
밝은 달 불러 쓸쓸한 나를 비추게 한다
그대여 이내 생애 어떤가 묻지 마시게
만경연파 첩첩산중 내 사는 곳이지

處獨居閑 홀로 한가롭게 살다. 絕往還 오고 감이 없음. 孤寒 외롭고 빈한함. 憑君 그대 생각으로. 君 달을 의인화. 憑 기댈 빙. 의지하다. 烟波 자욱하게 물결처럼 보이는 연기.

홀로 한가히 살면서 사람왕래 끊고 몸을 닦으며 지낸다. 외로우면 달밤을 거닐며 풍월주인이 되어 빈한한 삶을 달래기도 한다. 제발 내 삶이 어떠냐고 묻지 말게. 나는 안개 낀 첩첩산중이 좋으니까...

金宏弼(1454~1504): 조선전기 성리학자. 본관은 서흥, 자는 大猷, 호는 寒暄堂이며 무오사화로 유배된 평안도 회천에서 조광조를 만나 학문을 전수받았다. 갑자사화로 극형을 받았으며 문집에 〈寒暄堂集〉, 〈景賢錄〉 등이 있다.

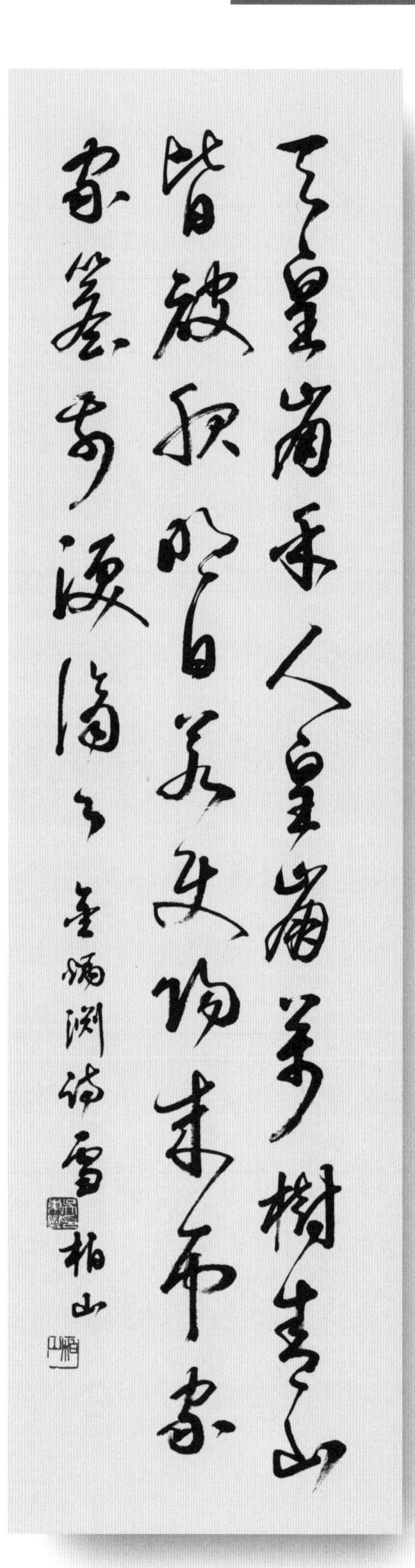

눈을 보며

雪
설

天皇崩乎人皇崩 천황붕호인황붕
萬樹青山皆被服 만수청산개피복
明日若使陽來弔 명일약사양래조
家家簷前淚滴滴 가가첨전루적적

하늘 임금 죽으셨나 땅의 임금 죽었는가
온 산과 나무들이 소복을 입었구나
밝은 날 해님더러 조문하게 한다면
집집마다 처마 아래 눈물이 떨어지리

崩 무너질 붕. 천자가 죽다. 被服 상복을 입다. 若使 만약 ~하게 한다면. 家家 집집 마다. 簷 처마 첨. 滴滴 물방울이 뚝뚝 떨어지는 모양.

옥황상제가 죽었는지 나랏님이 죽었는지 푸른 산과 나무들, 온 세상이 소복으로 갈아입었다. 아침 해가 떠올라서 조문을 오게 되면 집집마다 처마에는 애도의 눈물이 뚝뚝 떨어지겠지. 눈 내린 아침 참 아름답다.

金炳淵(1807~1863): 조선후기 시인. 본관은 안동, 자는 性深, 호는 蘭皐이며 속칭 김삿갓 혹은 金笠이라고 부른다. 조부인 선천부사 김익순이 홍경래에게 항복하여 연좌제로 집안이 망하고 하늘을 볼 수 없다고 평생 삿갓을 쓰고 방랑하였다. 〈金笠詩集〉이 있다.

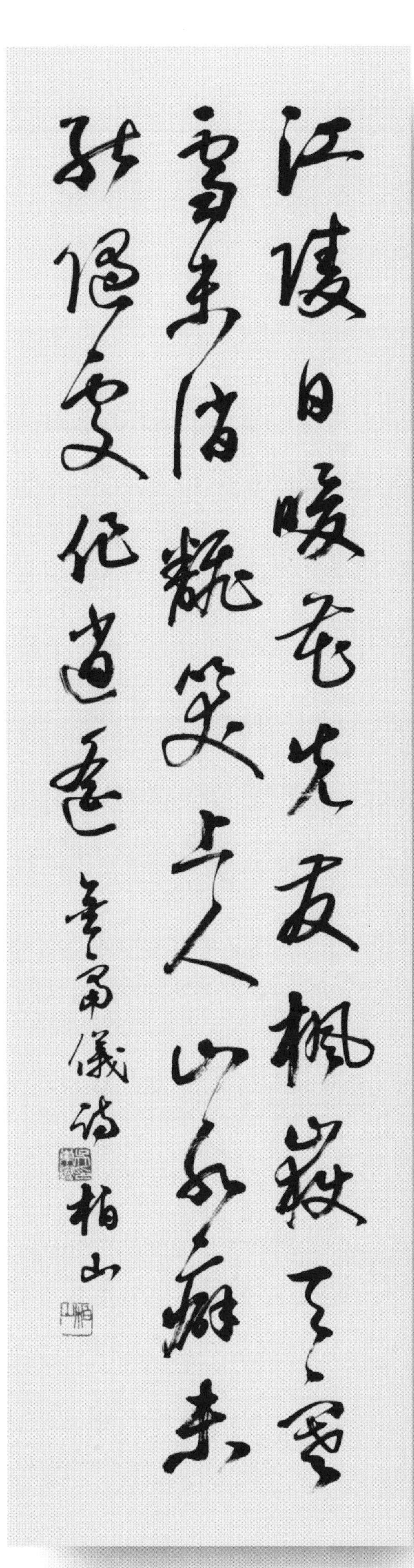

금강산으로 가는 스님을 보내며

江陵送安上人之楓嶽

강 릉 송 안 상 인 지 풍 악

江陵日暖花先發　강릉일난화선발
楓嶽天寒雪未消　풍악천한설미소
飜笑上人山水癖　번소상인산수벽
未能隨處作逍遙　미능수처작소요

강릉 일기 따뜻하여 꽃이 일찍 피지만
금강산은 날이 추워 눈이 아직 녹지 않네
스님의 산수벽을 웃어주고 싶노니
이르는 곳마다 소요하지 못하시네

日暖 날씨가 따뜻함. 暖 따뜻할 난. 楓嶽 금강산의 가을 이름. 飜笑 크게 웃음. 飜 날 번. 뒤집다, 날다. 上人 승려의 존칭. 山水癖 산수를 좋아하는 기벽. 隨處 가는 곳마다. 逍遙 여유롭게 거닐며 노닒.

강릉에서 산수를 그리워하는 스님을 금강산으로 전송한다. 강릉은 날씨가 따뜻하여 벌써 꽃이 피는데 아직 눈도 녹지 않은 금강산으로 떠나는 스님을 보니 뭐 그리 지긋하지 못하신가. 좀 더 오래 스님과 같이 머물고 싶지만 산수 그리는 스님의 병이 도지니 어쩔 수 없다.

金富儀(1079~1136): 고려 문신. 자는 子由, 초명은 富轍이며 김부식의 동생이다. 인종의 세자 시기에 詹事府司直이 되어 문학으로 우대받고 御使中丞이 되었다. 묘청의 난에 左軍帥, 樞密院事로 출정하여 평정하고 金帶를 하사받았으며 시문에 능하였다.

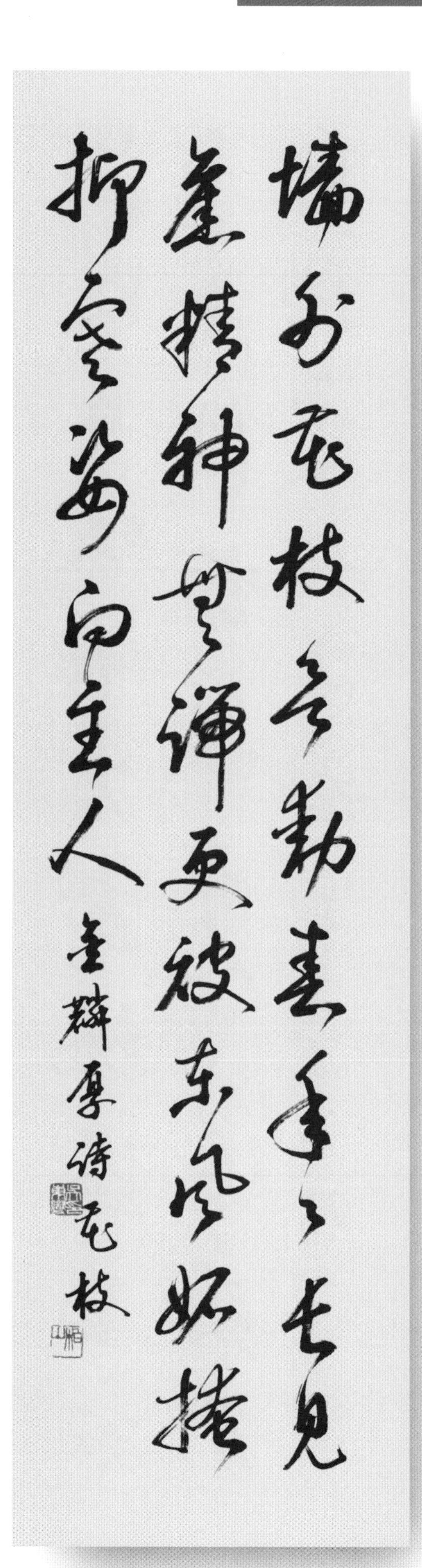

꽃가지

花枝
화 지

墻外花枝欲動春	장외화지욕동춘
年年長見舊精神	년년장견구정신
無端更被東風妬	무단갱피동풍투
掩抑寒姿向主人	엄억한자향주인

울 밖의 꽃가지 봄 맞아 움트려는데
해마다 옛 기운 오래도록 보여주네
까닭 없이 봄바람의 시새움을 받고서
추위 움츠린 자태로 주인을 쳐다본다

墻外 담장 밖. 動春 봄에 움트다. 精神 원기, 기운, 정신. 無端 까닭 없이. 東風 봄바람. 妬 시새울 투. 질투하다. 掩抑寒姿 추워서 움츠린 자태. 掩 가릴 엄. 抑 누를 억.

양지바른 담 밑에서 제일 먼저 봄소식이 온다. 혹독한 긴 추위를 견뎌내고 움트는 꽃망울은 해마다 그 인고의 기운을 보여 준다. 봄바람이 질투를 부리고 아직 추위가 남아 있어 움추린 채 춥다고 주인을 쳐다본다.

金麟厚(1510~1560): 문신, 학자, 본관은 울산, 자는 厚之, 호는 河西이며 부수찬 등을 지내고 을사사화 후 고향 長城에 칩거하며 성리학에 몰두하였다. 문집에 〈河西集〉이 있으며 시호는 文正이다.

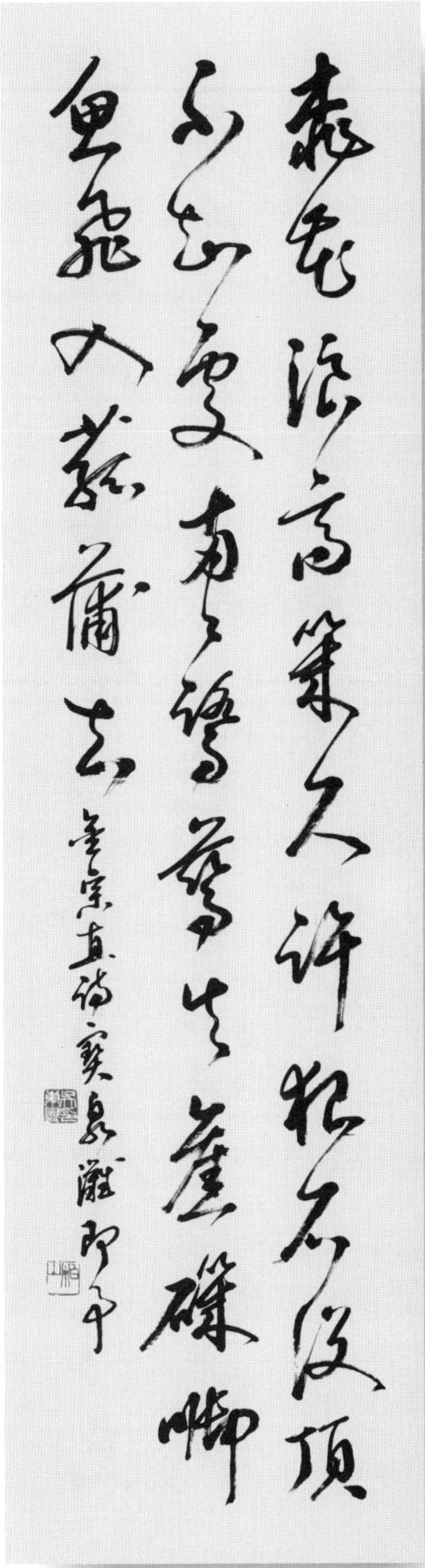

보천탄에서

寶泉灘卽事
보 천 탄 즉 사

桃花浪高幾尺許　도화랑고기척허
狠石沒頂不知處　흔석몰정부지처
兩兩鸕鷀失舊磯　양양노자실구기
啣魚飛入菰蒲去　함어비입고포거

도화꽃 떠가는 물결 몇 척이나 높은지
사나운 바위머리 잠겨간 곳 모르겠네
쌍쌍이 나르는 해오라기 놀던 물가 잃고서
고기 문 채 줄풀 사이로 날아 들어가네

寶泉灘 선산 동남쪽에 있는 여울. 浪高 높은 물결. 狠 모질 흔. 잔인하다. 舊磯 옛 물가. 磯 물가 기. 啣 =銜 재갈 함. 입에 물다. 菰 줄풀 고. 蒲 부들 포.

고향 선산에서 한가히 지내며 보천탄을 거닌다. 복사꽃 필 무렵 봄물이 불어나서 물이 세차게 높이 흐른다. 새들이 앉아 놀던 바위들이 물속에 잠겨버리는 바람에 새들은 줄풀 사이로 날아드는 광경을 바라보고 있다.

金宗直(1431~1492): 조선전기 문인. 본관은 선산, 자는 季溫, 호는 佔畢齋이며 정몽주, 길재, 부친 김숙자의 학통을 이었다. 생전에 지은 〈弔義帝文〉으로 무오사화가 일어나 부관참시를 당하였다. 역대 시와 시문을 모아 〈青丘風雅〉, 〈東文粹〉를 엮었다.

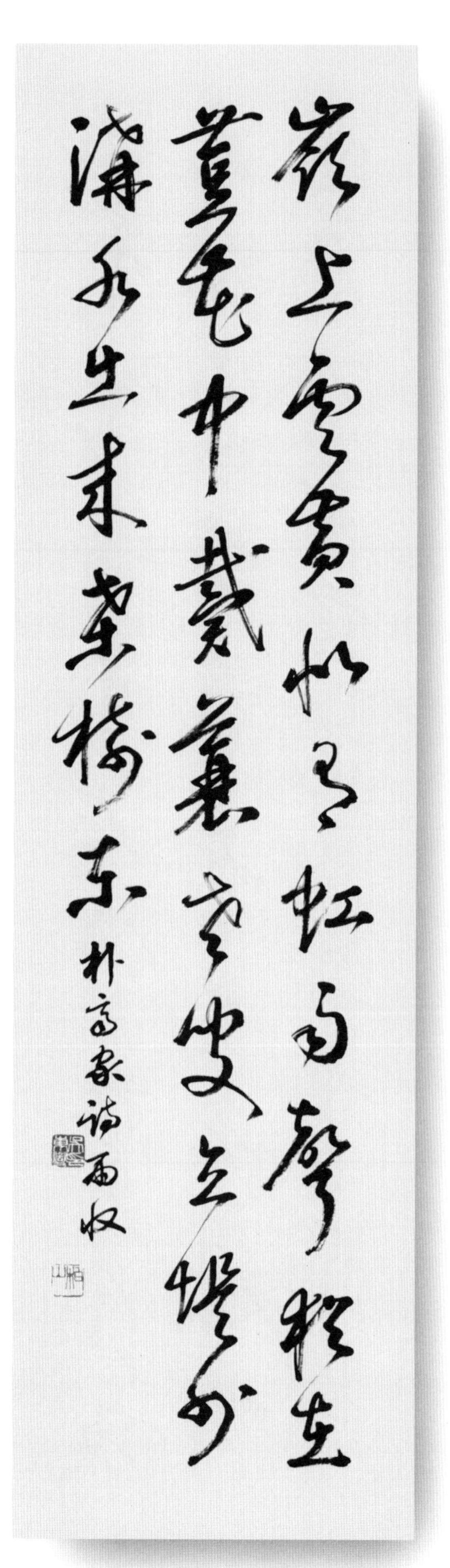

비 개인 뒤

雨收
우 수

嶺上雲黃似有虹	영상운황사유홍
雨聲猶在荳花中	우성유재두화중
戴蓑老叟立堤外	대사로수립제외
溝水出來桑樹東	구수출래상수동

능선 위 황색 구름 무지개 뜬 것 같고
콩 밭에는 여전히 빗소리 들리누나
도롱이 쓴 늙은 농부 두둑 밖에 서있고
뽕나무 밭 동편으로 도랑물이 흘러간다

似有虹 무지개와 같다. 虹 무지개. 荳 =豆 콩 두. 戴蓑 도롱이 쓰다. 戴 일 대. 착용하다. 쓰다. 蓑 도롱이 사. 溝水 도랑 물. 老叟 영감. 노인.

여름 날 오후 소나기가 내렸다. 영마루 뭉게구름이 석양의 햇빛을 받아 붉고 누런 색을 띠어 마치 무지개 같고 콩밭에는 잔비가 떨어지고 있다. 농부는 논둑에 서서 논물 보는데 뽕밭 옆으로 도랑물이 쏟아진다. 시원한 여름이다.

朴齊家(1750~1805): 조선후기 실학자. 본관은 밀양, 자는 次修, 호는 楚亭, 정유, 박지원의 문인으로 북학파의 거두이다. 청의 선진문물과 개혁정책을 주장하였으며 저서에 〈北學議〉와 〈貞蕤詩稿〉가 있다.

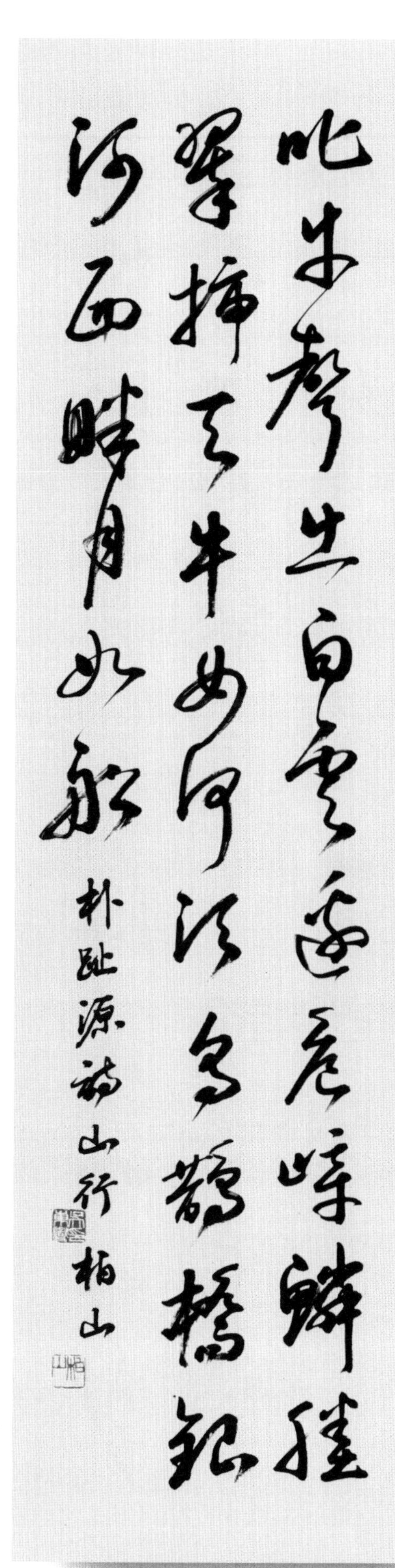

산길

山行
산 행

吒牛聲出白雲邊　질우성출백운변
危嶂鱗塍翠揷天　위장린승취삽천
牛女何須烏鵲橋　우녀하수오작교
銀河西畔月如船　은하서반월여선

흰 구름 가에는 소 모는 소리 들리고
가파른 다랑논은 하늘 높이 솟았구나
견우와 직녀는 구태여 오작교만 쳐다보고 있나
은하수 서편에 배 같은 달이 걸려 있는데

吒牛聲 소 모는 소리(이랴 이랴). 危嶂 깍아지른 듯 솟은 봉우리. 鱗 비늘 린. 塍 밭두둑 승. 牛女: 견우와 직녀.何須: =何必 구태여. ~할 필요가 있는가.

산길을 가다가 소 모는 소리가 들려오는 산위를 올려다보니 물고기 비늘 같은 다락논배미가 깍아지른 산비탈을 따라 하늘에 닿아 있는데 조각배처럼 생긴 낮달이 눈에 띈다. 견우와 직녀는 하필 칠석날만 기다리나. 저 조각배를 타고 건너가면 금방 만날 수 있을텐데...

朴趾源(1737~1805): 조선 실학자. 소설가. 본관은 潘南, 자는 仲美, 호는 燕巖이며 홍대용으로부터 지구 자전설 등 서양 신문학을 배웠다. 청나라 여행기인 〈熱河日記〉와 42수의 詩가 수록된 〈燕巖集〉이 있다.

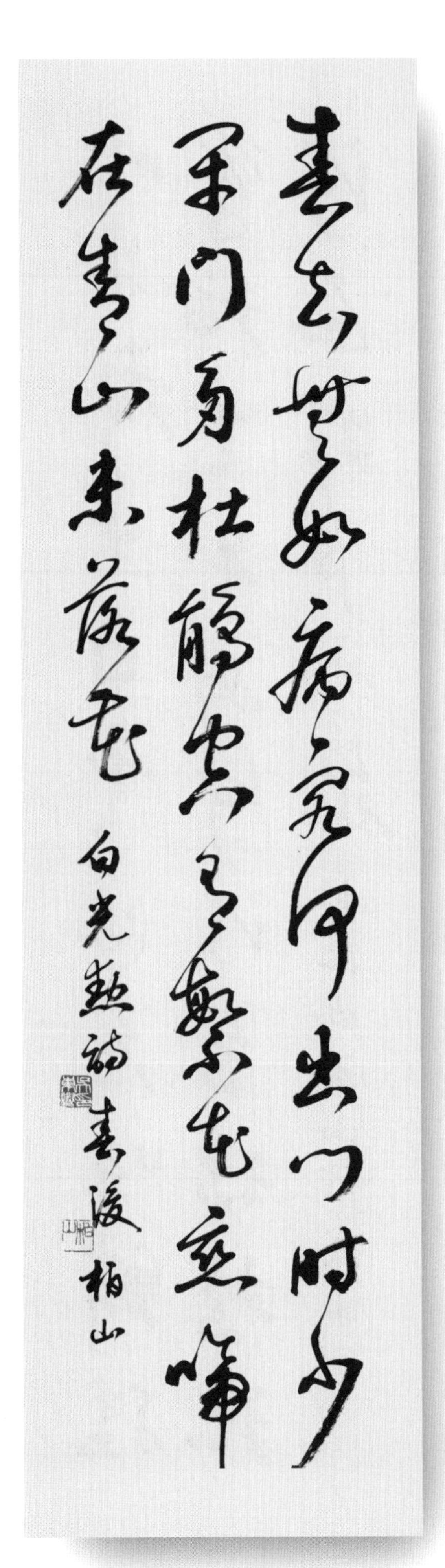

봄은 가고

春後

춘 후

春去無如病客何　춘거무여병객하
出門時少閉門多　출문시소폐문다
杜鵑空有繁花戀　두견공유번화연
啼在青山未落花　제재청산미락화

봄은 가도 병든 이 몸 어쩔 수 없어
문 나설 때는 적고 닫을 때가 더 많네
두견새는 공연히 무성한 꽃을 좋아하여
지다 남은 청산에서 울고 있구나

無如何 어찌 할수 없다. 杜鵑 두견새. 繁花戀 무성한 꽃 좋아하다. 未落花 아직 떨어지지 않은 꽃.

봄이 오면 병든 이 몸 털고 일어날 수 있으리라 간절히 기다렸건만 이 몸은 병석에 누워 봄을 누려보지도 못한 채 가는 봄을 멀거니 보고만 있다. 두견이도 지는 꽃이 안타까워 지다 남은 꽃에 앉아 저리도 애타게 울어쌓는가?

白光勳(1537~1582): 시인, 본관은 海美, 자는 彰卿, 호는 玉峰이며 벼슬에 뜻이 없어 산수간에 머물며 시문에 몰두하였다. 최경창, 이달과 함께 삼당시인으로 불리었고 문집에 〈玉峰集〉이 있다.

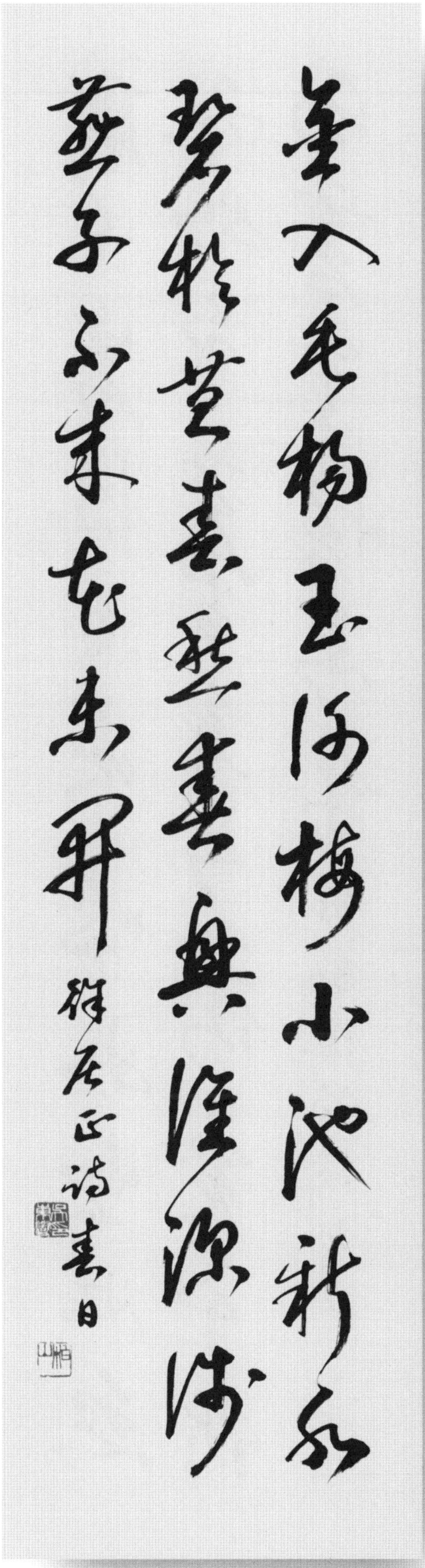

봄날

春日
춘 일

金入垂楊玉謝梅	금입수양옥사매
小池新水碧於苔	소지신수벽어태
春愁春興誰深淺	춘수춘흥수심천
燕子不來花未開	연자불래화미개

버들에 금빛 들고 매화에는 옥빛 시드는데
작은 연못 봄물은 이끼보다 파랗구나
봄 시름과 봄 흥취 어느 것이 깊은가
제비도 오지 않고 꽃도 아직 안피었네

垂楊 수양버들. 謝梅 시드는 매화. 誰深淺 어느 것이 깊고 얕은가. 燕子 제비.

봄이 와서 버들이 피어 금빛이 반짝이고 겨울에 피었던 흰 매화는 지고 있다. 이렇게 피고 지는 시름과 흥취는 어느 것이 더 깊은 것일까? 멀지 않아 제비가 날아오고 꽃들이 피면 시름은 사라지고 흥취가 일 것이다.

徐居正(1420~1488): 조선전기 문인. 본관은 달성, 자는 강중, 호는 사가, 권근의 외손자이며 대제학과 판서를 지냈다. 문장과 글씨에 능하며 〈東人詩話〉, 〈筆苑雜記〉, 〈四佳集〉 등의 문집이 있다.

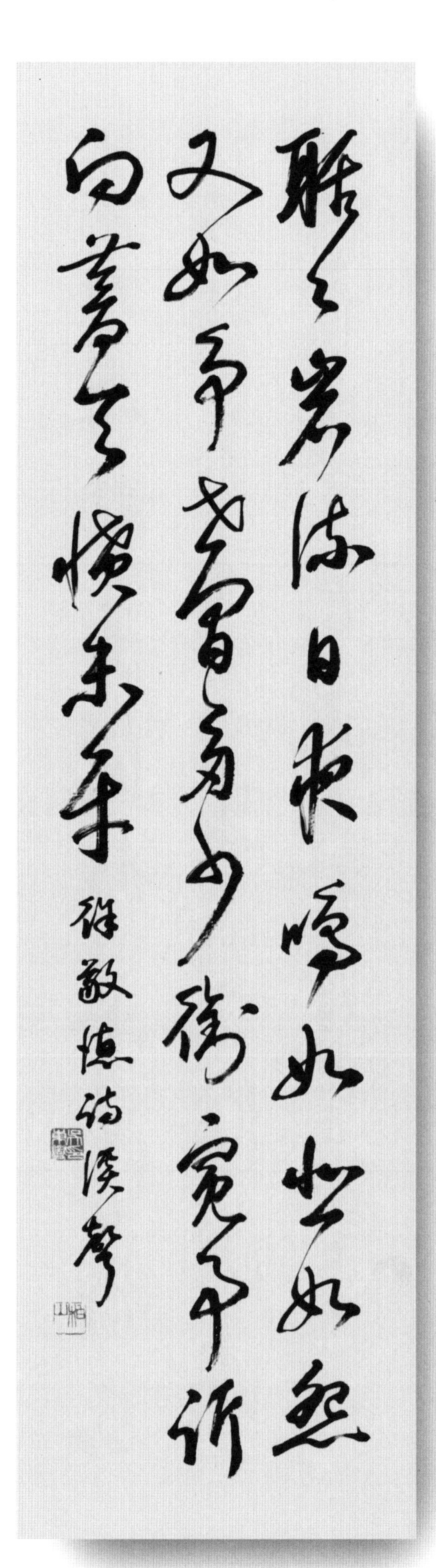

시냇물 소리

溪聲

계 성

聒聒岩流日夜鳴	괄괄암류일야명
如悲如怨又如爭	여비여원우여쟁
世間多少銜寃事	세간다소함원사
訴向蒼天憤未平	소향창천분미평

바위 사이 흐르는 물 밤낮으로 울어대네
흐느끼듯 원망하듯 그러다간 다투는 듯
세간의 원통한 하고많은 사연들을
하늘 향해 호소해도 분이 안풀리는지

聒聒 몹시 요란스런 모양. 聒 떠들썩할 괄. 日夜鳴 밤낮으로 울다. 銜寃 원망을 품다. 銜 =啣 재갈 함. 寃 원통할 원. 憤 결낼 분. 분개하다. 憤未平 분이 가시지 않다.

주야로 흐르는 계곡물 소리를 듣고 있으면 인간 세상의 온갖 소리가 다 들려온다. 슬퍼서 탄식하는 소리, 원망하는 소리 같고 또 어찌 들으면 싸우는 소리 같기도 하다. 시끄러운 세상사처럼 하늘에 호소해도 별 소용이 없다.

徐敬德(1489~1546): 조선 중종조 학자. 본관은 달성, 자는 可久, 호는 花潭이며 理氣論의 본질을 연구하여 〈理氣一元說〉을 체계화 하였다. 황진이, 박연폭포와 함께 송도삼절로 일컬으며 저서에 〈花潭集〉이 있다.

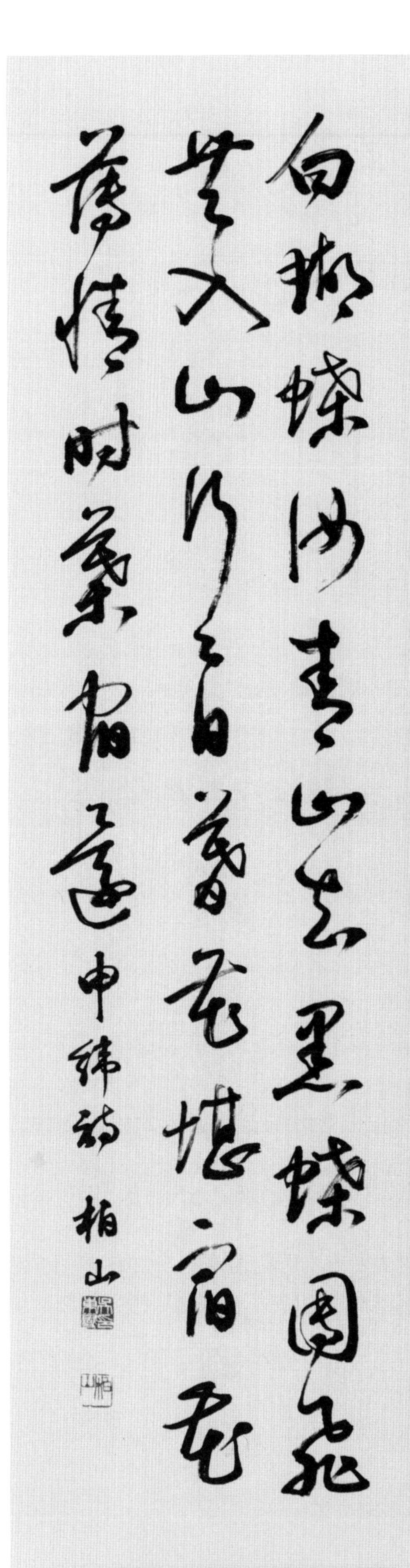

나비야 청산가자

蝴蝶靑山去
호 접 청 산 거

白蝴蝶汝靑山去 백호접여청산거
黑蝶團飛共入山 흑접단비공입산
行行日暮花堪宿 행행일모화감숙
花薄情時葉宿還 화박정시엽숙환

흰나비 너도 가자 청산에 가자
범나비도 무리지어 다 함께 가자
가다가다 해 저물면 꽃에 들러 자고 가자
꽃에서 푸대접하거든 잎에서나 자고 가자

蝴 나비 호. 蝶 나비 접. 團飛 무리지어 날아가다. 共入山 함께 산에 들다. 花堪宿 꽃에서 잘 만 하다. 堪 견딜 감. ~할 수 있다.

작자 미상의 다음 시조를 紫霞가 한역하였다.
나비야 청산 가자 범나비 너도 가자
가다가 저물어든 꽃에 들어 자고 가자
꽃에서 푸대접하거든 잎에서나 자고 가자

申 緯(1769~1845): 조선후기 문신. 본관은 平山, 자는 漢叟, 호는 紫霞 · 警修堂이며 이조참판 등을 지냈다. 시 · 서 · 화 삼절로 일컬어졌고 글씨는 동기창체를 썼다. 저서에 〈警修堂全藁〉, 〈紫霞詩集〉이 전한다.

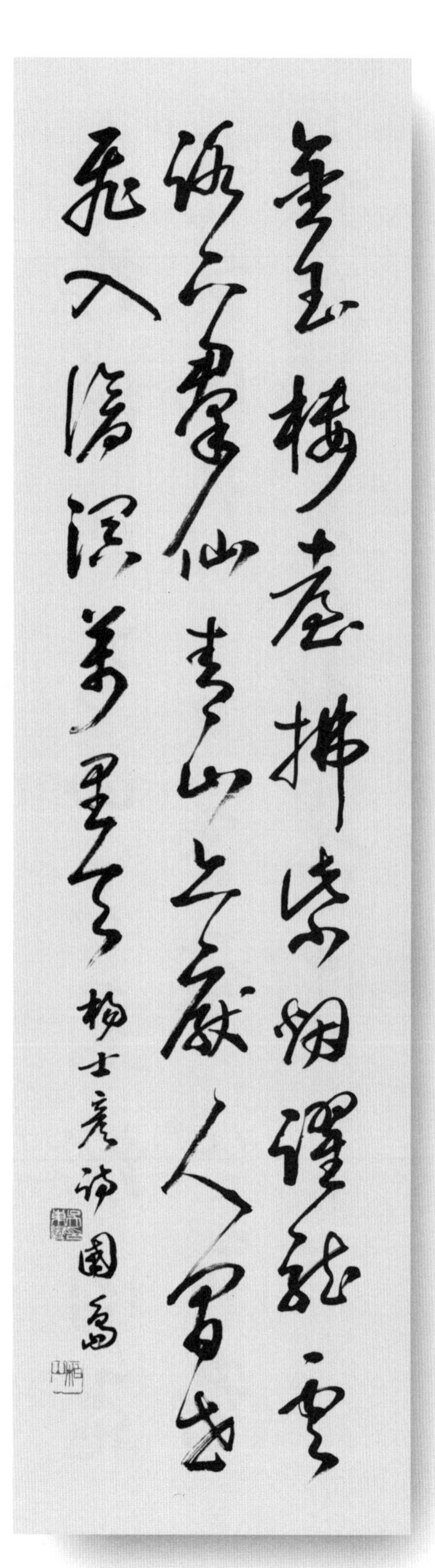

국도에서

國島
국 도

金玉樓臺拂紫烟	금옥루대불자연
躍龍雲路下群仙	약룡운로하군선
青山亦厭人間世	청산역염인간세
飛入滄溟萬里天	비입창명만리천

멋진 누대가 자줏빛 안개 속에 솟아있고
용 꿈틀대는 구름길로 신선들 내려오네
청산도 역시 인간세상 싫어서
만 리 먼 푸른 바다로 날아 왔구나

國島 함경도 안변의 섬으로 동해의 명승지. 金玉 귀중한 것. 화미한 것. 拂 털 불. 厭人間世 인간세상을 싫어함. 滄溟 창해. 대해.

안개 사이로 솟아오른 국도의 樓臺는 신선들이 구름 타고 내려와 노니는 선경이다. 이 섬은 인간세상 어딘가에 있었던 청산인데 인간세가 싫어져서 동해로 날아와 앉았다는 것이다. 신선 같은 발상이 아름답다.

楊士彦(1517~1584): 조선 전기 문인 · 서예가. 본관은 청주, 자는 應聘, 호는 蓬萊이며 안평대군, 한호, 김구와 함께 조선 4대 서예가이다. 회양 군수로 나가 금강산 시를 많이 남겼으며 문집에 〈蓬萊集〉이 있다.

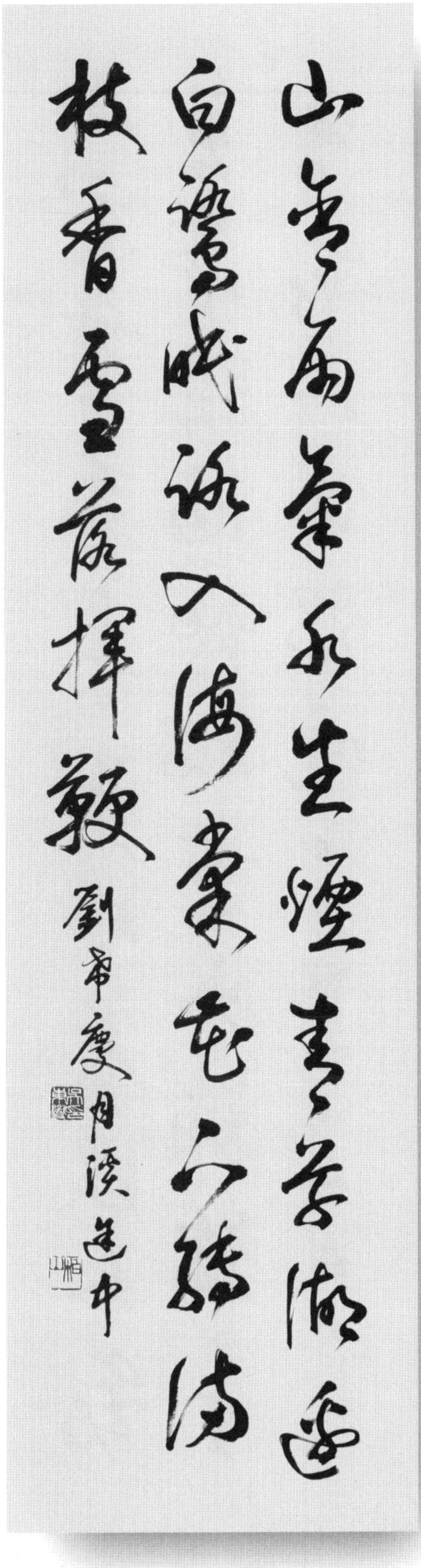

월계 가는 도중에

月溪途中
월 계 도 중

山含雨氣水生煙　산함우기수생연
青草湖邊白鷺眠　청초호변백로면
路入海棠花下轉　노입해당화하전
滿枝香雪落揮鞭　만지향설락휘편

산은 비를 머금고 물위엔 안개가 피어나는데
청초 우거진 호수가엔 백로가 졸고 있네
해당화 아래로 돌아드는 길에는
가지 가득 흰 꽃송이 채찍질에 휘날린다

月溪 팔당과 양수리 일대의 옛 지명. 海棠花 5~7월에 물가에 붉거나 흰 꽃을 피우고 향기가 진함. 滿枝香雪 가지 가득 핀 향기로운 흰 꽃. 揮鞭 채찍을 휘두름. 鞭 채찍편.

멀리 산에는 비구름이 덮여 있고 호수위에는 안개가 끼어 있는데 말을 타고 지나간다. 꺾어진 길옆으로 하얀 해당화가 흐드러지게 피었는데 지나다가 말채찍 한 번 휘두르니 해당화 꽃잎이 마치 눈송이처럼 날린다.

劉希慶(1545~1636): 조선중기 풍류시인. 본관은 강화, 자는 應吉, 호는 村隱이며 委巷詩人으로 사대부들과 교류하였다. 서얼과 기녀 신분인 유희경과 매창은 시를 매개로 사랑을 노래하였으며 문집으로 〈村隱集〉 3권이 전한다.

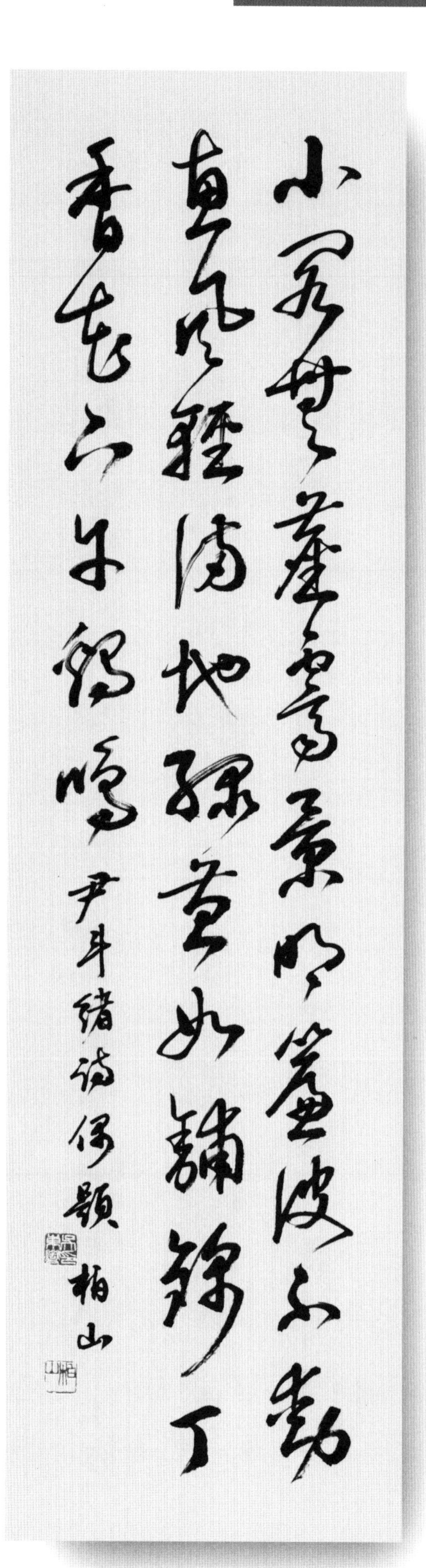

우연히 읊다

偶題

우 제

小閣無塵霽景明	소각무진제경명
簾波不動惠風輕	염파부동혜풍경
滿地綠苔如鋪錦	만지녹태여포금
丁香花下午鷄鳴	정향화하오계명

작은 누각 티끌 없고 하늘은 비 개여 환한데
따스한 바람 가벼이 불지만 주렴은 흔들림 없네
푸른 이끼 땅바닥 가득 비단을 깐 듯한데
정향화 꽃나무 아래 낮닭이 우는 구나

霽 개일 제. 눈 비 그치고 날이 개다. 滿地綠苔 땅바닥 가득한 푸른 이끼. 舖 =鋪 펼 포. 舖錦 깔아놓은 비단. 丁香花 5월에 붉은 꽃이 피는 활엽관목.

비 갠 뒤 하늘은 맑은데 깔끔한 작은 정자에 산들 바람 불어오고 마당에 깔려있는 이끼가 비단처럼 고운 전원 풍경이 그림처럼 펼쳐있다. 갑자기 정향나무 아래서 졸고 있던 낮닭이 울어 온 세상의 정적이 깨지고 만다.

尹斗緒(1668~1715): 조선후기 선비화가. 본관은 해남, 자는 孝彦, 호는 恭齋이며 정약용의 외증조이자 윤선도의 증손자이다. 謙齋 정선, 玄齋 심사정과 더불어 조선시대 대표화가 三齋로 일컬어졌다. 〈自畫像〉, 〈老僧圖〉 등이 유명하다.

송강정에서

松江亭
송 강 정

兒時愛誦關東曲　아시애송관동곡
猶記江湖臥竹林　유기강호와죽림
今日松江亭下過　금일송강정하과
江光竹色悵人心　강광죽색창인심

어릴 때 관동별곡 즐겨 애송했는데
아직도 기억하네 "강호에 병이 깊어 죽림에 누엇더니"
오늘 송강정 아래를 지나가자니
강물 빛 대나무 빛에 마음이 슬퍼지네

松江亭 전남 담양에 있는 정자. 關東曲 송강 정철이 지은 〈관동별곡〉. 猶 같을 유. 여전히. 아직도. 江湖臥竹林 "강호에 병이 깊어 죽림에 누엇더니"

오늘 송강이 머물었던 송강정을 지나다가 옛날 즐겨 애송하던 〈관동별곡〉이 생각난다. 강물 빛과 댓잎 빛은 송강이 머물던 그 때와 다를 것이 없는데 송강은 간데없고 정자만 남아 허전한 감회가 나를 슬프게 한다.

李建昌(1852~1898): 조선 말기 문신 · 학자. 본관은 전주, 자는 鳳朝, 호는 寧齋이며 한성부소윤, 승지 등을 지냈다. 김택영, 황현과 함께 조선말기 대표 문인으로 꼽히며 저서에 〈明美堂集〉, 〈黨議通略〉 등이 있다.

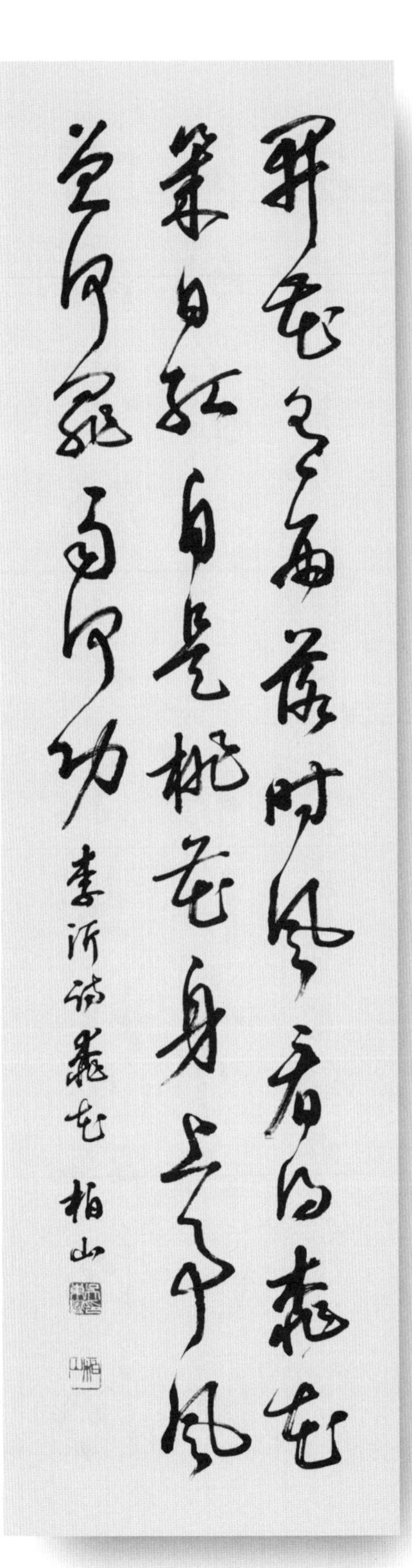

복사꽃

桃花
도 화

開花有雨落時風　개화유우낙시풍
看得桃花幾日紅　간득도화기일홍
自是桃花身上事　자시도화신상사
風曾何罪雨何功　풍증하죄우하공

필적엔 비가 오고 질 때는 바람부니
복사꽃 본다 한들 며칠 일이나 붉을손가
이 모두 복사꽃 일신상의 일인데
바람이 무슨 죄며 비가 무슨 공이 있나

看得 보자 하니. 본다 한들. 自是 당연히. 曾 일찍이.

꽃을 피운 비가 무슨 공이 있으며 꽃을 떨 군 바람이 무슨 죄가 있는가. 꽃이 진다고 애석할 것도 아쉬워할 것도 없는데 공연히 사람들이 안달이다. 이 모두가 복사꽃 스스로 자연의 인연에 따라 피고 질뿐인 것을…

李　沂(1848~1909): 조선 말기 학자 · 애국계몽운동가. 본관은 고성, 김제 만경에서 태어나고 자는 伯曾, 호는 海鶴이며 장흥의 *存齋* 위백규, 구례의 梅泉 황현과 함께 호남 三才로 불린다. 저서에 〈海鶴遺書〉 12권이 있다.

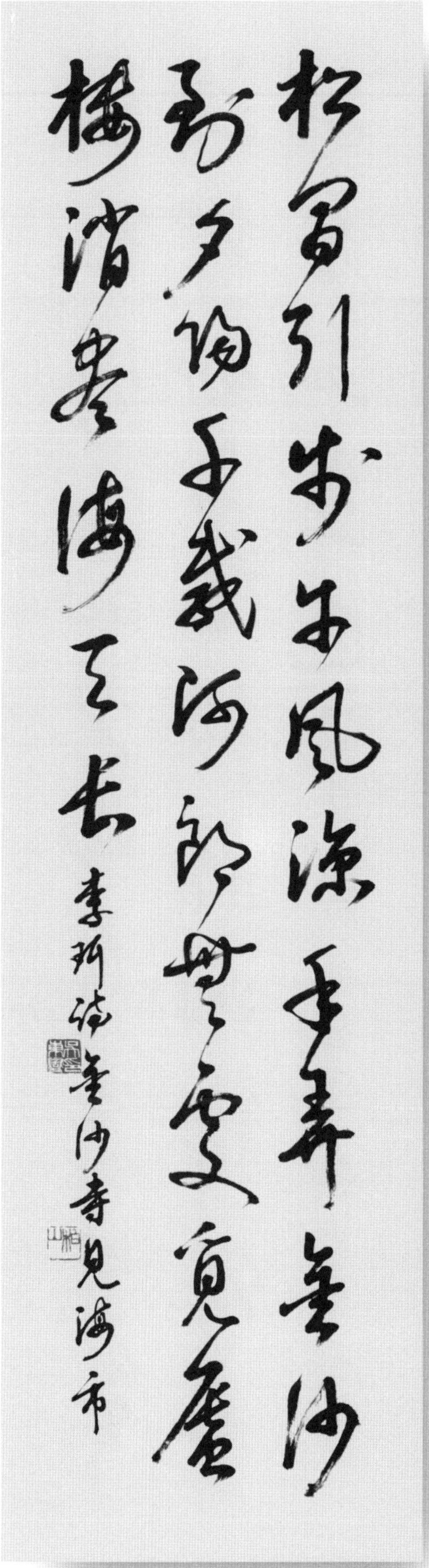

금사사에서 신기루를 보다

金沙寺見海市
금 사 사 견 해 시

松間引步午風涼　송간인보오풍량
手弄金沙到夕陽　수롱금사도석양
千載阿郎無處覓　천재아랑무처멱
蜃樓消盡海天長　신루소진해천장

솔숲 사이 거니니 낮바람 사원하고
금모래에서 놀다가 저물녘이 되었네
천년의 아랑은 찾을 데 없고
신기루 사라지니 바다 하늘 끝이 없구나

金沙寺 황해도 장연 해변에 있는 절. 引步 산보하다. 手弄金沙 금모래를 가지고 놀다. 無處覓 찾을 곳이 없다. 千載阿郎 신라의 화랑. 아랑이 놀던 해변. 蜃樓 신기루. 蜃樓海市 =海市 공중루각. 덧없음. 신기루.

석양의 햇빛을 받아 잠시 바다위에 떠있던 신기루가 사라지고 바다와 하늘이 끝 간 데 없이 아스라이 맞닿아 있다. 저녁볕처럼, 모래자국처럼, 천 년 전의 아랑처럼 누구나 스쳐간다. 신기루처럼 희미하게 보일 뿐이다.

李　珥(1536~1584): 학자 · 문신. 본관은 덕수, 자는 叔獻, 호는 栗谷이며 어머니 師任堂申氏에게서 수학하고 대제학, 각조 판서를 역임하였다. 유학에서 이황과 쌍벽을 이루며 〈聖學輯要〉, 〈東湖問答〉 등의 저서가 있다.

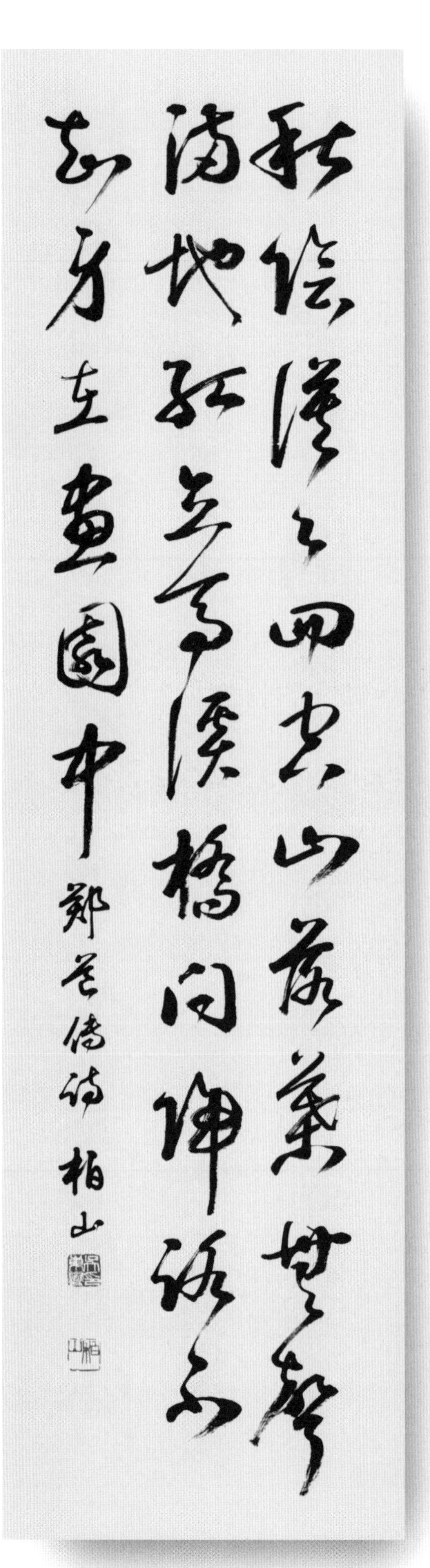

김거사를 방문하다

訪金居士野居
방 김 거 사 야 거

秋陰漠漠四空山　추음막막사공산
落葉無聲滿地紅　낙엽무성만지홍
立馬溪橋問歸路　입마계교문귀로
不知身在畫圖中　부지신재화도중

가을 구름 짙게 끼고 온 산은 텅 비었는데
낙엽은 소리 없이 땅에 가득 붉구나
다리위에 말 세우고 돌아갈 길 묻노라니
내가 그림 속에 서있는 줄 알지 못했네

漠漠 안개가 짙게 낀 모양. 四空山 사방이 텅 빈 산. 滿地紅 땅바닥을 붉게 덮다. 畫圖中 그림 속에 들어있다.

깊은 가을 구름 낀 산길을 걸어가니 낙엽은 떨어져 붉게 깔려있고 온 산은 텅 빈 듯 고요한데 그냥 지나치기 아쉬워 다리위에 멈춰 서서 사방을 둘러본다. 그제야 문득 내가 그림 속에 들어있다는 것을 알게 되었다.

鄭道傳(1342~1398): 고려말 조선초 문신. 본관은 봉화, 자는 宗之, 호는 三峰이며 정몽주, 이숭인과 함께 이색 문하에서 수학하였다. 조선건국의 기초를 수립하였으며 〈三峰集〉, 〈朝鮮經國典〉, 〈佛氏雜辨〉 등의 저술이 있다.

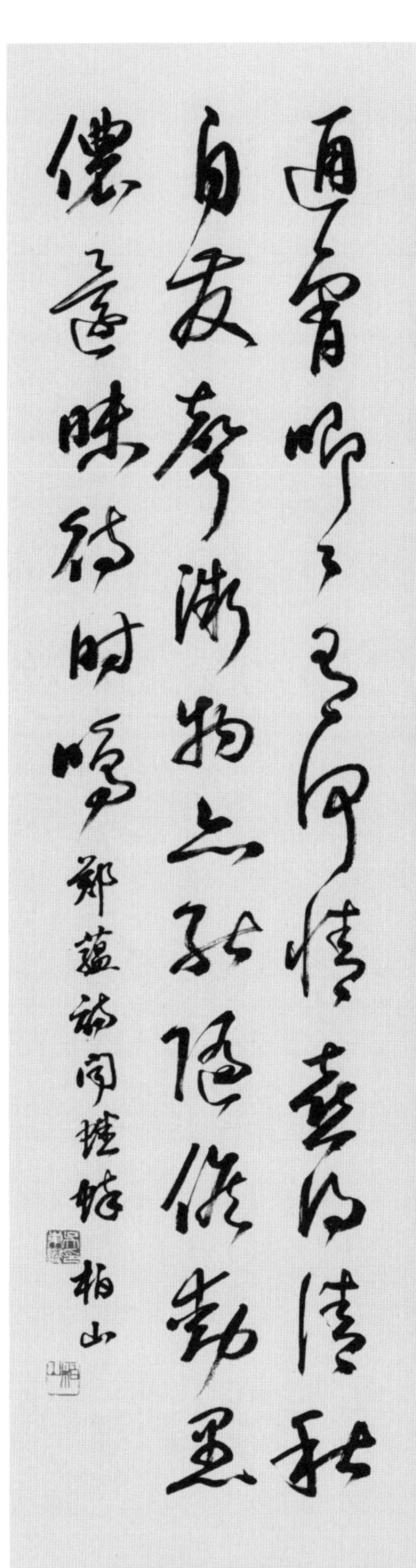

귀뚜라미 소리 들으며

聞蟋蟀

문 실 솔

通宵喞喞有何情 통소즉즉유하정
喜得淸秋自發聲 희득청추자발성
微物亦能隨候動 미물역능수후동
愚儂還昧待時鳴 우농환매대시명

밤새도록 찌르찌르 무슨 생각으로 우는가
맑은 가을이 좋아서 스스로 내는 소리일세
미물 또한 계절 따라 능히 감응하거늘
아직도 어리석은 나는 때 기다려 우누나

蟋蟀 귀뚜라미. 通宵 밤 새도록. 喞喞 찍찍. 짹짹(새, 벌레 우는 소리). 隨候 절후를 따라. 愚儂 나는. 愚 어리석을 우. 저. 제(자기의 겸칭). 儂 나 농.

귀뚜라미가 무슨 생각이 있어 저렇게 밤새도록 우는 것이 아니다. 봄에도 울지 않고 여름에도 울지 않다가 가을이 되니까 저절로 울음이 나오는 것이다. 어리석은 나는 눈치 때문에 못 울고, 체면 때문에 못 운다.

鄭 蘊(1569~1641): 조선 중기 문신. 본관은 草溪, 자는 輝遠, 호는 桐溪이며 1636년 병자호란 때 이조참판으로서 김상헌과 함께 척화를 주장하여 화의를 이룬 후 사직하고 덕유산에 은거하다 죽었다. 〈桐溪文集〉이 있다.

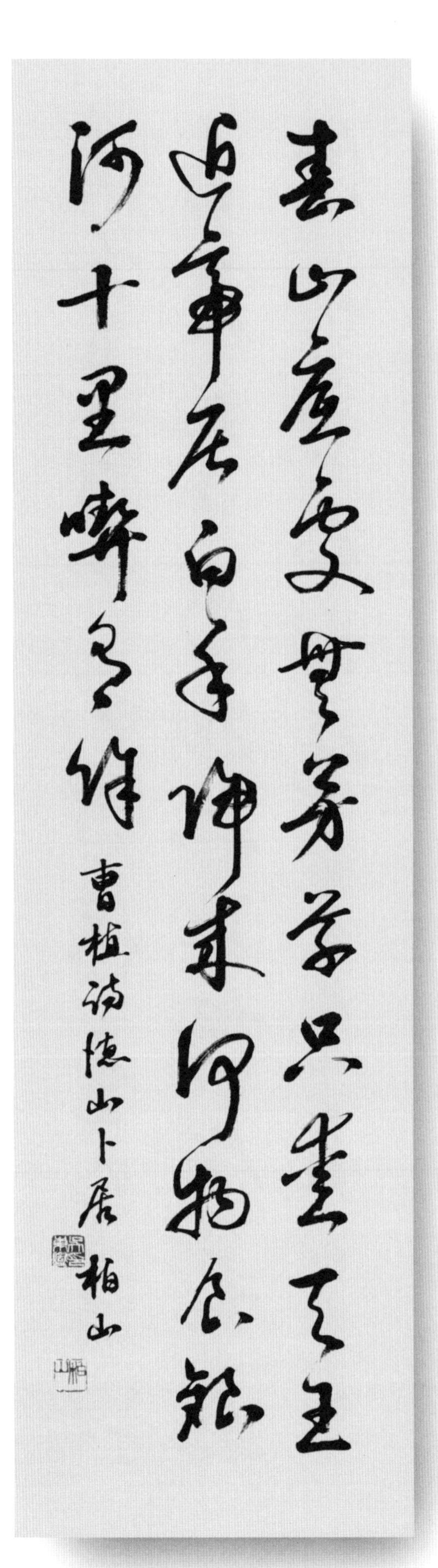

덕산의 거처에서

德山卜居
덕 산 복 거

春山底處無芳草　춘산저처무방초
只愛天王近帝居　지애천왕근제거
白手歸來何物食　백수귀래하물식
銀河十里喫有餘　은하십리끽유여

봄 산 어디엔들 방초가 없으랴만
다만 천왕봉이 하늘 가까이 있어 좋아하네
맨손으로 돌아와 무엇을 먹을 것인가
은하수 십리길 마시고도 넉넉하네

德山卜居 남명이 거처한 山天齋. 底處 어느 곳. 芳草 방초. 향초. 군자의 미덕. 白手 빈손. 맨손. 喫有餘 마시고도 남음 있네. 喫 마실 끽. 먹을 끽.

내가 지리산 아래 덕산의 山天齋를 좋아하는 까닭은 봄날 지천으로 깔려있는 방초가 아니라 하늘 높이 우뚝 솟은 천왕봉이 언제나 그 늠름한 자태를 보여주고 있기 때문이다. 천왕봉에서 흘러내리는 십리 시내가 있어 먹을 것 없어도 걱정이 없다.

曺　植(1501~1572): 조선 학자, 본관은 창녕, 자는 楗仲, 호는 南冥이며 매번 벼슬을 사양하고 지리산에 은거하여 대학자로 숭앙되었다. 문집에 〈南冥集〉, 〈南冥學記〉, 〈破閑雜記〉 등이 있고 시호는 文貞이다.

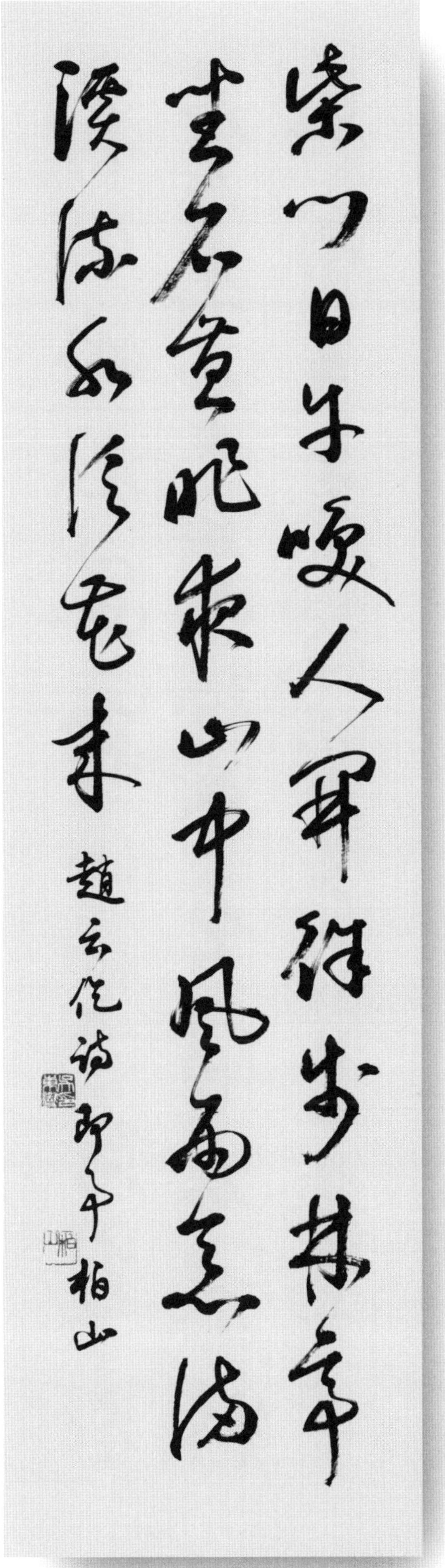

문득 시를 짓다

卽事

즉 사
한국 145, 옛시 상 247

柴門日午喚人開 시문일오환인개
徐步林亭坐石苔 서보임정좌석태
昨夜山中風雨惡 작야산중풍우악
滿溪流水泛花來 만계유수범화래

한낮에 사람 불러 사립문 열고
정자에 걸어나가 돌이끼에 앉는다
어제 밤 산중에 비바람 사납더니
넘실대는 시냇물에 꽃잎 동동 떠오네

卽事 눈앞에 일을 대하고 느낀 생각. 柴門 사립문. 喚人開 하인 불러 문을 염. 石苔 이끼 낀 돌. 泛花來 꽃잎이 떠내려 옴. 泛 뜰 범.

자신의 은거지가 꽃잎이 떠내려오는 무릉도원 같은 별천지임을 암시하지만 저 상류의 권력 주변에는 거센 비바람 같은 잔혹한 政爭이 벌어지고 잘못 휘말리면 권좌에서 꽃잎처럼 떨어지고 마는 비정한 세계가 있음을 암시한다. 유배가는 관리를 보고 지었다고 한다.

趙云仡(1332~1404): 본관 풍양, 호는 石澗이며 좌간의 대부, 밀직제학 등을 지냈다. 홍건적 침입 때 왕을 호종하여 공신이 되고 조선개국 후에는 강릉부사, 검교정당문학을 지냈다. 廣州 夢村에 은거하다가 73세에 별세. 저서에 〈石澗集〉, 〈三韓詩龜鑑〉이 있다.

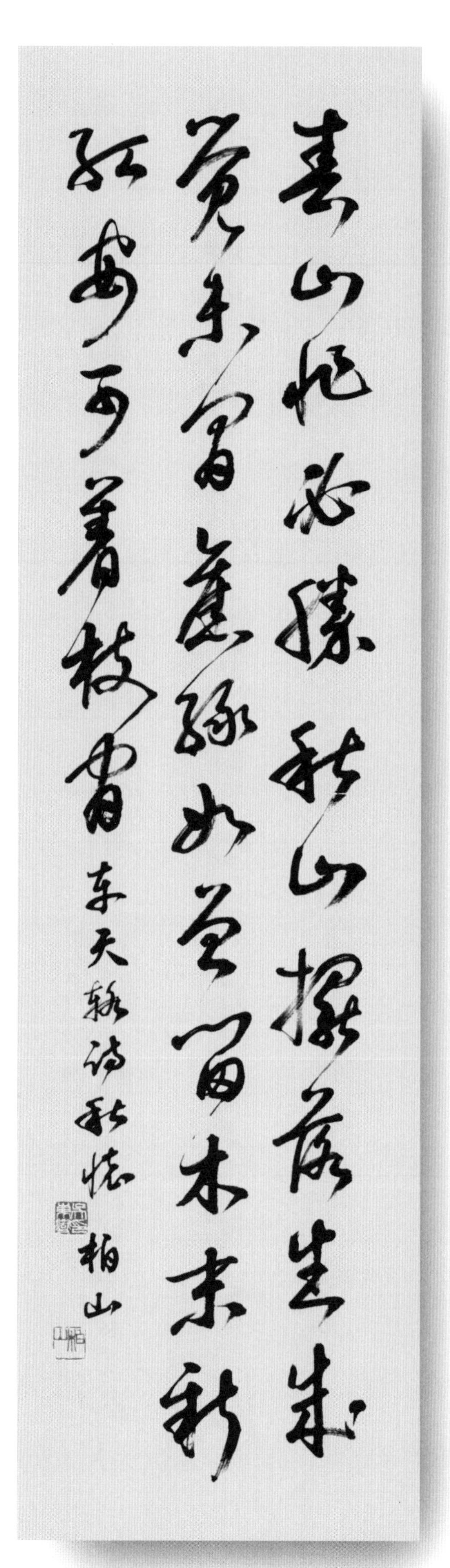

가을 생각

秋懷

추 회

春山非必勝秋山 춘산비필승추산
擺落生成覺未閒 파락생성각미한
舊綠如曾留木末 구록여증류목말
新紅安可着枝間 신홍안가착지간

봄 산이 가을 산 보다 꼭 낫지는 않지
떨어지고 돋아나고 한가한 때 없구나
묵은 잎이 여태까지 나무 끝에 달렸다면
새 꽃잎 어이하여 가지 사이 피겠는가

非必 반드시 ~한 것은 아니다. 擺落 피고 지다. 擺 벌여놓을 파. 드러내다. 安可 어찌~할 수 있겠는가. 着 붙을 착.

산은 찬바람이 불면 잎을 다 떨구고 겨울을 맞이하고 겨울 동안 새 싹을 준비한다. 새 것을 얻기 위해 묵은 것을 버릴 줄 안다. 사람들은 더 가지려고 발버둥 치다가 결국은 다 잃고 만다. 버려야 얻는다는 것을 어찌 모를까?

車天輅(1556~1615): 조선 선조조 문장가. 자는 復元, 호는 五山이며 임란 때 명나라 원군 요청서한을 작성하였고 이여송에게 써준 6백여 韻의 송별시로 명나라에 동방문사로 알려졌다. 문집에 〈五山集〉이 있다.

뜰에 가득한 달빛

絶句
절 구

滿庭月色無烟燭　만정월색무연촉
入座山光不召賓　입좌산광불소빈
更有松絃彈譜外　갱유송현탄보외
只堪珍重未傳人　지감진중미전인

뜰에 가득한 달빛은 연기 없는 촛불이요
집안에 들어앉은 산 빛은 부르지 않은 손님일세
거기에 악보 없이 연주하는 솔바람 소리
다만 혼자 소중히 여길 뿐 전해 줄 사람 없구나

無烟燭 연기 없는 촉불. 不召賓 불청객. 松絃 거문고 연주에 비유한 솔바람 소리. 彈譜外 악보 없이 연주함. 堪 견딜감, 감당하다, ~할 만하다. 珍重 진기하고 소중하게 여김.

산림에서 자연과 벗하며 얻을 수 있는 存心養性의 흥취는 오로지 이를 누리는 자의 몫이며 남에게 전할 수 있는 것이 아님을 암유하고 있다. 달빛으로 정원을 가득 채우고 뜰에 들어와 앉아 있는 청산 앞에 솔바람 연주가 펼쳐지니 정녕 塵世를 벗어난 풍경이다.

崔　沖(984~1068, 성종 3~문종 22): 고려 문신, 학자. 호는 惺齋, 본관은 해주이며 태사, 중서령 등을 역임하였다. 문장과 글씨에 뛰어나고 송악산 밑에 九齋학당을 설립하여 經學을 강론하여 해동공자로 추앙되었으며 문집에 〈崔文憲公遺稿〉가 있다.

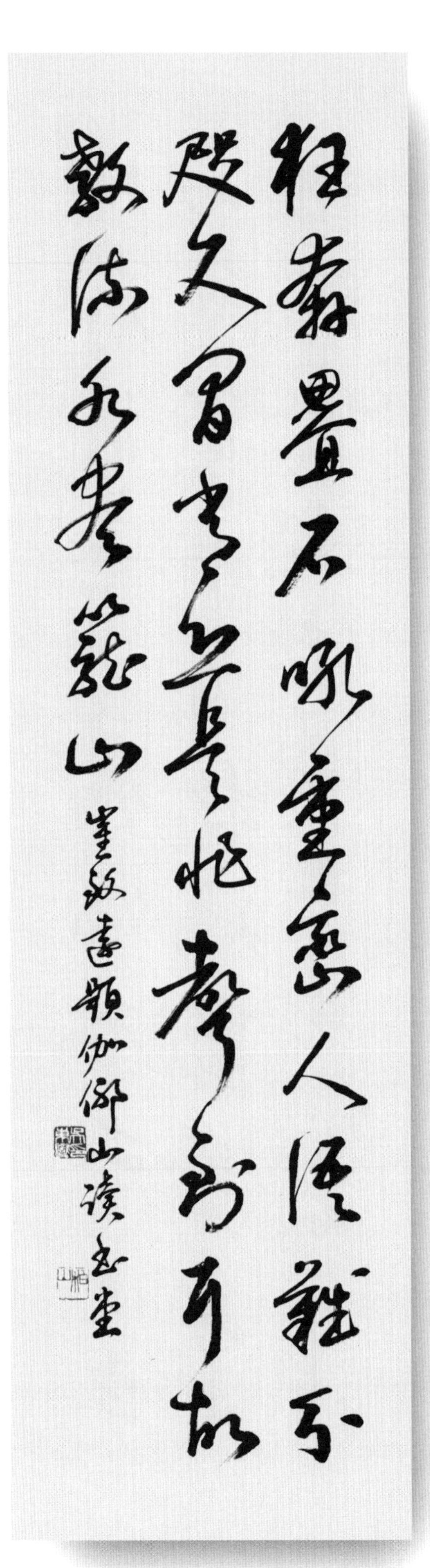

가야산 독서당에서

題伽倻山讀書堂
제 가 야 산 독 서 당

狂奔疊石吼重巒 광분첩석후중만
人語難分咫尺間 인어난분지척간
常恐是非聲到耳 상공시비성도이
故敎流水盡籠山 고교유수진농산

첩첩바위 내닫는 물 온 산을 울리고
사람소리 지척에도 분간하기 어렵구나
혹시나 속세의 시비소리 들릴까봐
일부러 물소리로 온 산을 감싼게지

狂奔 세차게 흐름. 疊石 첩첩이 쌓인 바위. 吼 울부짖다. 重巒 겹겹이 겹친 메. 是非聲 시비다투는 소리. 故 고의로, 일부러. 故敎 ~에게~하게 함. 盡籠山 산을 가득 채움.

'籠山亭' 또는 '伽倻山紅流洞'이라고도 불리는 시로서 孤雲이 가야산에 은거한 40세 이후의 작품으로 추정되며 신라말의 난세와 고운의 심경을 보는 것 같다. 가야산의 홍류동 무릉교를 건너서 조금 더 가면 이 시가 새겨진 '致遠臺' 석벽이 있다.

崔致遠(857~ ?) 신라 文人, 자는 孤雲 또는 海雲. 경주 최씨 시조. 12세에 당에 유학하여 6년 만에 賓貢科(빈공과)에 급제하였다. 당에서 지은 1만여 편의 시를 귀국하여 〈桂苑筆耕〉 20편으로 엮었으며 文昌侯로 추봉되었다.

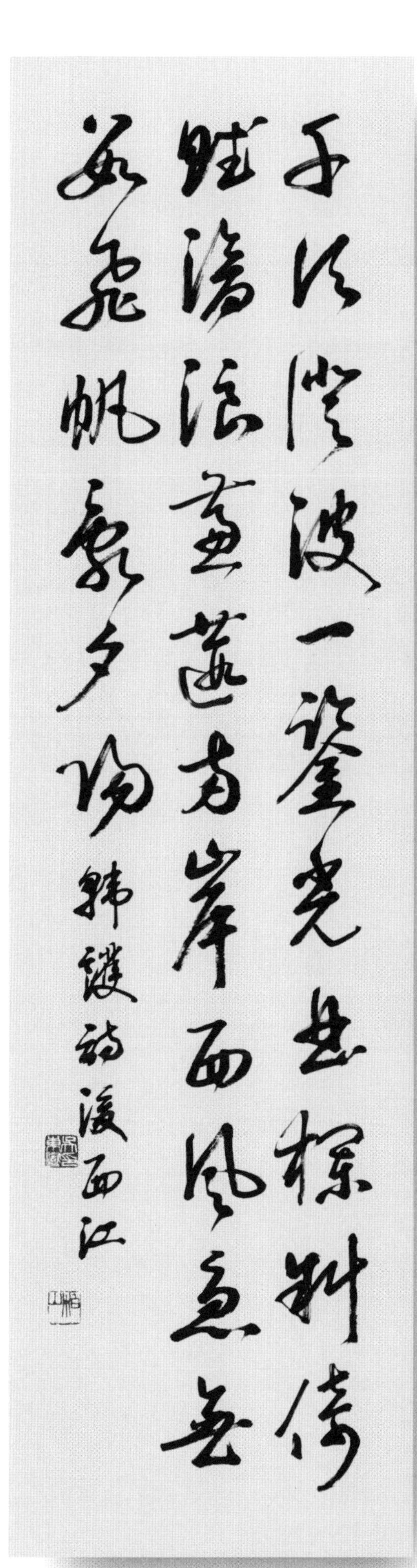

서강 뒤에서

後西江
후 서 강

千頃澄波一鑑光　천경징파일감광
曲欄斜倚賦滄浪　곡란사의부창랑
蒹葭兩岸西風急　겸하양안서풍급
無數飛帆亂夕陽　무수비범난석양

넓은 강 맑은 물결 거울처럼 반짝이고
난간에 기대어 창랑을 읊조리네
양안의 갈대 밭에 가을 바람 세찬데
수많은 돛단배들 석양에 어지러이 떠가네

西江 마포구의 한강 이름. 千頃澄波 넓고넓은 강의 맑은 물결. 頃 백이랑 경. 賦滄浪 창랑가를 읊다. 초나라 굴원의 어부사 별칭. 蒹葭 갈대. 물억새. 西風 서풍. 가을바람.

바람이 세차게 부는 가을 서강 정자 난간에 기대어 바람에 휘어지는 갈대와 석양에 어지러이 떠가는 배들을 바라보니 험한 세상과 다름없다. 세상을 거스르지 말고 세상 흐름에 따라 살라는 어부사를 음미한다.

韓　濩(1543~1605): 조선중기 서예가. 본관은 삼화, 자는 景洪, 호는 石峰, 해, 행, 초서에 모두 뛰어났으며 寫字官을 지냈다. 명필로 明에도 알려졌으며 선조는 가평군수로 보내어 필법공부에 전념하도록 하였다.

대구 팔공산(백산 오동섭)

戀情 友愛 연정 우애

임　제 · 冬贈扇杖
정지상 · 大同江
정　충 · 金陵卽事
정　포 · 梁州客館別情人
조위한 · 寒食日完山途中
최경창 · 無題
최경창 · 翻方曲
하　립 · 三更明月仲春花
홍석주 · 敬次慈親寄示韻
황진이 · 相思夢

신　흠 · 感春
유영길 · 春杵女
유희경 · 曾癸娘
육용정 · 老處女吟
이매창 · 閨中怨
이산해 · 寄竹笻
이순인 · 漢江送退溪先生
이안눌 · 寄家書
이옥봉 · 夢魂
임　제 · 浿江曲

강세황 · 路上所見
김이만 · 雙燕
김정희 · 配所輓妻喪
난설헌허씨 · 采蓮曲
박세당 · 藥泉書有登徒之喻戲作
박지원 · 燕巖憶先兄
사임당신씨 · 踰大關嶺望親庭
삼의당김씨 · 滿天明月滿園花
성효원 · 院樓記夢
신　위 · 冬之永夜

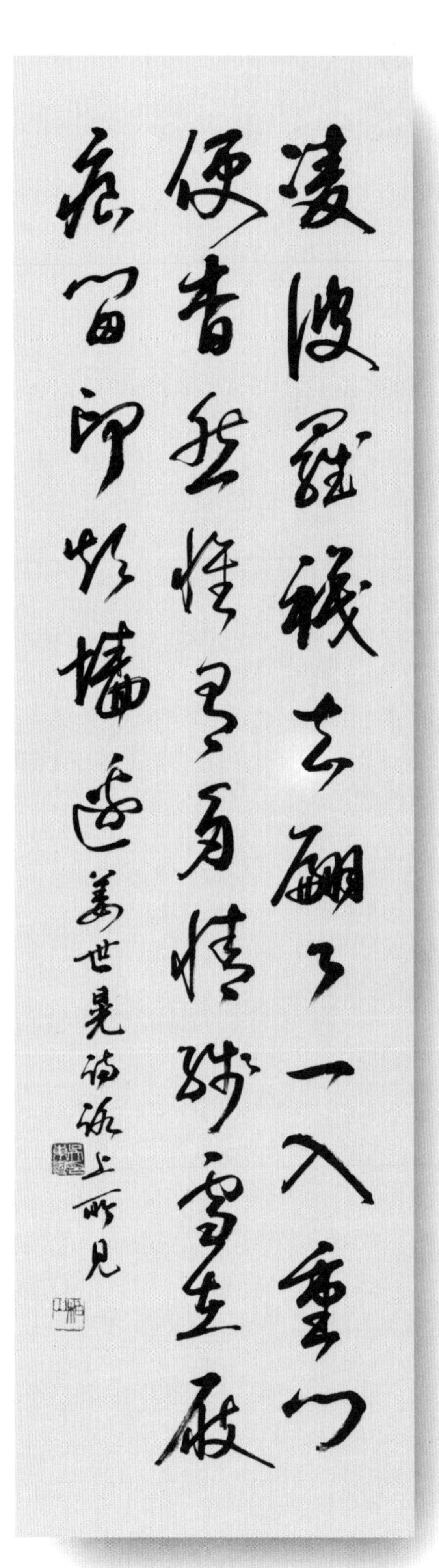

길에서 만난 여인

路上所見

노 상 소 견

凌波羅襪去翩翩 능파라말거편편
一入重門便杳然 일입중문변묘연
惟有多情殘雪在 유유다정잔설재
屐痕留印短墻邊 극흔유인단장변

선녀처럼 버선발로 사뿐사뿐 걸어서
대문 안에 들어간 후 묘연하구나
이다지도 잔설에 정이 가는 것은
담장 옆에 신발 자국 남아있음이네

凌波羅襪 선녀가 비단 버선발로 물위를 사뿐히 걷는 걸음. 翩 훌쩍 날 편. 翩翩 훨훨(나폴나폴) 나는 모양. 屐 나막신 극. 屐痕 신발 자국.

선녀처럼 아리따운 여인이 저만치 앞서 사뿐사뿐 걸어가더니 그만 대문 안으로 사라지고 만다. 허망하여 멍하니 대문만 쳐다보다가 문득 잔설위에 찍혀 있는 그녀의 발자국이 눈에 들어온다. 내게 남겨준 연서인가 움푹한 신발 자국에 왜 그리 정이 머무르는고.

姜世晃(1713~1791): 조선후기 문신. 화가. 본관은 진주, 자는 光之, 호는 豹菴이며 호조, 병조참판을 지냈다. 글씨는 황희지, 미불의 서체를 본받고 전,예서와 산수화 사군자에 신묘하였으며 시는 육유의 시풍을 본받았다.

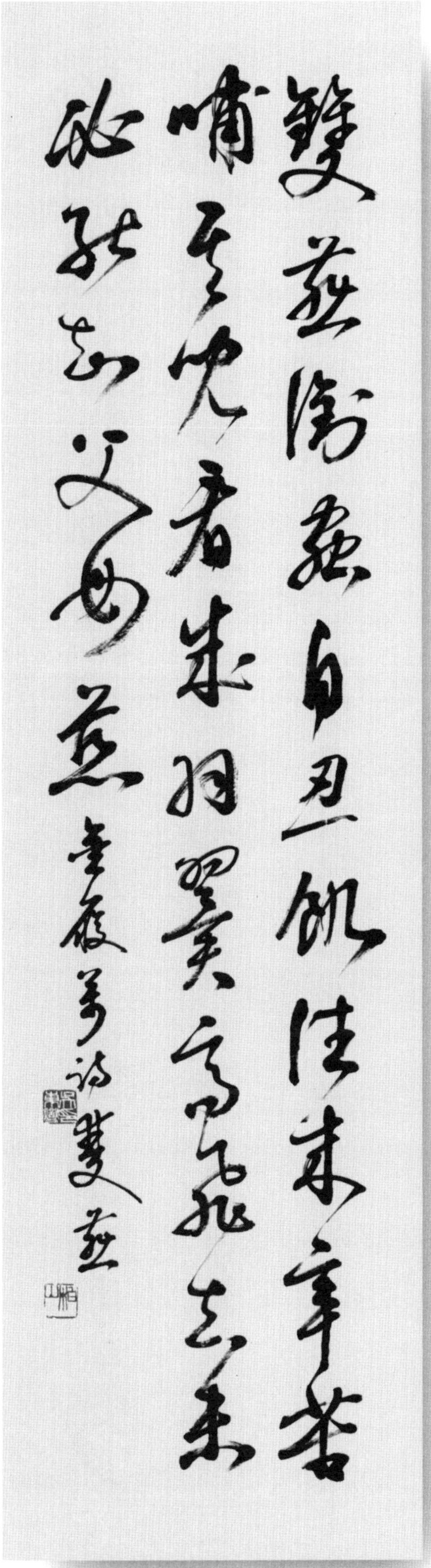

제비 한 쌍

雙燕
쌍 연

雙燕銜蟲自忍飢　쌍연함충자인기
往來辛苦哺其兒　왕래신고포기아
看成羽翼高飛去　간성우익고비거
未必能知父母慈　미필능지부모자

벌레 문 제비 한 쌍 스스로 주림 참으며
고생스레 왔다갔다 제새끼를 먹이누나
날개깃 다 자라 높이 날아 가버리면
부모의 사랑을 알고 떠난 것은 아니겠지

銜蟲 벌레를 물다. 銜 재갈 함. 입에 물다. 自忍飢 스스로 주림을 참다. 辛苦 고생 수고. 哺 먹일 포. 羽翼 우익 날개. 未必 반드시~한 것은 아니다. 父母慈 부모 사랑.

자식에게 밥을 먹여 키우면 부모의 역할을 다 했다고 생각하지만 자식이 부모에 대한 사랑이 없다면 자식을 제대로 키웠다고 할 수 있을까. 저 미물은 날개가 다 자라 날 수 있게 되면 부모의 은공을 까맣게 잊어버리고 날아가 버린다.

金履萬(1683~1758): 조선 후기 문신. 본관은 예안, 자는 仲綏, 호는 鶴皐이며 통정대부, 첨지중추부사 등을 지냈다. 양산군수 재임시 수재를 막기 위하여 자기 녹봉으로 제방을 쌓아 백성의 칭송을 받았다.

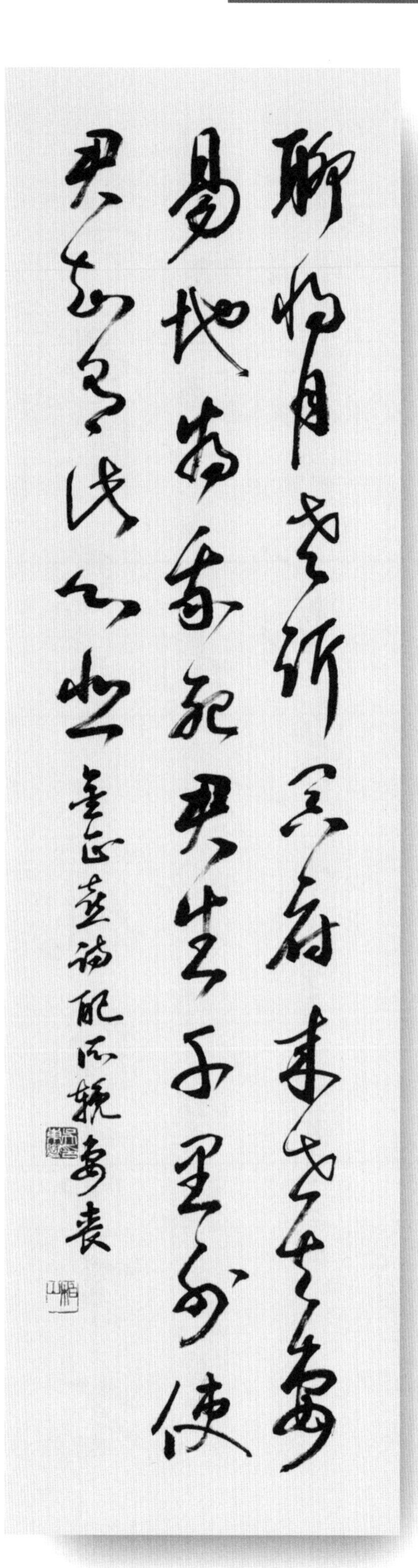

유배지에서 처를 애도함

配所輓妻喪

배 소 만 처 상

聊將月老訴冥府 료장월로소명부
來世夫妻易地爲 내세부처역지위
我死君生千里外 아사군생천리외
使君知有此心悲 사군지유차심비

月老시여 염라대왕께 소원 하나 빌어 주오
다음 세상에서 그대와 나 바뀌어 태어나게 하고
천리 밖에서 내가 죽고 그대가 살게 하여
슬픈 이 마음을 그대가 알게 하여 주시오

配所 유배지. 귀양살이 하는 곳. 輓 =挽 당길만. 애도하다. 月老 =月下老人 부부의 연을 맺어주는 신. 冥府 저승. 염라대왕.

추사가 제주도 유배 중에 부인이 사망하였다는 소식을 한 달 후에야 들었다. 같이 살다 생이별한 것도 서러운데 다시 볼 수 없는 사별이라니... 찢어지는 가슴 부여잡고 오열하면서 당신은 어찌 이 슬픔을 알겠느냐고 넋두리 한다.

金正喜(1786~1856): 조선후기 문신 · 서화가. 본관은 경주, 자는 元春, 호는 阮堂, 秋史, 老果 등이며 병과로 급제하였다. 추사체 창출, 금석학 정립 등에 공헌하고 저서에 〈阮堂集〉, 〈金石過眼錄〉 등이 있다.

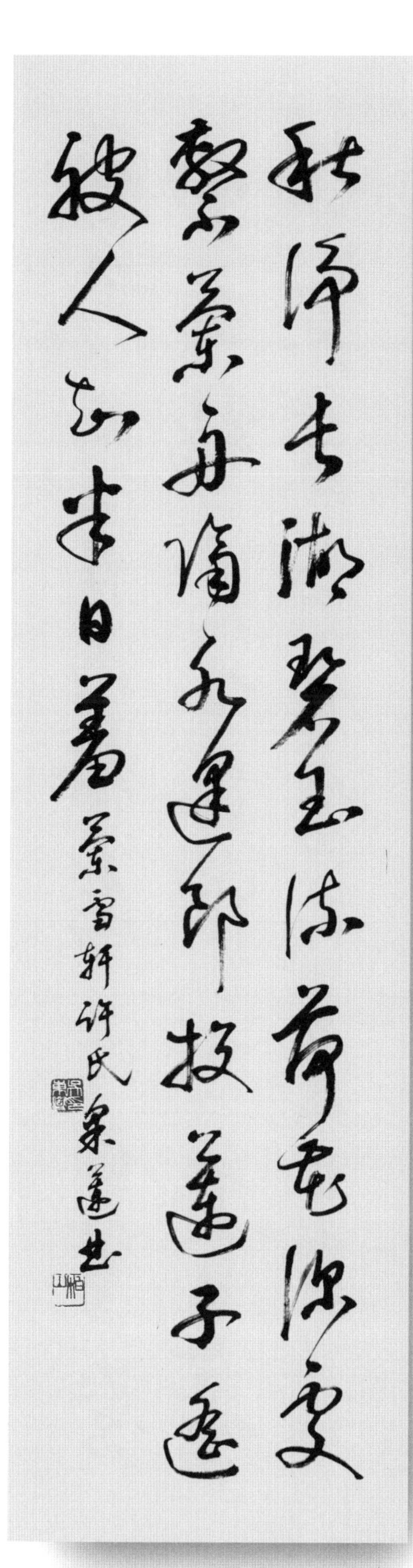

연밥 따는 사연

采蓮曲
채 연 곡

秋淨長湖碧玉流　추정장호벽옥류
荷花深處繫蘭舟　하화심처계란주
隔水逢郎投蓮子　격수봉랑투연자
遙被人知半日羞　요피인지반일수

가을날 맑은 연못 벽옥처럼 푸른데
연꽃 속 깊숙이 조각배 매어두고
물 저편 님에게 연밥 알 던지다가
남에게 들켜버려 한나절내 무안했네

淨 깨끗할 정. 繫 맬 계. 蘭舟 목란나무 노로 젓는 배. 조각배. 遙 멀 요. 羞 부끄러워할 수.

화창한 가을날 연꽃 핀 연못 깊숙이 조각배를 매어두고 한가로이 연밥을 따고 있는데 물 저편 못뚝에 길 가는 님이 있지 않는가. 나 여기 연밥 따고 있다고 알리고 싶어서 연밥 한 알 던진다. 알아채지 못하여 또 한 알 던지는데 그만 다른 사람에게 들키고 말았다.

蘭雪軒許氏(1563~1589): 조선 여류시인. 본관은 陽川, 본명 楚姬, 호는 蘭雪軒이며 許筠의 누이로 李達에게 시를 배워 천재적 시재를 보였으나 27세로 요절하였다. 142수의 시와 〈규원가〉 등의 가사가 전한다.

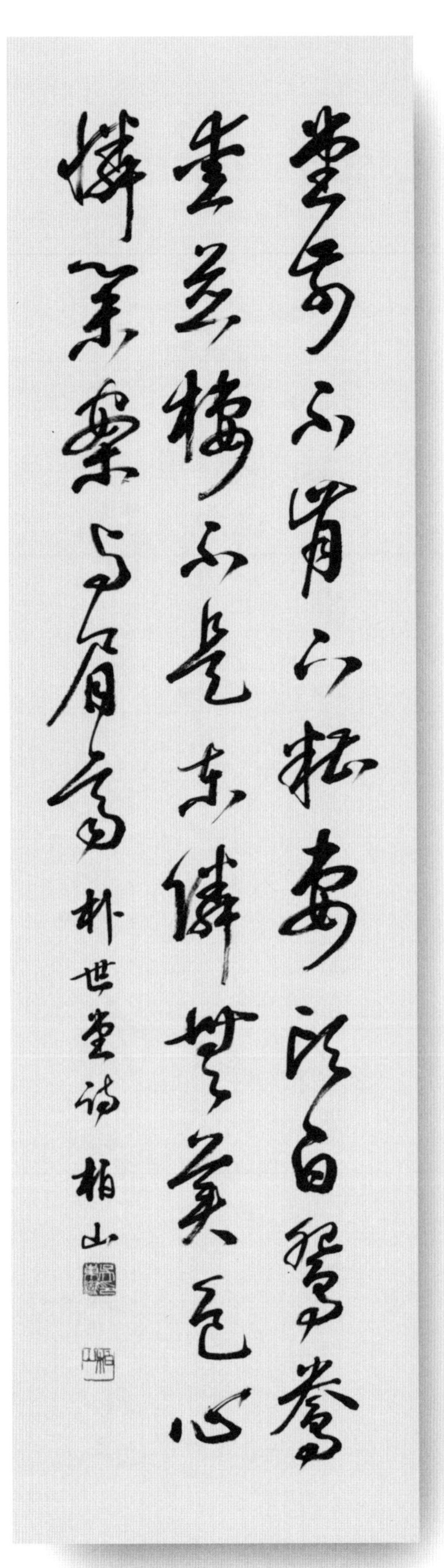

약천의 서신에 답하며

藥泉書有登徒之喻戲作
약 천 서 유 등 도 지 유 희 작

堂前不肯下糟妻 당전불긍하조처
頭白鴛鴦愛並棲 두백원앙애병서
不是東隣無美色 불시동린무미색
心憐擧案與眉齊 심련거안여미제

주인은 조강지처를 버려서는 안되지
머리 흴 때까지 원앙 사랑으로 함께 사는 거다
동쪽 이웃에 미녀가 없어서가 아니라
擧案齊眉하는 부인이 어여뿌지 않은가

藥泉 처남 남구만의 호. ~不肯 하려 하지 않다. 糟妻 조강지처. 지게미와 쌀겨로 끼니를 이은 고생을 함께 한 아내. 愛並棲 사랑하며 함께 삶. 擧案與眉齊=擧案齊眉 밥상을 눈썹 높이까지 공손히 들어서 남편에게 올린다는 뜻으로 남편을 지극히 공경함을 일컫는 말.

登徒는 전국시대 인물로 아내가 빠진 머리에 언청이요 빠진 이에 종기가 난 박색인데도 아내를 사랑했다. 세상에 미녀들도 있지만 미추에 상관않고 집안일 잘하고 법도를 지키는 조강지처를 끝까지 아끼며 살겠다고 화답한다.

朴世堂(1629~1703): 조선 후기 정치가 문인. 본관은 潘南, 자는 季肯, 호는 西溪이며 공조판서, 이조판서 등을 지내고 소론의 핵심으로 활동하였다. 실사구시적 학문태도를 지녔으며 문집에 〈西溪集〉이 있다.

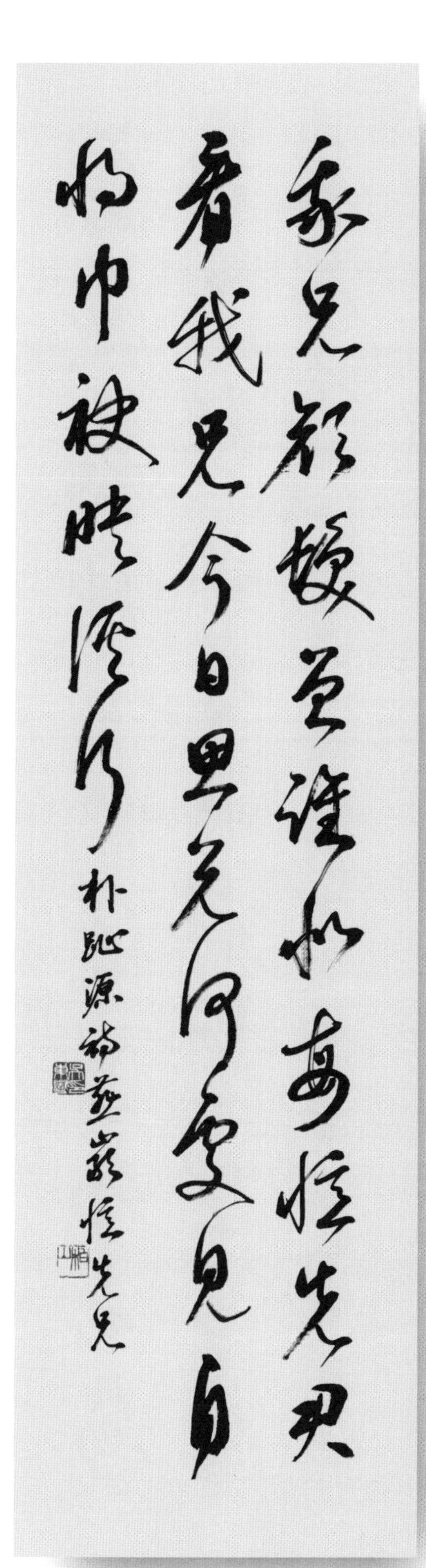

돌아가신 형님을 생각하며

燕巖憶先兄
연 암 억 선 형

我兄顔髮曾誰似 아형안발증수사
每憶先君看我兄 매억선군간아형
今日思兄何處見 금일사형하처견
自將巾袂映溪行 자장건메영계행

우리 형님 얼굴모양 누구와 닮았을까
아버지 생각날 땐 우리 형님 뵈었었지
우리 형님 보고프면 어데 가서 만나볼까
의관정제하고 시냇물에 비친 내 모습 보러 간다

燕巖: 황해도 금천군 연암협(박지원이 살던 곳). 顔髮 얼굴 모습. 巾袂: 두건과 소매. 의관. 袂 소매 몌.

황해도 연암에서 살던 시절 먼저 돌아가신 형님이 생각나서 시를 지었다. 형님 보고 싶은 마음 간절한데 어디서 본단 말인가. 가만히 옷을 차려입고 시냇가로 간다. 우리 형님 나와 닮았으니 물에 비친 내 모습이 형님 아닌가.

朴趾源(1737~1805): 조선 실학자. 소설가. 본관은 潘南, 자는 仲美, 호는 燕巖이며 홍대용으로부터 지구 자전설 등 서양 신문학을 배웠다. 청나라 여행기인 〈熱河日記〉와 42수의 詩가 수록된 〈燕巖集〉이 있다.

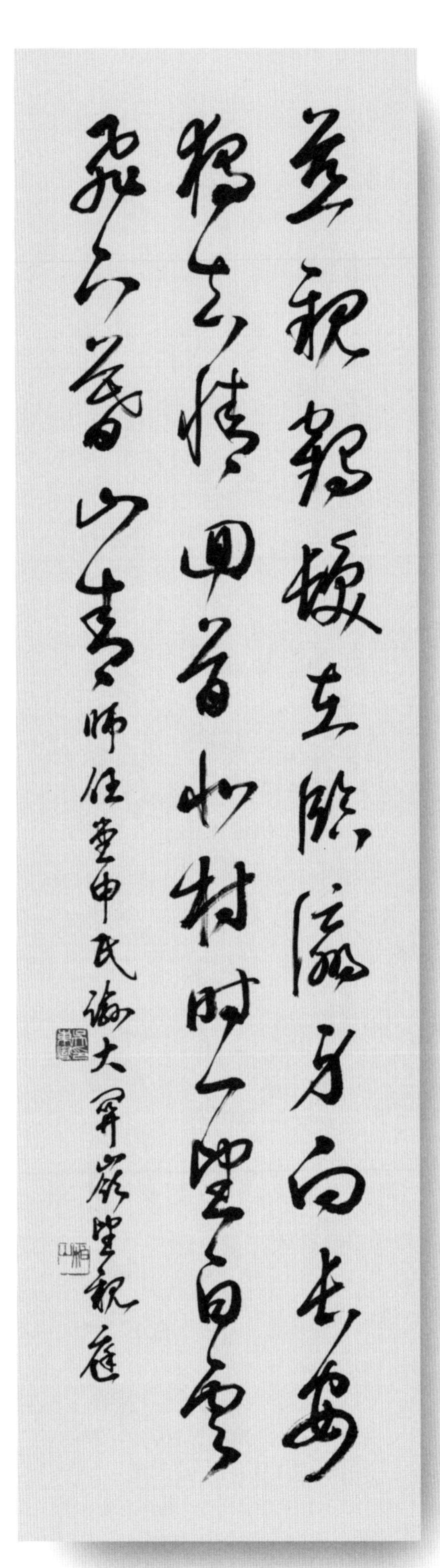

어머님 그리며 대관령 넘다

踰大關嶺望親庭
유 대 관 령 망 친 정

慈親鶴髮在臨瀛	자친학발재임영
身向長安獨去情	신향장안독거정
回首北村時一望	회수북촌시일망
白雲飛下暮山青	백운비하모산청

흰 머리 어머님은 강릉에 계시는데
나 혼자 한양으로 떠나가는 이 마음
고개 돌려 때때로 북촌을 바라보니
흰 구름 떠있고 저문 산만 푸르네

慈親 인자한 어버이. 부모님. 鶴髮 학같은 흰 머리. 臨瀛 강릉의 옛지명. 瀛 바다 영. 강릉. 北村 어머님이 사는 마을.

강릉에서 어머님 모시고 살다가 한양 시댁으로 가는 도중 대관령을 넘으며 어머님을 그린다. 한양으로 가야할 몸과 자꾸 뒤로 어머님께 끌리는 시집간 딸의 마음은 흰 구름 아래 저문 산처럼 먹먹하고 쓸쓸할 뿐이다.

師任堂申氏(1504~1551): 조선중기 여성문인 · 예술가. 호는 師任堂 · 媤姙堂등이며 栗谷 李珥를 낳은 어머니이다. 시와 그림에 재능을 발휘하였으며 시는 「踰大關嶺望親庭」과 「思親」 두 수만 전하고 그림은 「조충도」, 「자리도」 등이 전한다.

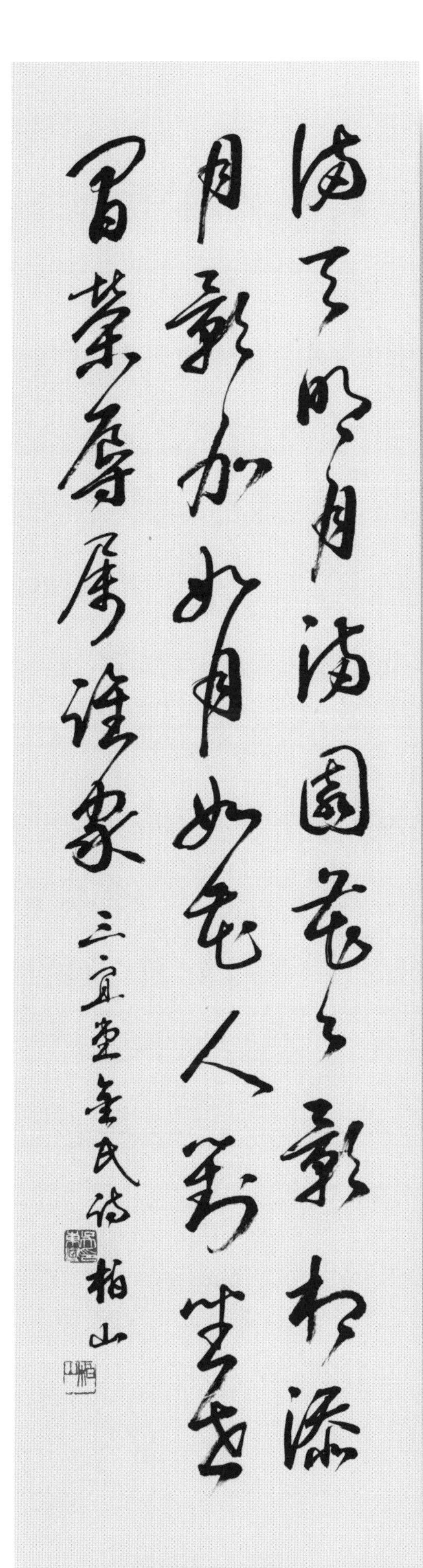

달인 듯 꽃인 듯

滿天明月滿園花
만 천 명 월 만 원 화

滿天明月滿園花　만천명월만원화
花影相添月影加　화영상첨월영가
如月如花人對坐　여월여화인대좌
世間榮辱屬誰家　세간영욕속수가

하늘엔 달빛 가득 정원에는 꽃이 가득
꽃 그림자 엉긴 곳에 달 그림자 더하네
달인 듯 꽃인 듯 그대와 마주하니
세상사 영욕은 내 알 바가 아니라오

서방님 뫼시고 산책하면서 서방님의 시에 화답한다. 달 같기도 하고 꽃 같기도 한 우리 서방님을 곁에 두고 있으니 세상사 알아서 무엇 하리. 후에 하립이 부인 방의 벽에 글씨와 그림을 붙이고 뜰에는 꽃을 심어 세 가지가 마땅하다는 뜻으로 三宜堂이라는 당호를 지어주었다.

三宜堂金氏(1769~1823?): 조선시대 전라도 남원 樓鳳坊에서 같은 동네, 같은 해, 같은 날에 태어난 湛樂堂 河笠(1769~?)과 18세에 혼인하였으며(1786) 문집 〈三宜堂稿〉에 시 99수, 산문 19편이 실려 있다.

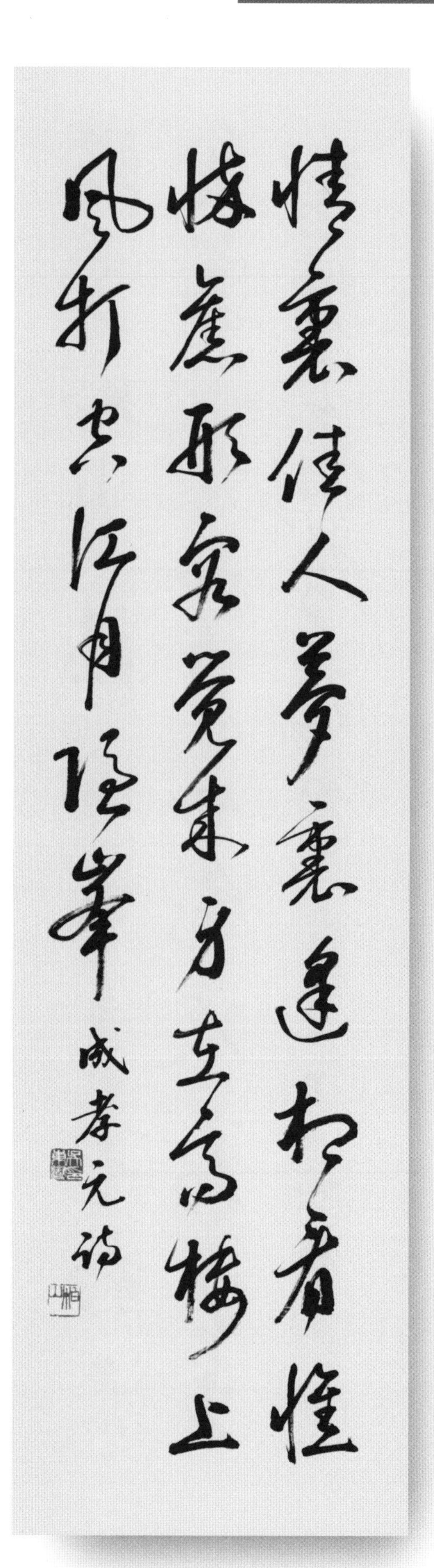

원루에서 꿈을 적다

院樓記夢
원 루 기 몽

情裏佳人夢裏逢 정리가인몽리봉
相看憔悴舊形容 상간초췌구형용
覺來身在高樓上 각래신재고루상
風打空江月隱峯 풍타공강월은봉

마음속 그리다가 꿈속에서 만난 님
바라보니 초췌한 모습 옛날과 다름없네
깨어보니 이내 몸 누각 위에 있는데
빈 강위로 바람 불고 봉우리 너머 달이 기운다

裏 안 리. 佳人 현인. 낭군(님). 憔悴 초췌하다. 파리하다. 形容 용모 형상. 月隱峯 달이 봉우리 너머로 기운다.

그저 마음속으로만 그리던 님을 꿈속에서 만나 말 한 마디 없이 서로 바라보기만 하다가 잠에서 깨고 만다. 누각 위에 세찬 강바람 소리 들리고 봉우리 너머로 달이 지고 있는데 아쉬움과 허전함이 누각에 가득하다.

成孝元(1497~1551): 조선전기 문신. 본관은 창녕, 자는 伯一, 호는 漁夫이며 상서원주부, 용인현령 등을 지내고 시문에 뛰어났다. 관직에서 물러난 후 공주, 인천, 용산 등지에 정자를 세우고 문인생활을 하였다.

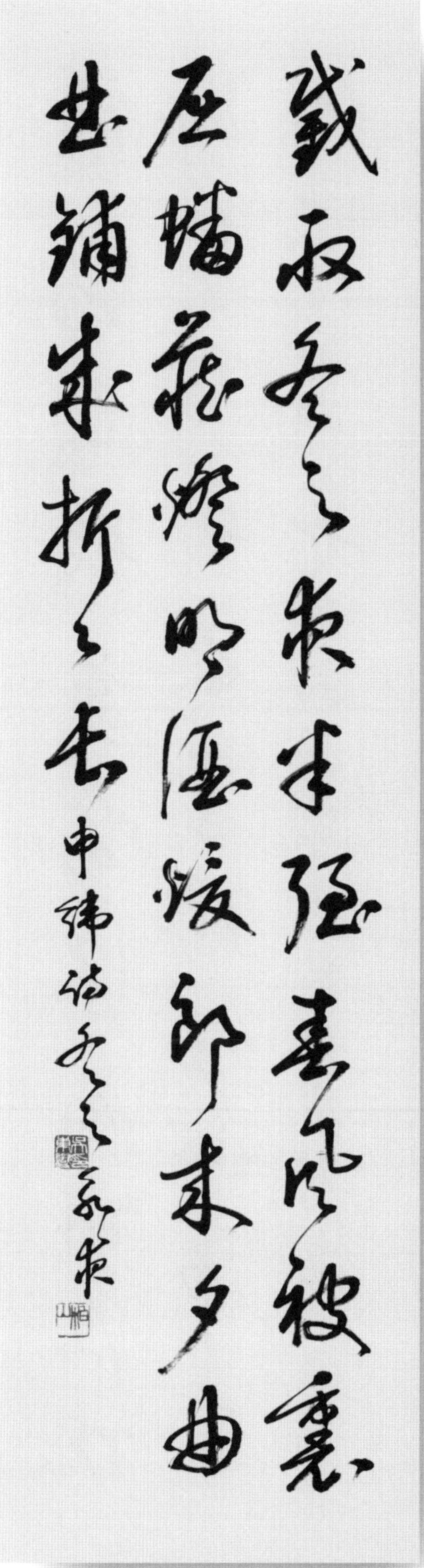

기나긴 겨울밤

冬之永夜
동 지 영 야

截取冬之夜半强 절취동지야반강
春風被裏屈蟠藏 춘풍피리굴반장
燈明酒煖郎來夕 등명주난랑래석
曲曲鋪成折折長 곡곡포성절절장

동짓달 기나긴 밤을 억지로 잘라내어
봄바람 따뜻한 이불 속에 서려두었다가
임 오시는 날 밤에 등 밝히고 술 데워서
굽이굽이 펴내어 끊임없이 늘리리라

截取 일부를 취하다. 截 끊을 절. 夜半 한밤중. 强 억지로. 강제로. 春風被裏 봄바람 처럼 따스한 이불 속. 屈蟠藏 구부려서 서리어 두다. 蟠 서릴 번(뱀이 똬리를 틀고 서리어 있는 모습). 曲曲 구비구비. 鋪 펼 포. 깔다. 펴다. 折折 끊임 없이.

황진이의 시조를 紫霞가 한시로 번역하였다.
동짓 달 기나긴 밤을 한 허리를 버혀 내어
춘풍 이불아래 서리서리 너헛다가
얼운님 오신 날 밤이여든 구뷔구뷔 펴리라

申 緯(1769~1845): 조선후기 문신. 본관은 平山, 자는 漢叟, 호는 紫霞·警修堂이며 이조참판 등을 지냈다. 시·서·화 삼절로 일컬어졌고 글씨는 동기창체를 썼다. 저서에 〈警修堂全藁〉, 〈紫霞詩集〉이 전한다.

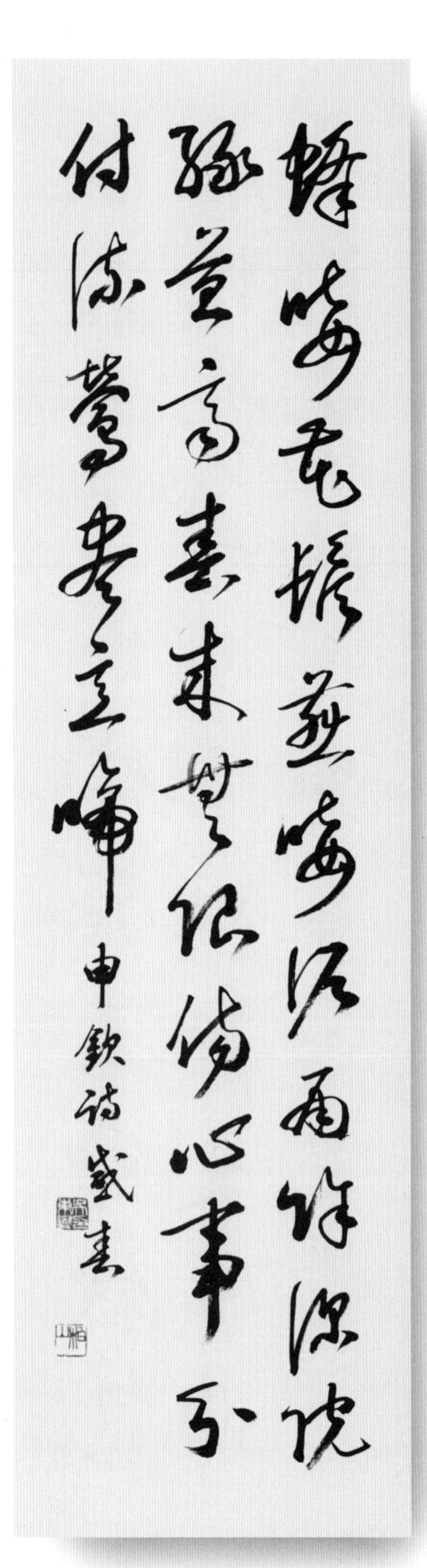

봄을 느끼다

感春
감 춘

蜂唼花鬚燕唼泥 봉삽화수연삽니
雨餘深院綠苔齊 우여심원록태제
春來無限傷心事 춘래무한상심사
分付流鶯盡意啼 분부류앵진의제

벌들은 꽃술에 제비는 진흙에 입을 비비고
비 내린 뒤 푸른 이끼 가지런히 돋았네
봄이 오니 아픈 마음 끝이 없는데
꾀꼬리 시켜 이 마음 굽이굽이 울게 하네

唼 쪼아먹을 삽. 鬚 수염 수. 泥 진흙 니. 綠苔齊 푸른 이끼 가지런히 돋아남. 分付 아랫사람에게 명을 내림.

봄이 되자 벌들이 꽃에 입을 비비며 꿀을 따고 제비는 진흙에 입을 비비며 흙을 물고 와 집을 지으며 봄비 맞은 섬돌의 이끼는 새파랗게 돋아나는데 임 여의어 슬픈 내 마음을 꾀꼬리가 대신 굽이굽이 애타게 울어주고 있다.

申 欽(1566~1628): 조선 중기 문신. 본관은 平山, 자는 敬叔, 호는 象村, 玄翁이며 영의정, 대제학 등을 역임하였다. 문장으로 명성이 높아 조선의 한문 4대가(이정구, 장유, 이식)로 꼽히며 문집에 〈象村集〉, 〈野言〉 등이 있다.

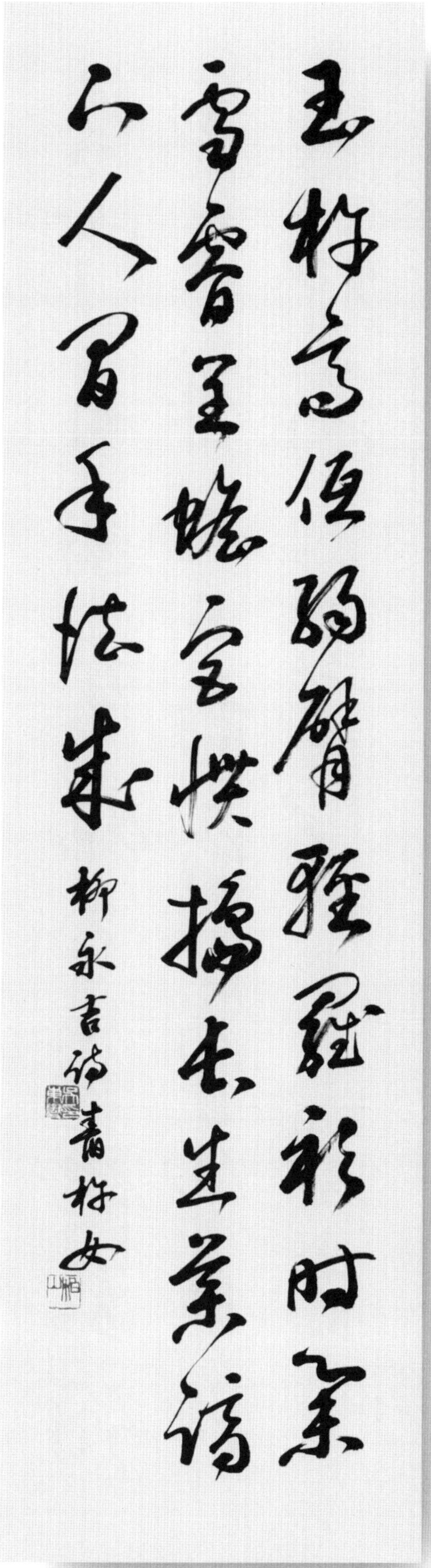

유영길

절구 찧는 아가씨

舂杵女
용 저 녀

玉杵高低弱臂輕　옥저고저약비경
羅衫時擧雪膚呈　나삼시거설부정
蟾宮慣擣長生藥　섬궁관도장생약
謫下人間手法成　적하인간수법성

절굿공이 드놓는 연약한 팔 가벼운데
깁적삼 들리니 흰 살결 드러나네
월궁에서 장생약 자주 찧더니
인간세상 내려와서 익숙한 솜씨 되었는듯

舂 찧을 용. 弱臂 연약한 팔. 臂 팔비. 羅衫 비단저고리. 雪膚 눈처럼 흰 살결. 呈 드러날. 蟾 정두꺼비 섬. 蟾宮 달, 월궁. 擣 찧을 도. 謫下 인간세상에 내려오다.

아마 월궁에서 약방아를 찧던 선녀가 내려왔는지 절구 찧는 여인에게 매료되고 말았다. 연약한 팔로 절구질하는 모습이 안쓰럽기도 하지만 절구를 쳐들 때마다 비단 적삼이 들리며 살며시 드러나는 겨드랑이의 흰 눈 같은 하얀 살결에 넋을 잃고 말았다.

柳永吉(1538~1601): 조선중기 문신. 본관은 전주, 자는 德純, 호는 月蓬이며 병조참판, 경기도관찰사, 예조참판 등을 지냈다. 선조때 영의정을 지낸 永慶의 형이며 문집에 〈月蓬集〉이 있다.

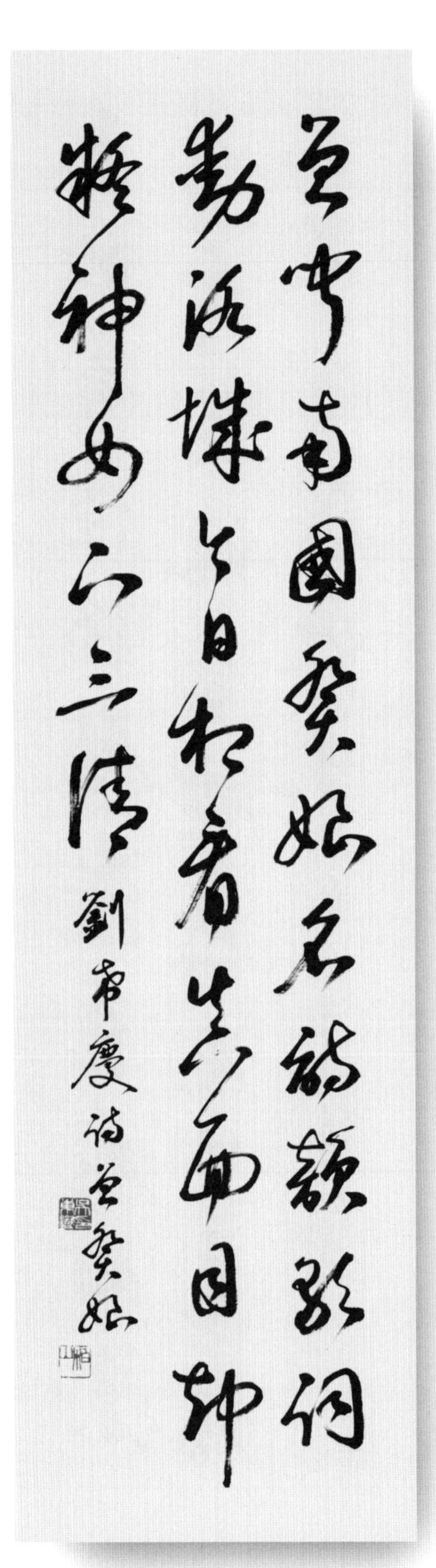

계랑에게

曾癸娘
증 계 랑

曾聞南國癸娘名	증문남국계랑명
詩韻歌詞動洛城	시운가사동락성
今日相看眞面目	금일상간진면목
却疑神女下三淸	각의신녀하삼청

남쪽 고을 계량의 명성 내 일찍 들었지
시 솜씨와 노래 솜씨 서울까지 울려왔네
오늘에야 참모습 마주 대하고 보니
三淸에서 내려온 선녀인 듯하구나

癸娘 호가 梅窓이며 유희경과 교유한 기녀. 南國 남쪽 지방. 洛城 한양. 却 물러닐 각. 오히려. 三淸 도교에서 일컫는 玉淸, 上淸, 太淸으로 신선이 사는 곳.

유희경이 46세 때 남도를 여행하는 도중 그 동안 소문으로만 듣던 28세 연하의 유명한 부안 기녀 梅窓을 처음 만나게 되는데 만나자마자 선녀처럼 보이는 그녀에게 매료되어 파계하고 만다.

劉希慶(1545~1636): 조선중기 풍류시인. 본관은 강화, 자는 應吉, 호는 村隱이며 委巷詩人으로 사대부들과 교류하였다. 서얼과 기녀 신분인 유희경과 매창은 시를 매개로 사랑을 노래하였으며 문집으로 〈村隱集〉 3권이 전한다.

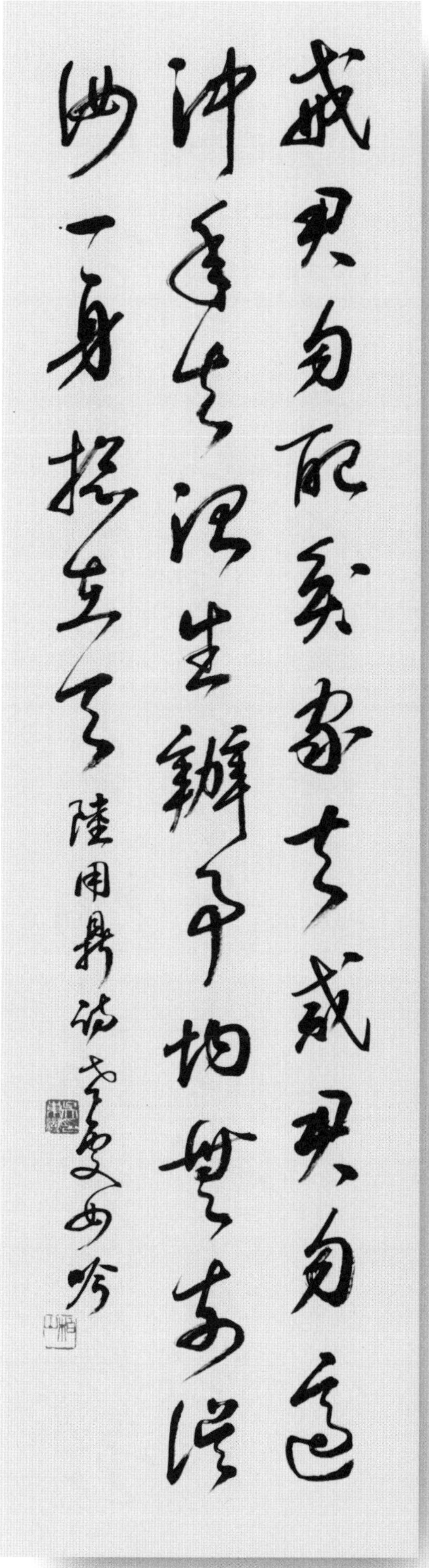

노처녀

老處女吟
노 처 녀 음

戒君勿配貧家夫 계군물배빈가부
戒君勿適沖年夫 계군물적충년부
治生辦事均無奈 치생판사균무내
誤汝一身摠在夫 오여일신총재부

가난한 집 지아비를 배필로 삼지 마오
나이 어린 사내에게 시집도 가지 마오
생계도 일처리도 모두 할 수 없거니
네 한 몸 잘못됨은 남자에게 달렸다네

適 맞을 적. 적합. 시집가다. 沖年夫 나이 어린 사내. 沖 빌 충 나이 어림. 治生 생계유지. 辦事 일처리. 均 고를 균. 모두. 無奈 할 수 없다. 摠 합칠 총. 모두.

가난한 집안의 남자에게 시집가면 어떻게 먹고 산단 말인가. 아무 것도 모르는 나이 어린 남자에게 시집가면 집안 일 처리는 누가 한단 말인가. 富하고 나이 든 남자가 없으니 노처녀로 늙을 수밖에...

陸用鼎(1843~1917): 조선 말기 유학자, 소설가. 본관은 옥천, 호는 宜田이며 박정희의 영부인 육영수의 작은할아버지, 박근혜의 외종증조부이다. 김윤식 등 개화파 원로들과 교유하며 시문, 소설, 저술활동으로 소일, 〈宜田合稿〉 등의 저술이 있다.

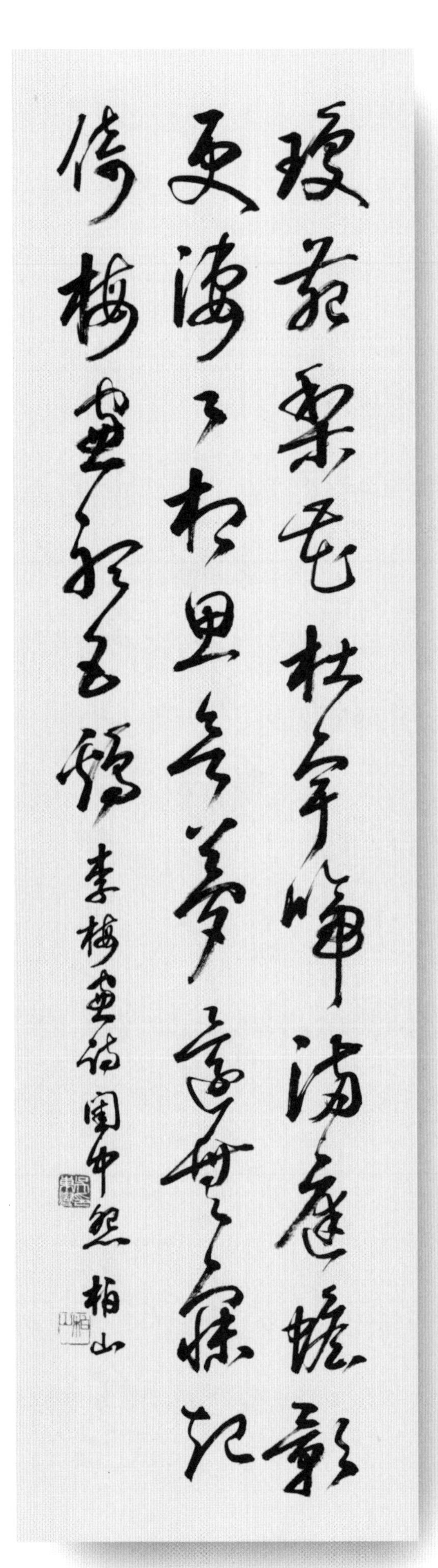

잠 못 드는 규방의 원망

閨中怨

규 중 원

瓊苑梨花杜宇啼 경원리화두우제
滿庭蟾影更凄凄 만정섬영갱처처
相思欲夢還無寐 상사욕몽환무매
起倚梅窓聽五鷄 기의매창청오계

동산에 배꽃 피고 두견새 우는 밤
달그림자 뜰에 가득하니 더욱 쓸쓸하여라
그대 그리워 꿈에서나 만나려 해도 잠이 오지 않아
梅窓에 기대어 있으니 새벽 닭 우는 소리 들려오네

瓊苑 아름다운 동산. 瓊 옥 경. 아름다운 것. 蟾影 달그림자(月影). 蟾 두꺼비 섬. 달(달속에 두꺼비가 산다는 전절에서 달의 代稱). 凄凄 처량함. 쓸쓸함. 凄 쓸슬힐 처. 五鷄 새벽(五更 3~5시)의 닭 울음소리.

달빛 처량한 밤, 아무리 그리워도 만날 수 없는 임을 꿈에서나 만나려고 잠자리에 들었지만 임에 대한 그리움이 너무나 간절하여 잠마저 오지 않는다. 일어나 매화 핀 창가에 기대어 있으니 벌써 닭 우는 소리가 들려온다.

李梅窓(1573~1610): 조선 여류시인. 본명은 香今, 호는 梅窓, 桂生이며 부안의 명기로서 개성 황진이와 쌍벽을 이루었으며 38세로 요절하였다. 노래와 거문고, 한시에 능하며 〈梅窓集〉에 한시 58수가 전한다.

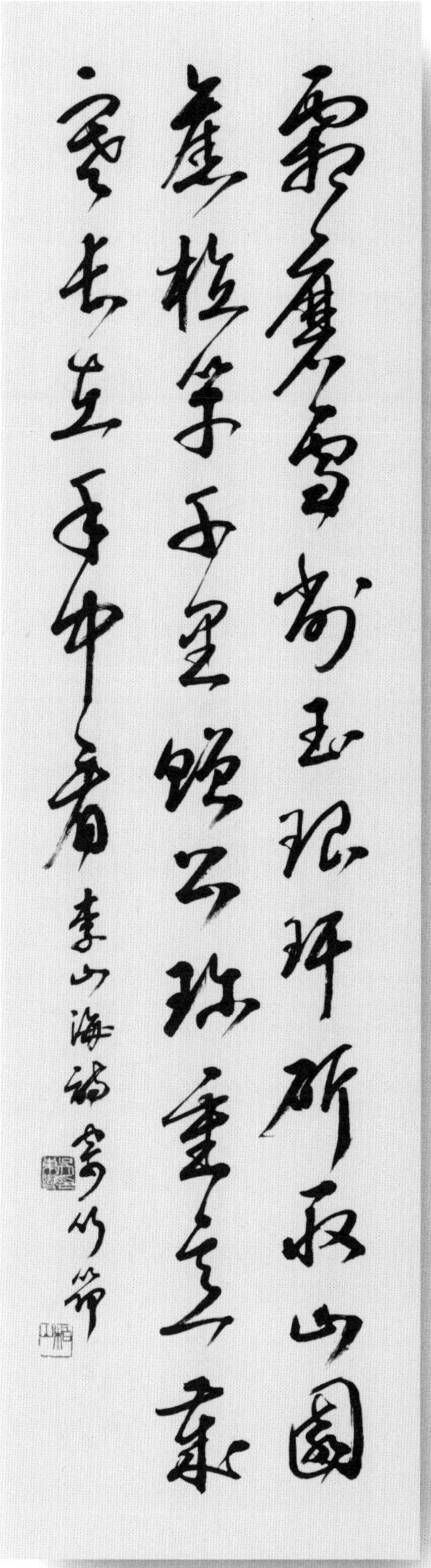

대지팡이를 부치며

寄竹笻
기 죽 공

霜磨雪削玉琅玕 상마설삭옥랑간
斫取山園舊植竿 작취산원구식간
千里贈公珍重意 천리증공진중의
歲寒長在手中看 세한장재수중간

서리 맞아 갈리고 눈 맞아 깎인 옥 같은 대나무
옛날 동산에 심어둔 그 줄기 베어다가
천리 밖 그대에게 진중하게 부치오니
세한에 늘 수중에 두고 보시기를

玉琅玕 옥으로 된 아름다운 돌. 斫 (도끼)찍을 작. 珍重 중요하고 귀한 물건을 진기하고 소중히 여기다. 歲寒 설 전후 심한 겨울추위.

지팡이 중에 하필 대지팡이를 보낸 뜻은 서리에 갈리고 눈 맞아 깎인 옥 같은 대를 잘라서 만든 지팡이기 때문에 힘겨운 黨爭에서 부디 대나무가 가지고 있는 세한의 지조를 잊지 말아 달라는 부탁이다.

李山海(1539~1609): 조선중기 문신. 본관은 한산, 자는 汝受, 호는 鵝溪이며 사육신 李塏의 종고손, 남명 조식의 문인으로 의정부영의정, 영중추부사 등을 지냈다. 서화, 문장에 뛰어났으며 문집에 〈鵝溪集〉이 있다.

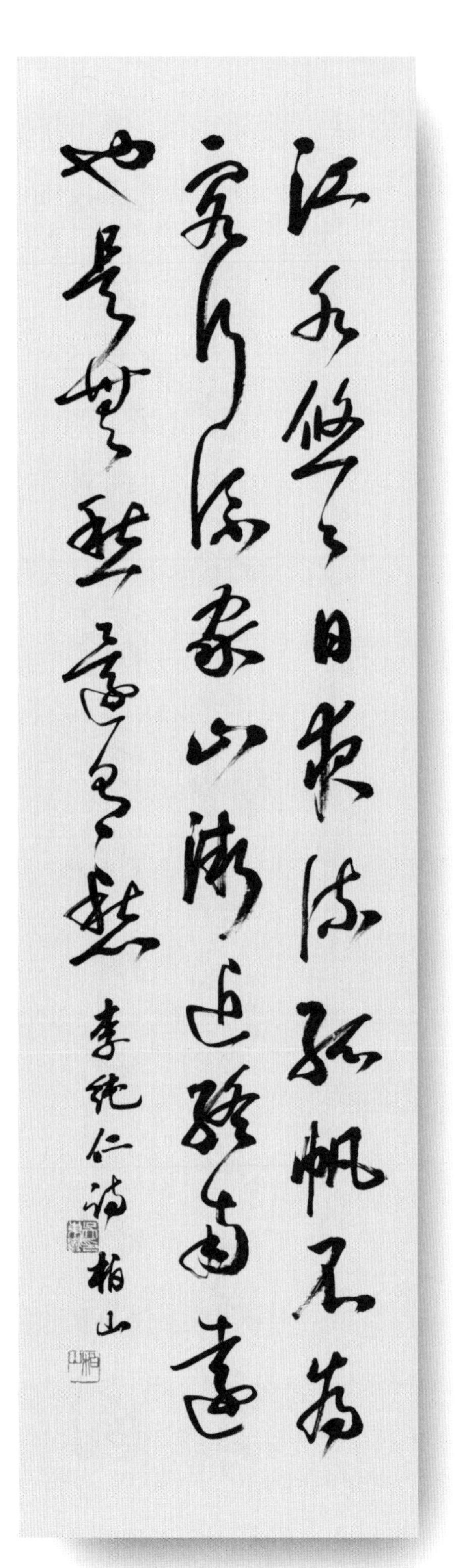

퇴계선생 전송하며

漢江送退溪先生
한 강 송 퇴 계 선 생

江水悠悠日夜流 강수유유일야류
孤帆不爲客行流 고범불위객행류
家山漸近終南遠 가산점근종남원
也是無愁還有愁 야시무수환유수

강물은 유유히 밤낮으로 흘러가고
나그네 가고 머묾 돛단배는 관여 않네
고향 산 가까워지면 남산은 멀어지리니
마음 개운타가 도리어 시름 겨워지네

悠悠 유유히. 유구하다. 日夜流 밤낮으로 흐르다. 終南 = 終南山 당 장안부근의 산. 이곳에 오래 은거한 관리는 결국 왕의 부름을 받아 관리가 됨. 也是 또한 한편.

스승이 서울의 벼슬길을 버리고 고향 안동으로 돌아가는 한강 나루에 전송하러 나왔다. 그토록 가고 싶던 고향 산천으로 가시면 편안하시겠지만 선생님 자주 뵙지 못하는 저는 선생님의 안부가 염려스러워진다.

李純仁(1533~1592): 조선중기 문신 · 학자. 본관은 全義, 자는 伯生, 호는 孤潭, 이황, 조식의 문인이며 승문원제조, 예조참의 등을 지냈다. 문장이 뛰어나 최경창, 백광훈 등과 함께 8문장으로 불러지며 문집에 〈孤潭集〉 5권이 있다.

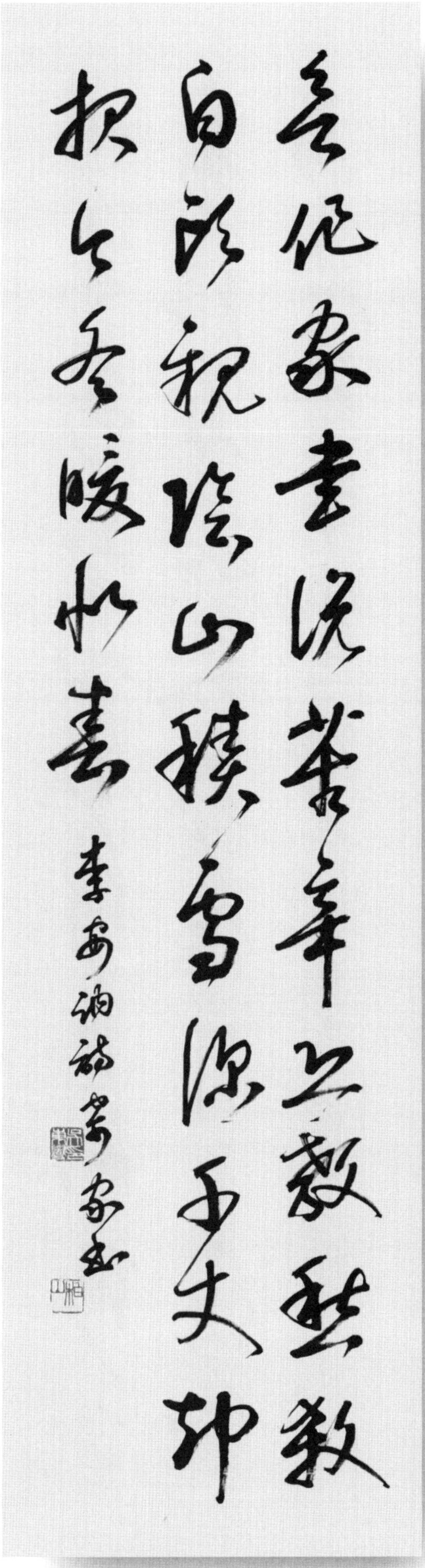

편지를 부치다

寄家書

기 가 서

欲作家書說苦辛　욕작가서설고신
恐敎愁殺白頭親　공교수살백두친
陰山積雪深千丈　음산적설심천장
却報今冬暖似春　각보금동난사춘

집에 보낼 편지에 객지고생 말하려다
노 부모님 근심하다 못견딜까 염려되네
산기슭에 내린 눈이 천 길이나 쌓였는데
금년 겨울은 봄날처럼 훈훈하다고 알렸다오

苦辛 고생. 恐敎 ~하게 할까 두렵다. 白頭親 흰머리 부모. 늙으신 부모. 却 물러날 각. 오히려 그러나. 暖似春 봄날처럼 따스하다.

함경도관찰사 재임시 눈이 쌓여있는 함경도 변방의 겨울 추위는 너무나 혹독하여 지내기가 고생스럽기 그지없지만 그대로 전하면 부모님 자식걱정에 못견딜까봐 염려되어 봄날처럼 따뜻하니 안심하시라고 적어 보낸다.

李安訥(1571~1637): 조선중기 문신. 보관은 德水, 자는 子敏, 호는 東岳이며 형조판서, 홍문관제학을 지냈다. 당시에 뛰어났으며 문집에 4,379수의 방대한 시를 남겼고 저서에 〈東岳集〉26권이 있다.

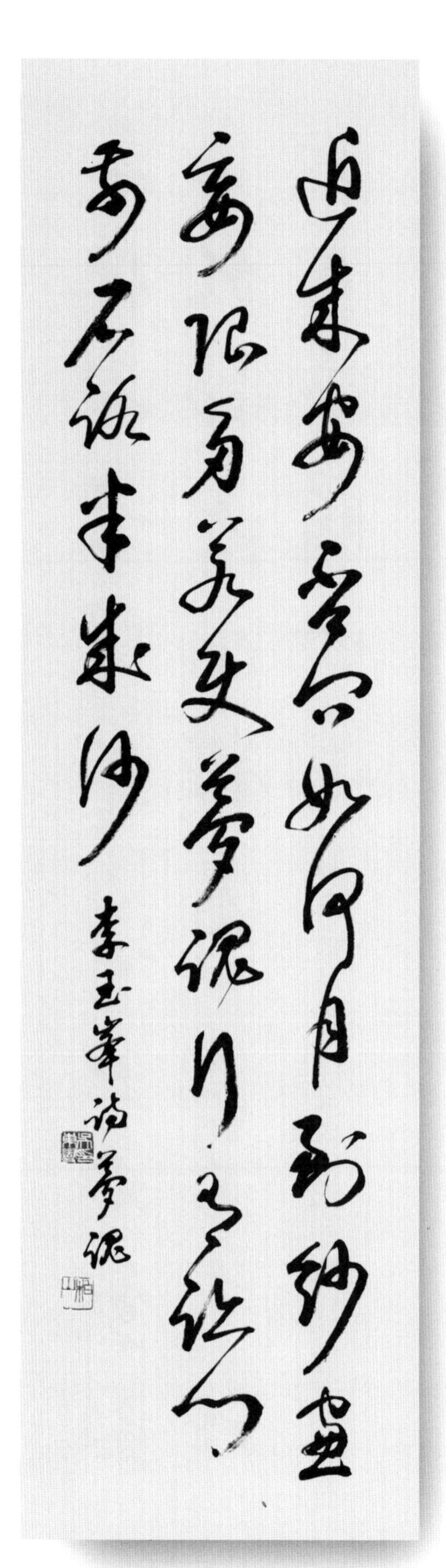

꿈속의 영혼

夢魂

몽 혼

近來安否問如何　근래안부문여하
月到紗窓妾限多　월도사창첩한다
若使夢魂行有跡　약사몽혼행유적
門前石路半成沙　문전석로반성사

근래 어떠하신지 안부를 여쭙니다
달 비친 창가에 저의 한이 많습니다
꿈속의 영혼이 자취를 남기게 한다면
문전 돌길이 반쯤은 모래가 되었을 겁니다

紗窓 망사나 비단을 단 차문. 半成沙 반은 모래가 되다.
夢魂 꿈속의 혼령.

시를 짓지 않겠다는 조건으로 조원은 이옥봉을 소실로 들인다. 옥봉은 옥에 갇힌 집안의 산지기를 구하기 위하여 시를 지어 파주군수에게 호소하여 풀려나게 하였지만 약속을 어겨 쫓겨나고 만다. 버림 받은 여인의 한이 서린 그리움, 꿈속에서 얼마나 자주 찾아갔으면 돌이 닳아서 모래가 되었을가

李玉峯(생몰미상): 조선중기 여류시인. 선조 때 옥천 군수를 지낸 李逢(1526~?)의 서녀로 진사 趙瑗(1544~1595)의 소실이 되었다. 시 32편이 수록된 〈玉峯集〉 한 권이 〈嘉林世稿〉의 부록으로 전하고 있다.

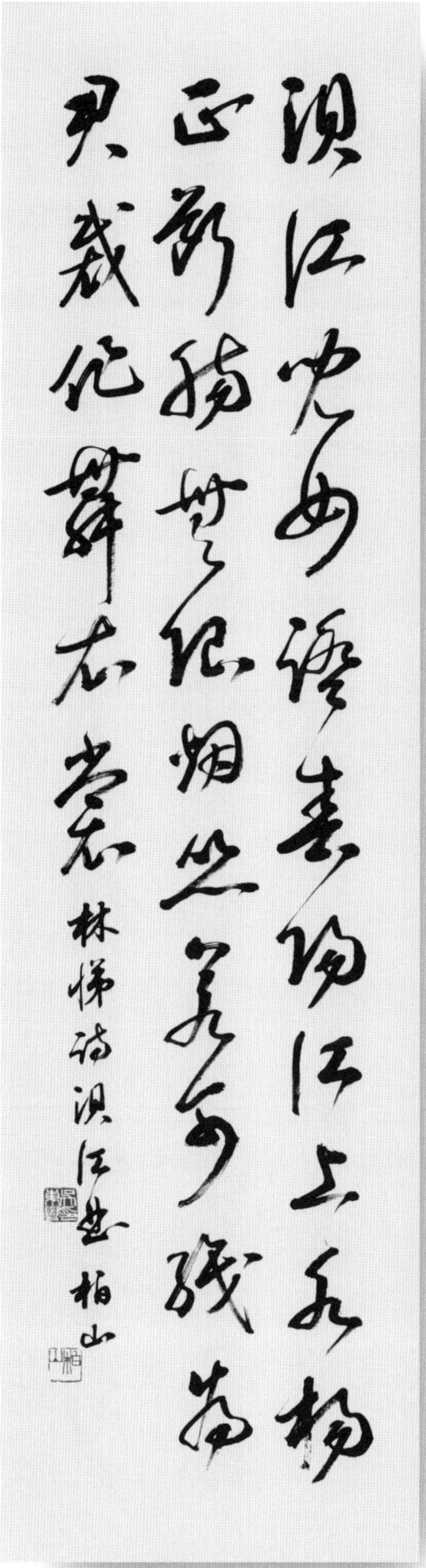

대동강 노래

浿江曲
패 강 곡

浿江兒女踏春陽　패강아녀답춘양
江上水楊正斷腸　강상수양정단장
無限烟絲若可織　무한연사약가직
爲君裁作舞衣裳　위군재작무의상

대동강으로 봄나들이 나선 아가씨
강가 수양버들에 간장 끊어지듯 슬퍼하네
한량없는 안개 실로 베를 짤 수 있다면
님 위해 마름질하여 이 옷 입고 춤추련만

浿江 대동강의 다른 이름. 踏春陽 봄나들이 나서다. 斷腸 몹시 슬퍼 창자가 끊어지는 듯함. 烟絲 안개 실. 裁作 마름질하여 옷을 만듦.

햇볕 따사로운 봄날 대동강가로 봄나들이 나선 평양 아가씨, 강가 수양버들 가지가 안개 속에 하늘거리는 것을 보고 갑자기 임이 그리워 간장이 끊어지듯 슬퍼한다. 뿌연 안개실로 베를 짜서 옷을 만들 수만 있다면 그 옷 입고 임 앞에서 춤을 추련만.

林 悌(1549~1587): 조선중기 시인, 문신. 보관은 나주, 자는 子順, 호는 白湖 · 謙齋이며 禮曹正郎, 知制敎를 지냈다. 황진이 무덤을 지나며 읊은 "청초 우거진 골에..."로 시작되는 시조가 유명하며 문집에 〈林白湖集〉외 수 권이 있다.

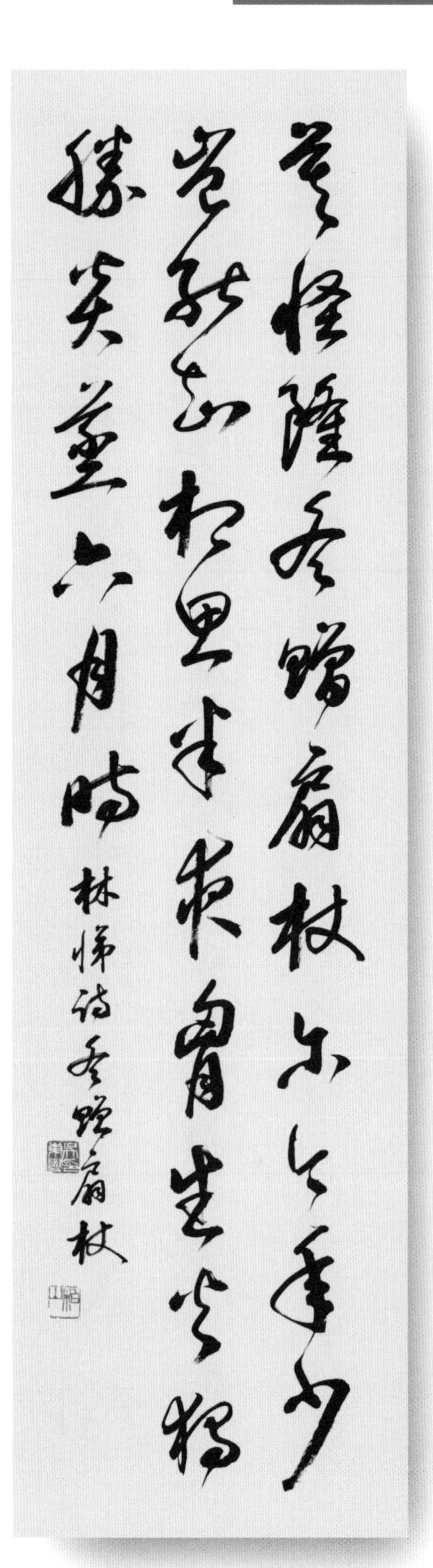

겨울에 부채를 보내다

冬贈扇杖

동 증 선 장

莫怪隆冬贈扇杖 막괴융동증선장
爾今年少豈能知 이금연소기능지
相思半夜胸生火 상사반야흉생화
獨勝炎蒸六月時 독승염증육월시

한겨울 부채선물 괴상하게 생각마라
너 아직 나이 어려 어찌 알겠느냐마는
한밤중 그리움으로 가슴에 불이 붙으면
유월 무더위에 비할 바 아니니라

隆冬 한겨울. 엄동. 隆 성할 륭. 扇杖 부채 相思 사모한다. 그리워하다. 半夜 한밤중. 심야. 胸生火 가슴에 불이 나다. 炎蒸 무더위.

임제가 설홍이라는 어린 기생에게 부채를 보내며 선비의 짝사랑을 전하였더니 설홍의 화답이 더욱 뜨겁다.
한겨울에 부채 보낸 뜻을 잠시 생각하니
가슴에 타는 불을 끄라고 보내었나
눈물로도 못끄는 불을 부채인들 어이하리

林 悌(1549~1587): 조선 선조대 문인. 본관은 나주, 자는 子順, 호는 白湖, 謙齊이며 예조정랑을 지내고 당파 싸움을 개탄하여 명산을 찾으며 여생을 보냈다. 저서에 〈花史〉, 〈愁城誌〉, 〈白湖集〉이 있다.

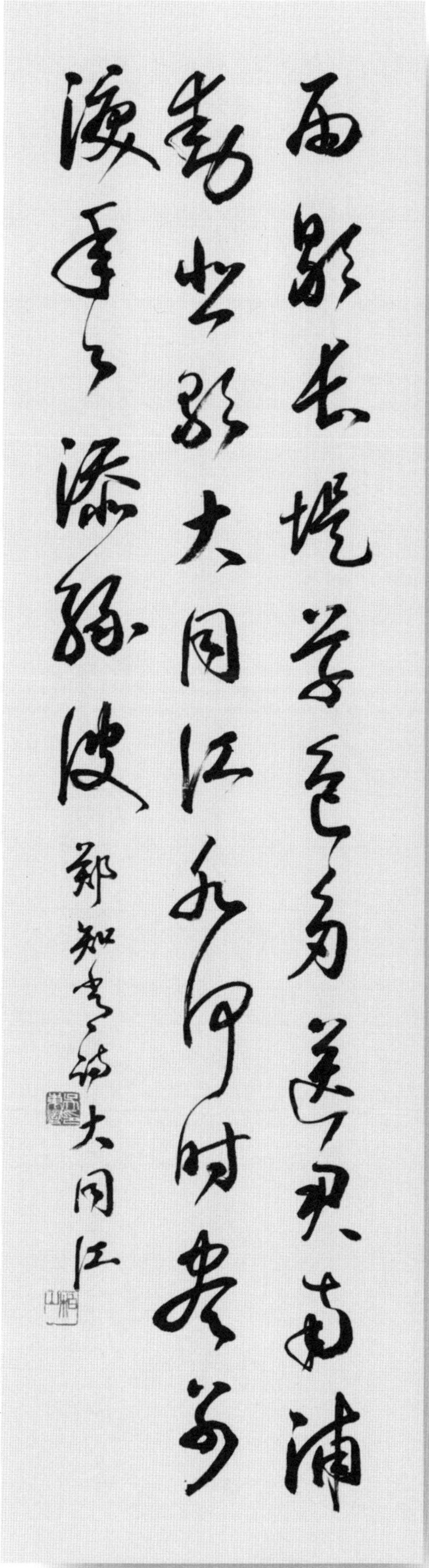

대동강에서

大同江
대 동 강

雨歇長堤草色多　우헐장제초색다
送君南浦動悲歌　송군남포동비가
大同江水何時盡　대동강수하시진
別淚年年添綠波　별루연년첨록파

비 개인 방축길에 풀들이 무성한데
님 보내는 남포에서 슬픈 마음 울먹인다
대동강물이야 다 할 때가 있겠냐마는
이별의 눈물 해마다 푸른 강물에 보태네

雨歇 비가 멎음. 歇 쉴 헐, 쉬다, 멈추다. 長堤 긴 제방. 방축. 南浦 대동강 하구에 있는 포구. 添 더할 첨. 보태다. 別淚 이별의 눈물.

비가 그치고 날이 개자 이별을 실은 배가 뜬다. 가는 정 보내는 정이 가슴 아파서 배가 멀리 시야에서 사라질 때까지 눈물을 흘리며 하염없이 바라본다. 저 강물 마르면 나도 뒤따라가련만... 흘린 눈물에 강물이 불어날 정도이면 그 슬픔 얼마나 크겠는가.

鄭知常(?~1135, ?~인종 13): 고려 문신, 시인. 호는 南湖, 본관은 평양이며 정언, 사간 등을 역임하였다. 묘청의 서경 천도(묘청의 난)에 연루되었다가 김부식에게 죽음을 당하였다. 고려의 최고 시인으로 명성이 높지만 20여수 정도가 남아 있으며 〈鄭司諫集〉이 있다.

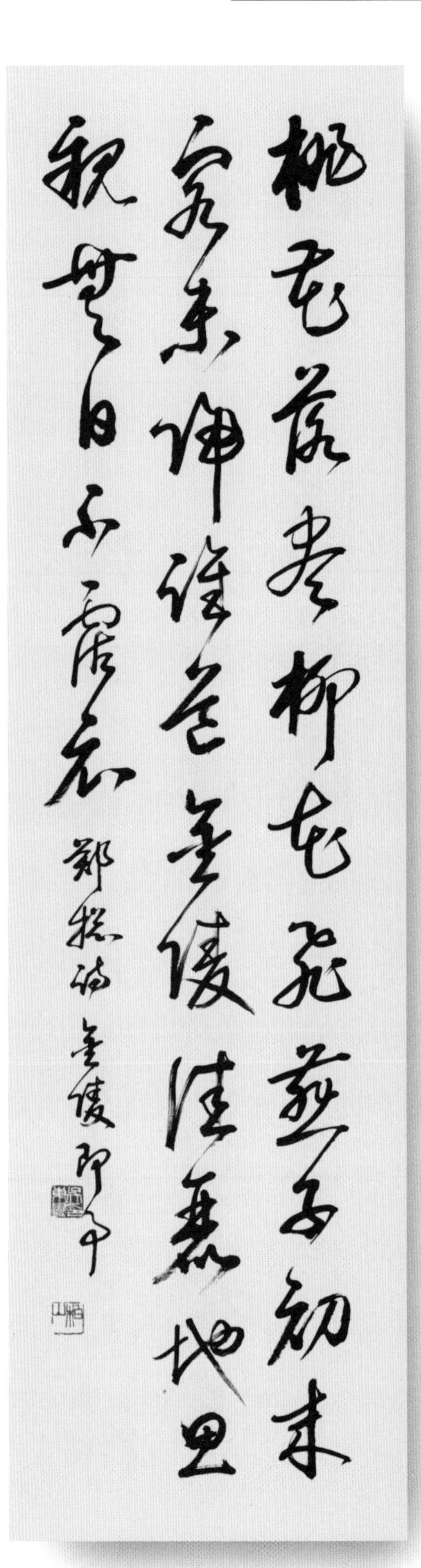

금릉 땅 이역에서

金陵卽事
금 릉 즉 사

桃花落盡柳花飛 도화낙진류화비
燕子初來客未歸 연자초래객미귀
誰道金陵佳麗地 수도금릉가려지
思親無日不霑衣 사친무일부점의

복사꽃 다 지더니 버들꽃 휘날리고
제비가 날아와도 나그네 못 떠나누나
그 누가 금릉 땅 아름답다 말했던가
어버이 그리워서 날마다 옷 적시네

金陵 중국 강소성 남경의 옛 이름. 燕子 제비. 誰道 누가 말하는가. 佳麗 아름답다. 思親 어버이를 그리워하다. 霑 젖을 점.

이역 만리에서 찬 겨울을 보내고 새봄을 맞아 복사꽃이 지고 버들꽃이 날리고 제비가 돌아왔건만 여전히 고국으로 돌아가지 못한다. 금릉 땅 경치는 안중에 없고 어버이 생각하며 눈물을 쏟는다. 시인은 끝내 귀국하지 못하고 그곳에서 객사하였다.

鄭 摠(1358~1397): 고려 말 조선 초의 문신 · 학자. 본관은 청주, 자는 曼碩, 호는 復齋이며 이조판서, 정당문학을 지냈다. 왕의 印信을 청하려 明에 갔다가 表辭의 불손으로 금릉(남경)에 유배되었다. 문집에 〈復齋遺稿〉가 있다.

양주객관에 情人과 이별하며

梁州客館別情人
양 주 객 관 별 정 인

五更燈燭照殘粧　오경등촉조잔장
欲話別離先斷腸　욕화별리선단장
落月半庭推戶出　낙월반정추호출
杏花疎影滿衣裳　행화소영만의상

빛바랜 화장 얼굴 새벽 등불 비추고
떠난다 말 하려하니 속이 먼저 끊어지네
불러내길 단념하고 지는 달 뜰에 서니
살구꽃 성긴 그림자 옷에 가득 얼룩진다

五更 새벽 3~5시. 殘粧 지워지지 않고 남아있는 화장. 斷腸 창자가 끊어지는 듯. 애끓다. 매우 슬프다. 推 단념하다. 포기하다. 杏花疎影 살구꽃 성긴 그림자.

풋사랑 저질러놓고 새벽 일찍 떠나려니 정이 들어 쉽게 발을 옮기지 못한다. 떠난다고 말도 못하고 그냥 가자니 비정하고 엉거주춤, 지는 달빛이 비치는 뜰에 멍하니 서있으니 도포 위에는 꽃 그림자 드리운다.

鄭　誧(1309~1345): 문신. 본관은 청주, 자는 仲孚, 호는 雪谷이며 문집에 〈雪谷集〉이 있다.

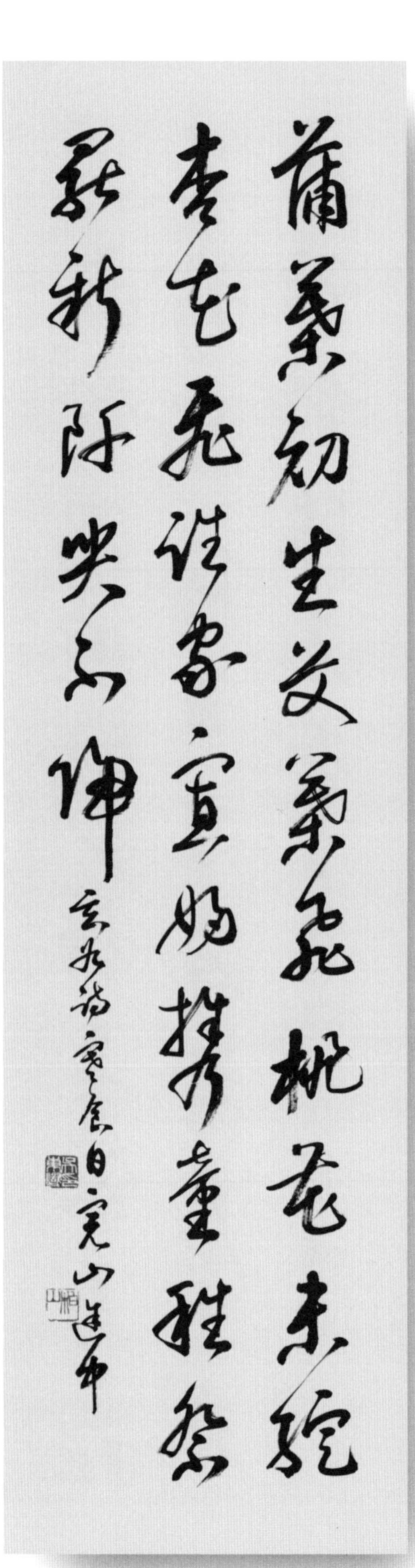

한식날 완산 가는 길에

寒食日完山途中

한 식 일 완 산 도 중

蒲葉初生艾葉飛	포엽초생애엽비
桃花未綻杏花飛	도화미탄행화비
誰家寡婦携童稚	수가과부휴동치
祭罷新阡哭不歸	제파신천곡불귀

부들 잎 돋아나고 쑥 잎사귀 살찌는데
복사꽃 피지 않고 살구꽃 흩날리네
누구 집 과부인지 어린아이 데리고
무덤 앞에 제사한 뒤 가지 않고 울고있네

蒲 부들 포. 창포. 艾 쑥 애. 未綻 아직 떨어지지 않음. 綻 솔기 터질 탄. 터지다. 떨어지다. 祭罷 제사지낸 뒤. 新阡 새 무덤 阡 길 천. 묘지로 가는 길.

복사꽃 꽃망울은 아직 터지지 않았는데 살구꽃잎이 바람에 휘날리는 4월 한식날, 어린 아이들 데리고 얼마 전에 돌아가신 남편의 무덤에 제사를 지내고 길바닥에 주저앉아 하염없이 곡을 한다. 어린 것들하고 어떻게 살라고 야속하게 이리도 일찍 가셨는지요...

趙緯韓(1567~1649): 조선 광해군 인조의 문신. 본관은 漢陽, 자는 持世, 호는 玄谷이며 인조반정으로 재등용되어 공조참판, 지중추부사 등을 지냈으며 문장과 서예에 뛰어나고 해학에도 능하였다. 문집에 〈玄谷集〉이 있다.

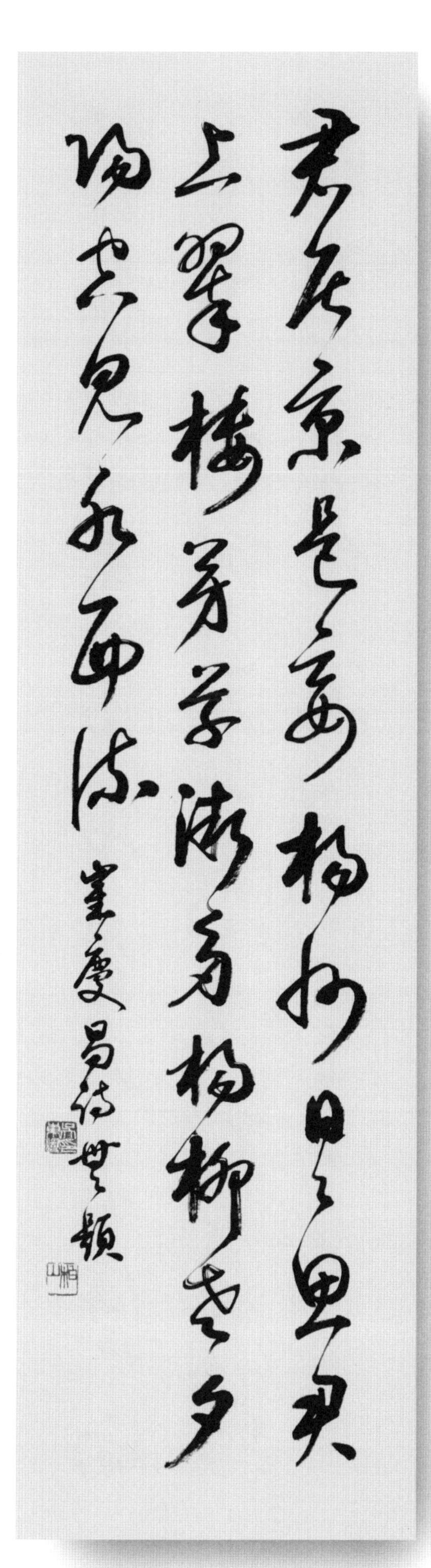

님 그리며

無題

무 제

君居京邑妾楊州 군거경읍첩양주
日日思君上翠樓 일일사군상취루
芳草漸多楊柳老 방초점다양류노
夕陽空見水西流 석양공견수서류

그대는 서울 살고 저는요 양주 살고
날마다 취루에 올라 그대 생각 한다오
방초가 무성하고 버들이 짙었는데
석양에 공연히 서울 가는 강물만 바라본다오

京邑 한양 서울. 思君 님을 그리다. 翠樓 연회를 하던 누각. 楊柳老 버들가지의 녹음이 한창임. 老 늙을 노. 한창임. 空見 공연히 바라봄. 水西流 서쪽 서울로 흘러가는 강물.

벌써 봄을 지나 온갖 방초가 피어나고 버들색이 짙어졌는데 오지 않는 님을 그리며 옛날 정담을 나누던 누대에 올라 행여나 오시려나 서울쪽 하늘을 바라본다. 해 저물녘에 강물만 하염없이 서울로 흘러갈 뿐...

崔慶昌(1539~1583): 조선 중기시인. 자는 嘉運, 호는 孤竹이며 사간원 정언, 종성부시 등을 지냈다. 백광훈, 이달과 함께 三唐詩人으로 불렸으며 문장과 글씨에 능하고 문집으로 〈孤竹遺稿〉가 있다.

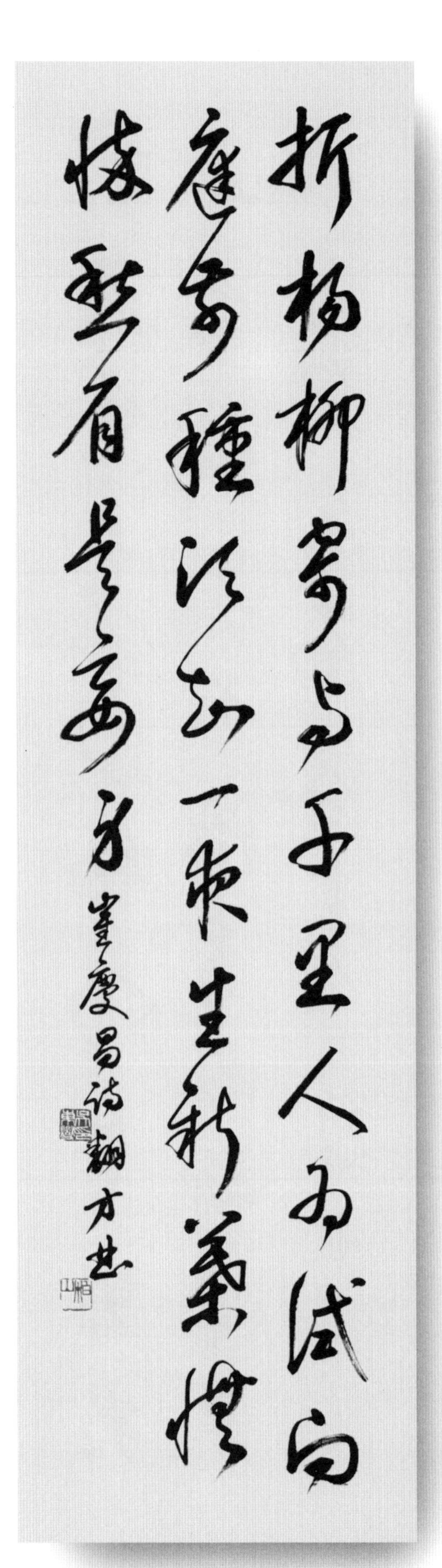

묏버들 가려 꺾어

翻方曲

번 방 곡

折楊柳寄與千里　절양류기여천리
人爲試向庭前種　인위시향정전종
須知一夜生新葉　수지일야생신엽
憮悴愁眉是妾身　무췌수미시첩신

묏버들 가려 꺾어 보내노라 임의 손에
자시는 창밖에 심어 두고 보소서
밤비에 새잎 곧 나거든 나인가도 여기소서

翻方 바로 번역함. 楊柳 수양버들. 須知 모름지기 알아주오. 憮悴 가련함. 憮 어루만질 무. 애틋하다. 悴 파리할 췌. 愁眉 근심스런 얼굴.

함경도 홍원에서 북평사로 있을 때 관기로 만난 홍랑이 이별을 앞두고 시조 한 수로 애틋한 마음을 전하자 孤竹은 즉석에서 번역하여 건넨다. 버들가지로 이별의 정표로 삼는 것은 唐의 풍습, 떠나고 없어도 마음만은 남아있기를(柳와 留는 같은 음) 바랄 뿐이다.

崔慶昌(1539~1583): 조선 중기시인. 자는 嘉運, 호는 孤竹이며 사간원 정언, 종성부시 등을 지냈다. 백광훈, 이달과 함께 三唐詩人으로 불렸으며 문장과 글씨에 능하고 문집으로 〈孤竹遺稿〉가 있다.

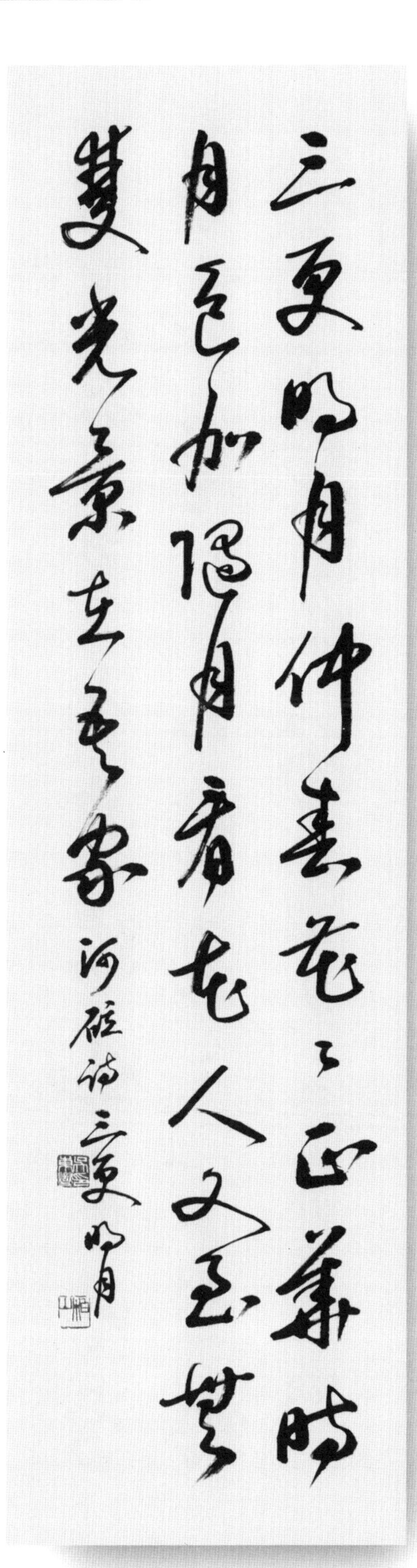

달인 듯 꽃인 듯

三更明月仲春花
삼경명월중춘화

三更明月仲春花 삼경명월중춘화
花正華時月色加 화정화시월색가
隨月看花人又至 수월간화인우지
無雙光景在吾家 무쌍광경재오가

깊은 밤 달은 밝고 봄꽃이 피어나고
꽃이 활짝 피어나니 달빛도 따라 비춘다
달빛 따라 꽃을 보니 임 또한 곁에 오고
둘도 없는 정경이 우리집에 있었구나

三更 밤 11~13시경. 한밤중. 仲春 봄의 두 번째 달. 無雙 비할 데가 없음. 光景 경지. 정경.

달 밝은 봄날 저녁, 금방 결혼한 신랑 신부는 설레는 첫날 밤의 심정을 詩로 주고받는다. 같은 날 같은 동네에서 태어난 부부는 천생연분으로 부부의 연을 맺어 첫날을 보내는 봄 밤, 달과 꽃과 임이 한자리에 있는 우리집이 이렇게 정겨울 수가 있을까.

河 砬(769~1830): 조선후기 진안출신의 문인. 본관은 진양, 자는 淸瑞, 호는 湛樂堂이며 과거에 실패하여 귀향하여 부모를 시봉하였다. 三宜堂 김씨와 부부시인으로 진안에서 해로하였으며 문집에 〈湛樂堂集〉이 있다.

어머님 詩에 삼가 차운하다

敬次慈親寄示韻
경 차 자 친 기 시 운

身上重裘手中線 신상중구수중선
曉來風雪不知寒 효래풍설부지한
北去隴西三百里 북거롱서삼백리
那能日日報平安 나능일일보평안

어머님이 손수 지어주신 두꺼운 갖옷 입으니
새벽 눈바람에도 추운 줄 모르겠어요
북쪽으로 삼백리 농서 땅에 있는데
어찌해야 날마다 평안하다는 안부 전할 수 있을까요

隴西 황해도 서흥의 군사요새.

30세 나이에 燕行길 떠나는 장남에게 어미(令壽閤徐氏)가 시 한편 보낸다. "벌써 추운 겨울바람 불어오는데(凉風忽已至), 길 떠난 우리 아들 춥지 않느냐(遊子依無寒), 이런 일 염려하느라 마음 졸이니(念此勞我懷), 평안하다는 안부 자주 전해다오(種種報平安)." 홍석주는 연경길 도중 황해도 농서에서 걱정하는 어머님께 답시를 보낸다. 이제 중국 땅에 들어가면 자주 소식 전할 수 없는데 어머님 어찌해야 할까요?

洪奭周(1774~1842): 조선의 문신. 본관은 豊山, 자는 成伯, 호는 淵泉이며 이조판서, 좌의정 등을 지냈다. 어머니 영수합서씨는 승지 홍인모의 부인으로 세 아들과 두 딸을 두었는데 온 가족이 시문으로 이름이 났다. 〈豊山世稿〉, 〈淵泉集〉 등의 저서가 있다.

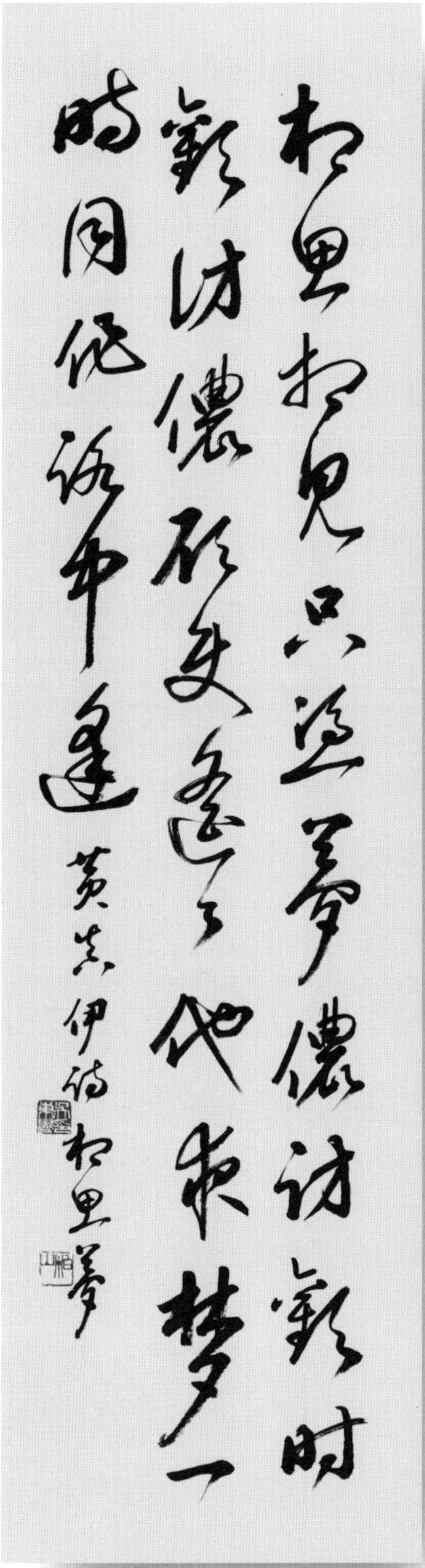

꿈길로 가니

相思夢
상 사 몽

相思相見只憑夢　상사상견지빙몽
儂訪歡時歡訪儂　농방환시환방농
願使遙遙他夜夢　원사요요타야몽
一時同作路中逢　일시동작로중봉

그리워라 만날 길은 꿈길밖에 없는데
내가 그대 찾아갈 때 그대는 날 찾아오네
원하건대 언제일까 먼 다음날 밤 꿈에는
같이 길 떠나 오가는 중간에서 만났으면

憑 기댈 빙. 의지하다. 儂 나 농.(시문에서 씀). 당신. 그대. 歡 기빼할 환. 애인(악부에서 남자 애인을 가리킴). 遙遙(시간 거리)아득히 멀다.

현실에서 이루지 못한 절절한 사랑의 불길을 억누를 길 없어 밤마다 꿈속에서라도 만나려 하지만 안타깝게도 꿈길마저 서로 엇갈려 만나지 못한다. 교과서에 실렸던 〈꿈길에서〉라는 가곡(김성태 작곡, 김안서 작사. '꿈길 밖에 길이 없어 꿈길로 가니...')의 원문 詩 이다.

黃眞伊(1506?~1567?): 조선 기녀시인. 중 · 명종대의 개성 명기, 기명은 明月. 양반의 서녀로 태어나 기적에 투신했으며 詩, 書, 音에 능하고 문인 학자와 교유했으며 서경덕, 박연폭포와 함께 松都三絕로 불린다.

경주 삼릉(백산 오동섭)

酒興 風流 주흥 풍류

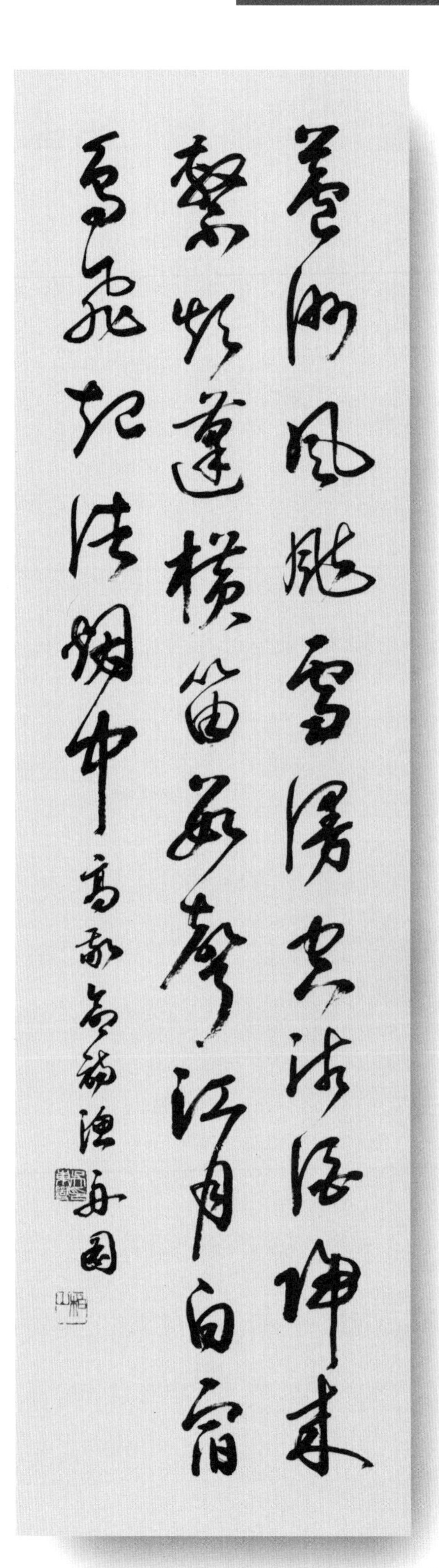

고깃배 그림을 보며

漁舟圖

어 주 도

蘆洲風颭雪漫空	노주풍점설만공
沽酒歸來繫短蓬	고주귀래계단봉
橫笛數聲江月白	횡적수성강월백
宿鳥飛起渚烟中	숙조비기저연중

바람에 갈대꽃 눈처럼 하늘에 흩날리고
술 사서 돌아와 배를 매어두네
빗겨 부는 피리소리 강 달은 밝은데
자던 새들 물안개 속을 날아오르네

蘆洲 갈대 섬. 蘆 갈대 로. 颭 물결일 점. 雪漫空 누처럼 하늘에 가득하다. 沽 팔 고. 사다. 팔다. 繫短蓬 짧은 쑥에 매다. 渚 사주 저.

갈대 숲 강가에는 방금 술 사러 갔다 온 고깃배가 매어져 있고 하늘에는 바람에 갈대꽃이 눈처럼 하얗게 흩날리고 있다. 달밤에 피리소리 들리는데 잠을 깬 새들은 안개사이로 날아오르는 가을밤 강촌 그림을 보고 읊은 題畵詩이다.

高敬命(1533~1592): 조선 의병장. 본관은 장흥, 자는 而順, 호는 霽峰이며 의병장으로 활약하다 순절하였다. 시서화에 능하고 시문집으로 〈霽峰集〉, 〈瑞石錄〉, 〈正氣錄〉 등이 있으며 시호는 忠烈이다.

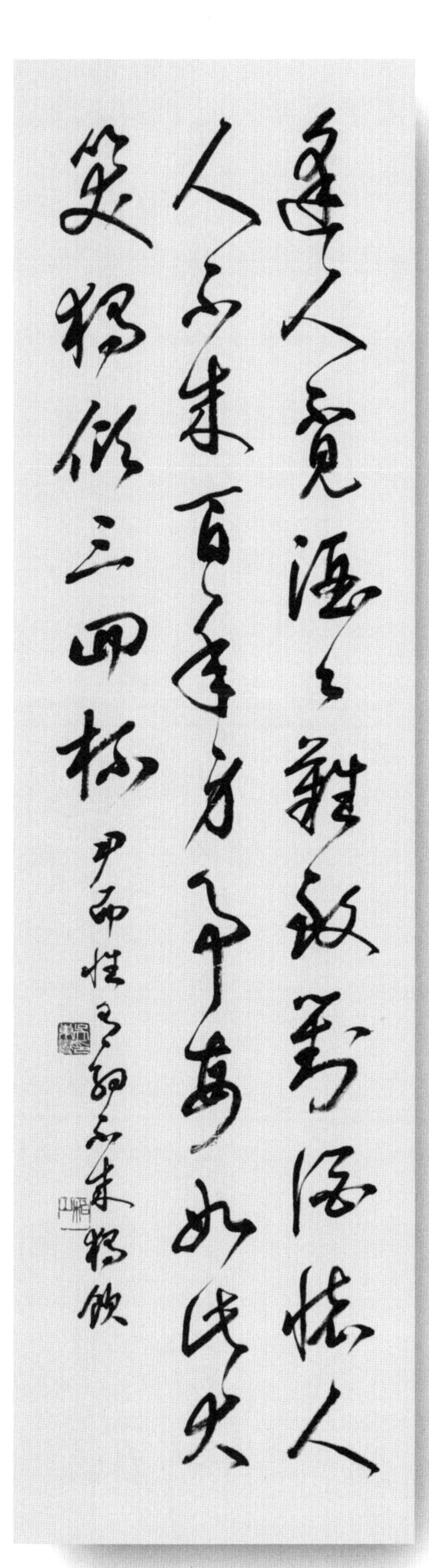

온다던 벗은 오지 않고 혼자 술 마시며

尹而性有約不來獨飮
윤 이 성 유 약 불 래 독 음

逢人覓酒酒難致 봉인멱주주난치
對酒懷人人不來 대주회인인불래
百年身事每如此 백년신사매여차
大笑獨傾三四杯 대소독경삼사배

벗을 만나 술 찾으면 술 차리기 힘들고
술이 있어 벗 생각하면 벗이 오지 않네
한 평생 이내 일이 매번 이리 엇갈리니
허허 크게 웃고서 혼자 서너 잔 기울인다

逢人覓酒 벗을 맞아 술을 찾다. 覓 찾을 멱. 구하다. 對酒懷人 술상을 앞에 두고 벅을 생각하다. 身事 일신상의 사정. 獨傾 혼자 잔을 기울인다.

벗이 찾아와 술을 구하면 술이 없고 술 있으면 벗이 없어 자신의 쓸쓸한 처지를 한탄한다. 그저 이것이 내 인생이려니 하고 한 바탕 웃음짓고 혼자서 서너 잔을 연거푸 들이키지만 서글픈 인생무상 어찌하랴.

權　韠(1569~1612): 조선중기 문신. 자는 汝章, 호는 石洲이며 권벽의 아들로 어려서부터 시명이 높았다. 광해군의 척족 정치를 풍자하는 宮柳詩로 인하여 귀양가는 도중 동정으로 주는 술을 마시다가 폭음으로 사망하였다.

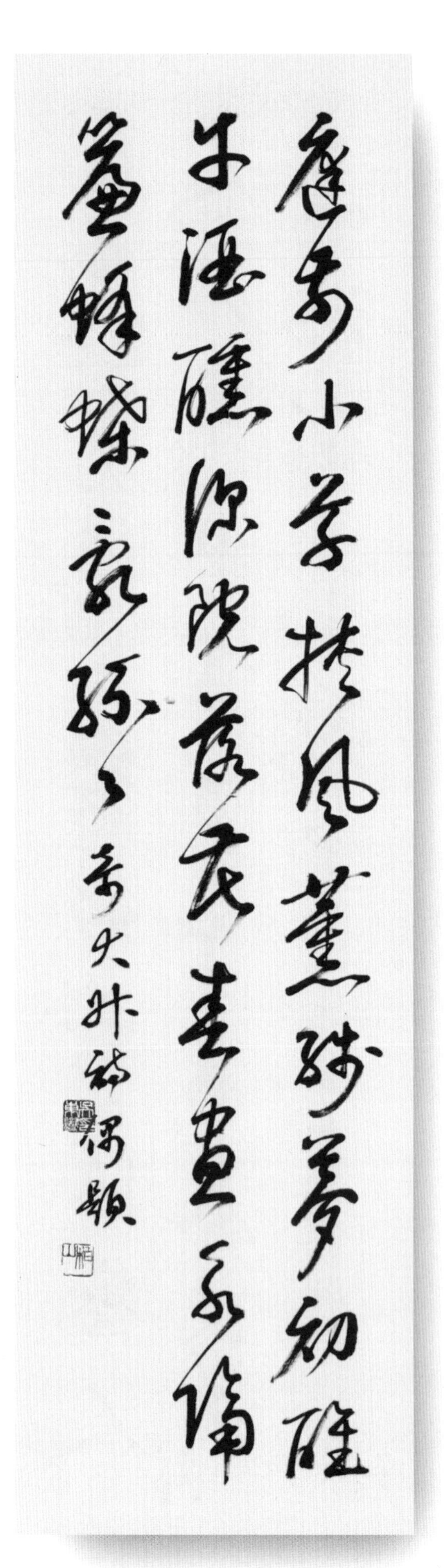

우연히 짓다

偶題

우 제

庭前小草挾風薰 정전소초협풍훈
殘夢初醒午酒醺 잔몽초성오주훈
深院落花春晝永 심원낙화춘주영
隔簾蜂蝶亂紛紛 격렴봉접난분분

뜰 앞의 작은 풀들 훈풍에 흔들리고
낮술에 취해 잠들다 꿈에서 방금 깨었네
깊은 울안에 꽃은 지고 봄날은 긴데
발밖엔 벌과 나비 어지러이 날은다

挾風薰 훈풍이 불다. 挾 낄 협. 끼다. 품다. 薰 훈초 훈. 화초의 향기. 酒醺 술에 취하다. 醺 술 취할 훈. 隔簾 발을 사이에 두고. 蜂蝶 벌과 나비. 紛紛 잇달아. 쉴 사이 없이.

점심 때 낮술을 마시고 난 뒤 잠시 낮잠이 들었다. 훈풍에 잠을 깨고 보니 꽃은 지고 벌, 나비가 어지러이 날아다니고 있어 봄이 깊었음을 알겠다. 발을 사이에 두고 벌어지는 봄날의 정경이 한가롭기만 하다.

奇大升(1527~1572): 조선중기 성리학자. 본관은 행주, 나주에서 출생, 자는 明彦, 호는 高峰이며 32세에 이황의 제자가 되고 12년간 서한으로 四端七情에 대하여 논쟁하였다. 〈高峰集〉, 〈朱子文錄〉 등의 문집이 있다.

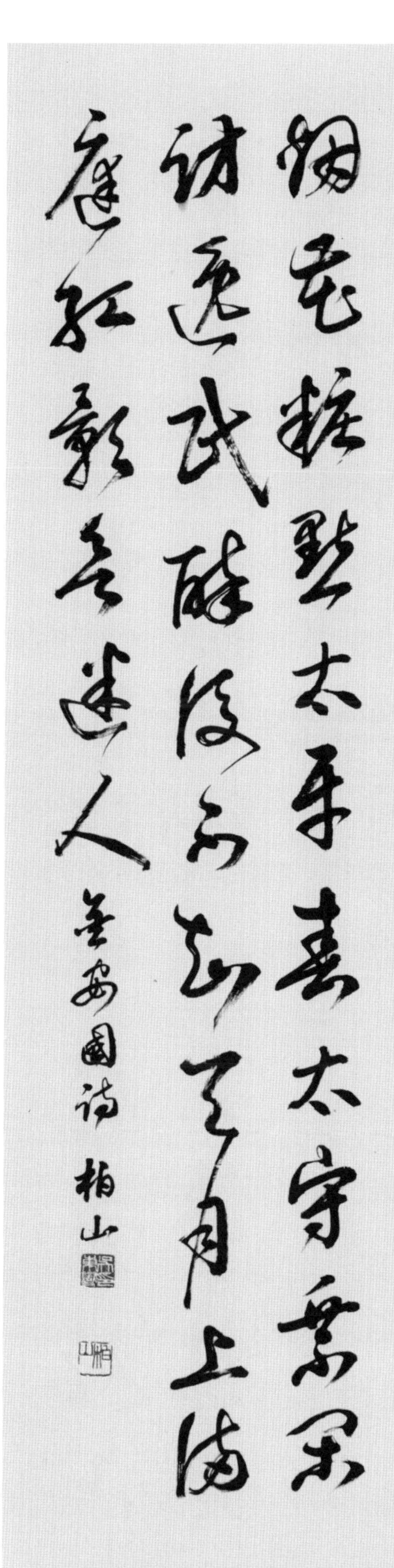

태수가 술을 싣고 찾아왔기에

朴太守稠載酒見訪
박 태 수 조 재 주 견 방

烟花粧點太平春 연화장점태평춘
太守乘閑訪逸民 태수승한방일민
醉後不知天月上 취후부지천월상
滿庭紅影欲迷人 만정홍영욕미인

봄꽃 경치가 태평스런 봄날을 수놓았는데
삿또는 틈을 내어 숨어사는 나를 찾아 왔네
취하고나니 하늘에 달 뜬 줄 몰랐는데
뜰에 가득한 그림자 사람을 미혹하려 하네

烟花 봄날의 아름다운 경치. 乘閑 한가한 틈을 타서. 逸民 은거자. 숨어사는 사람. 欲迷人 사람을 미혹하려 한다.

기묘사화로 정치에서 물러나 이천에 은거하며 한가하게 지내고 있는(1524) 김안국에게 이천부사 박조가 술을 들고 찾아왔다. 봄날 꽃이 피고 달이 뜨고 술과 벗이 있으니 태평에 취하지 않을 수 없다.

金安國(1478~1543): 조선중기 문신 · 학자. 본관은 의성, 자는 國卿, 호는 慕齋, 조광조 등과 함께 김굉필의 문인이며 예조판서, 판중추부사 등을 지냈다. 문집에 〈慕齋集〉, 〈慕齋家訓〉 등이 있다.

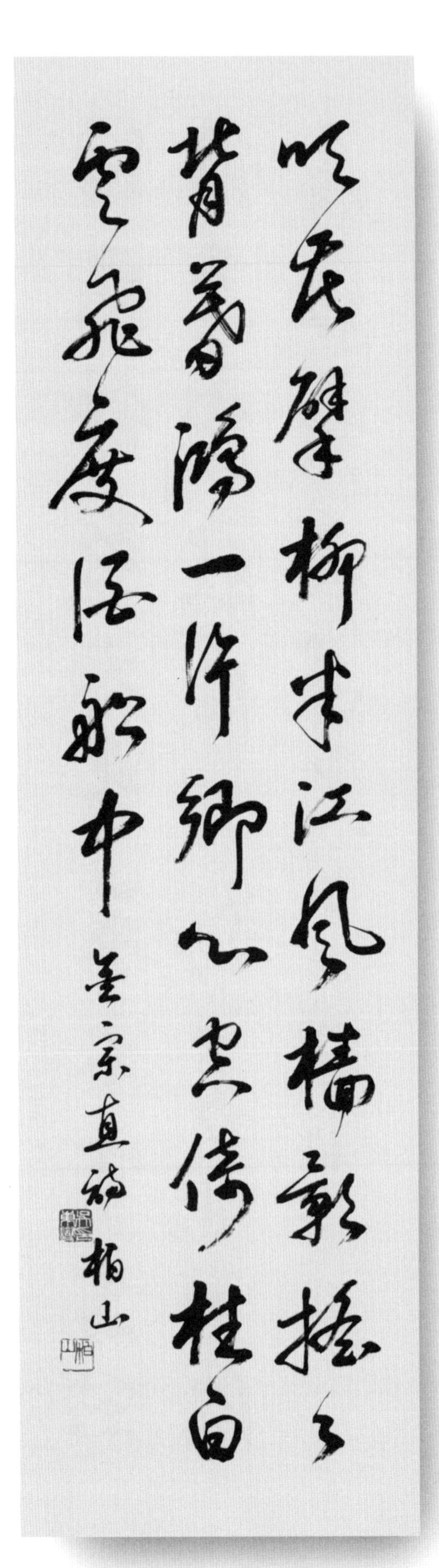

홍겸선의 제천정시에 화답하다

和洪兼善濟川亭次宋中樞處寬韻
화 홍 겸 선 제 천 정 차 송 중 추 처 관 운

吹花擘柳半江風　취화벽류반강풍
檣影搖搖背暮鴻　장영요요배모홍
一片鄕心空倚柱　일편향심공의주
白雲飛度酒船中　백운비도주선중

꽃을 날리고 버들 가르며 강바람 불어오고
돛대는 건들건들 저녁 기러기 뒤따르네
한 조각 고향생각에 공연히 기둥에 기대서니
술 실은 배위로 흰 구름 떠가네

洪兼善 김종직의 절친 洪貴達(호 兼善)이 제천정(한강 동호) 현판에 쓴 中樞부사 宋處寬의 시에 차운, 이에 화답한 김종직 시. 濟川亭 한강 동호에 있는 정자. 擘 엄지손가락 벽. 거장. 쪼개다. 檣影 돛대 그림자. 檣 돛대 장. 搖搖 흔들흔들. 搖 흔들릴 요.

봄이 되니 꽃도 날리고 늘어진 버들가지도 바람에 갈라진다. 한강에 떠가는 배를 바라보며 濟川亭 기둥에 기대어 고향생각에 잠긴다. 두둥실 뜬 구름아래 술 실은 배를 타고 풍류를 즐기는 정경을 바라본다.

金宗直(1431~1492): 조선전기 문인. 본관은 선산, 자는 季溫, 호는 佔畢齋이며 정몽주, 길재, 부친 김숙자의 학통을 이었다. 생전에 지은 〈弔義帝文〉으로 무오사화가 일어나 부관참시를 당하였다. 역대 시와 시문을 모아 〈青丘風雅〉, 〈東文粹〉를 엮었다.

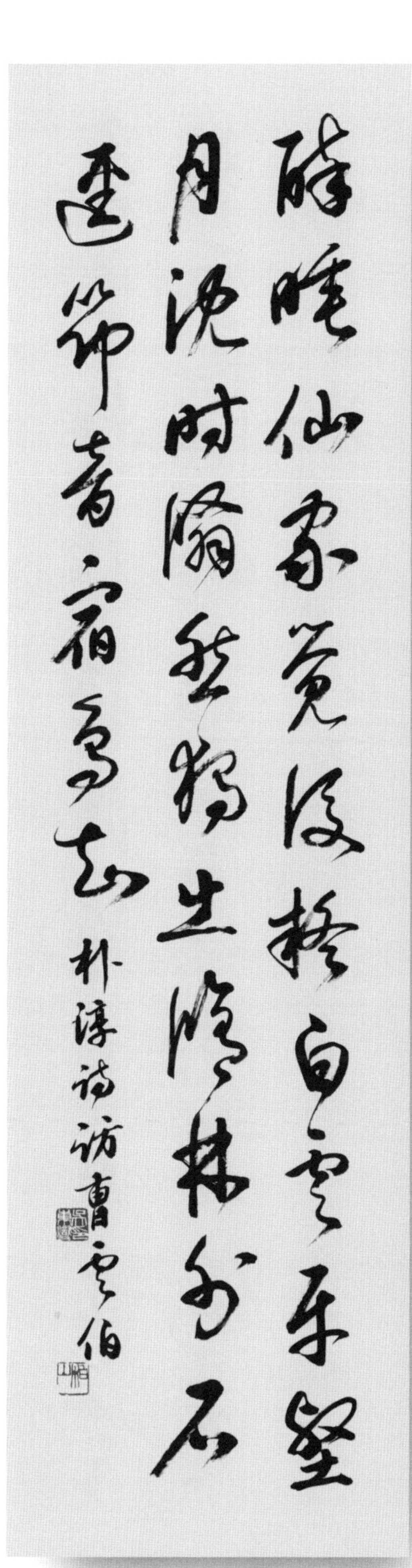

조운백을 찾아서

訪曺雲伯
방 조 운 백

醉睡仙家覺後疑 취수선가각후의
白雲平壑月沈時 백운평학월침시
翛然獨出脩林外 소연독출수림외
石逕笻音宿鳥知 석경공음숙조지

선가에서 취해 자다 깨고나니 흐릿한데
흰 구름 골을 덮고 달도 넘어가고 있네
서둘러 혼자서 숲 밖으로 나오니
돌길 지팡이 소리 자던 새들 놀라 깬다

覺後疑 깨고난 후 흐릿함. 平壑 골짜기를 평평히 메움. 翛然 재빨리. 서두르는 모양. 笻音 지팡이 두드리는 소리. 宿鳥知 자던 새가 알고 깬다.

산속에 사는 曺駿龍(자 雲伯)을 찾아가서 거나하게 술을 나누다 그만 취해 잠들어 버렸다. 깨어보니 온 골짜기가 구름에 덮여 있고 달도 산 넘어 기울었는데 서둘러 숲속을 나온다. 새들이 부스럭대는 걸 보니 지팡이 소리에 잠을 깨었나 보다.

朴 淳(1523~1589): 조선 선조조 재상. 자는 和叔, 호는 思菴이며 서경덕에게서 글을 배웠으며 우의정과 영의정을 지냈다. 서인으로서 동서분당이 심각해지자 영평 백운산에 은거하였다. 문집에 〈思菴集〉이 있다.

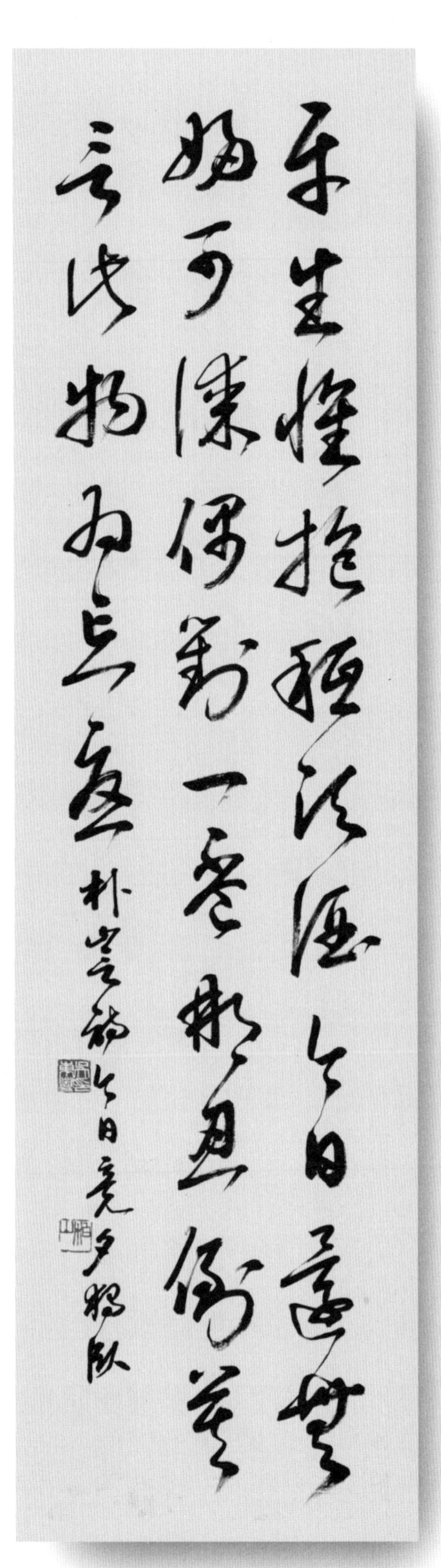

유모가 보내준 술 홀로 마시며

今日竟夕獨臥 姆憐之覓酒以饋
금 일 경 석 독 와 모 련 지 멱 주 이 궤

平生懷抱秖須酒 평생회포지수주
今日還無婦可謀 금일환무부가모
偶對一盃那忍倒 우대일배나인도
莫言此物爲忘憂 막언차물위망우

평생의 회포를 오직 술로서 풀었는데
오늘은 술상 차릴 아내가 없구나
우연히 술잔 대하니 차마 어이 마시랴
이 술잔 忘憂物이라 말하지 마오

婦可謀 술상을 도모해준 아내. 那忍倒 어찌 차마 술잔을 기울이랴. 忘憂 근심을 잊게하여 흥취를 돋우는 물건을 망우물이라 하여 술을 말함.

아내 잃은 이 내 처지를 위로하여 주려고 유모가 마련해 준 술인데 혼자 마시려하니 도리어 세상을 떠난 아내 생각이 나서 차마 마시지 못하고 그리움만 더한다. 누가 세상 근심을 잊게 하는 게 술이라고 하였던가?

朴 誾(1370~1422): 고려말 조선초 문신. 본관은 반남, 자는 仰止, 호는 釣隱, 목은 이색의 생질이다. 조선 개국 후 왕자의 난 때 공을 세워 좌명공신으로 책록되었으며 영의정, 좌의정 등을 지냈다.

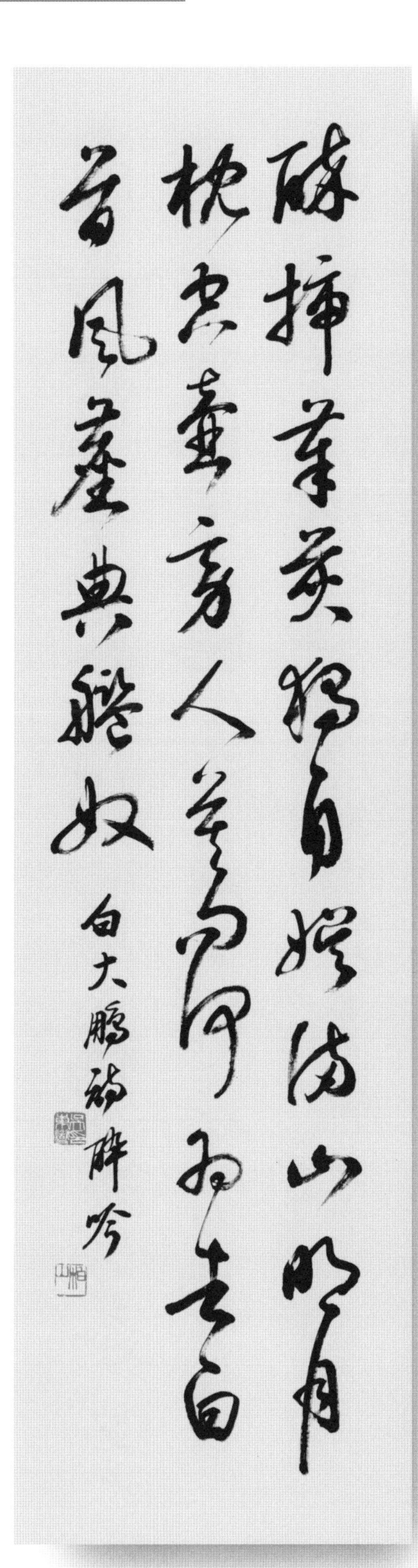

술에 취해 읊다

醉吟

취 음

醉挿茱萸獨自娛　취삽수유독자오
滿山明月枕空壺　만산명월침공호
旁人莫問何爲者　방인막문하위자
白首風塵典艦奴　백수풍진전함노

술에 취해 수유꽃 꽂고 혼자 즐기다가
밝은 달빛 가득한 산에서 빈 술병 베고 누웠네
사람들아 내 무엇 하는 사람인지 묻지 마오
풍진세월에 늙어버린 전함사 관청의 종이라오

茱萸 산수유나무. 旁人 옆 사람. 딴 사람. 白首 허옇게 센 머리. 風塵 비바람에 날리는 티끌. 세상의 힘들고 어려운 일. 典艦司 함선의 일을 담당한 관청.

전함사의 천한 노비 신분으로 천대받고 괴로워하며 머리가 허옇게 될 때가지 살아왔다. 서글프게 홀로 술을 마시다가 술병을 베개 삼아 달빛 아래 누워서 질긴 신분의 굴레를 벗어나지 못함을 한탄하고 있다.

白大鵬(?~1592): 조선중기 시인. 자는 萬里이며 천인의 신분으로 시를 잘 지었던 劉希慶과 함께 '劉白'으로 알려졌다. 통신사 許筬을 따라 일본을 다녀왔고 임진왜란 때 巡邊使 李鎰을 따라 상주에서 싸우다 전사하였다.

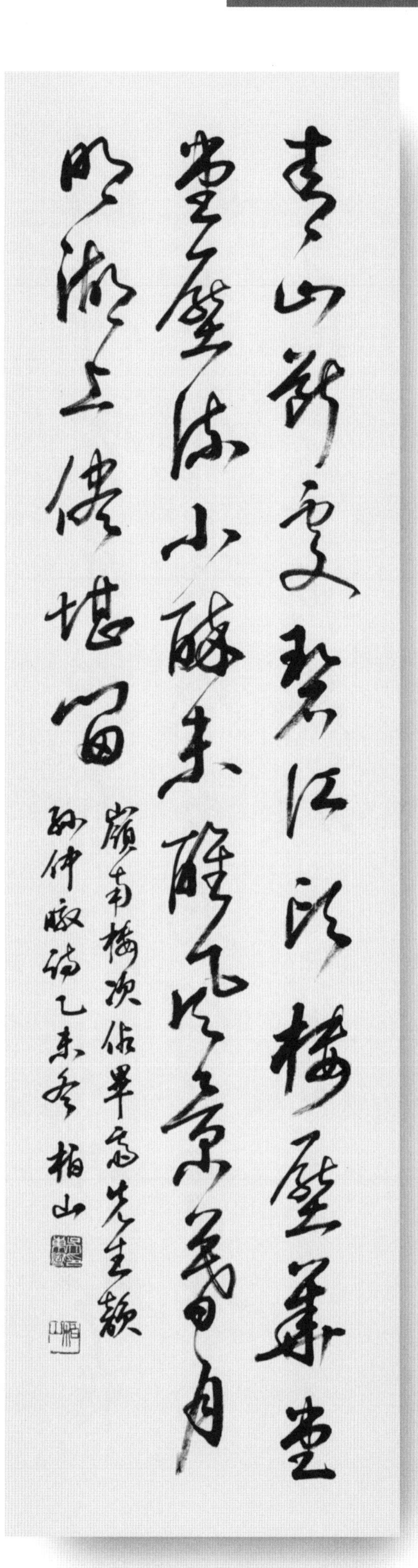

영남루에서

嶺南樓次佔畢齋先生韻

영 남 루 차 점 필 재 선 생 운

青山斷處碧江頭　청산단처벽강두
樓壓華堂堂壓流　누압화당당압류
小醉未醒風景暮　소취미성풍경모
月明湖上儘堪留　월명호상진감류

산줄기 뚝 끊어진 푸른 강 언덕
누각은 화당을 누르고 화당은 강물을 누르네
취한 술 깨지 않고 풍경은 저무는데
달 밝은 호수 위를 차마 떠나지 못하네

嶺南樓 고려 말에 창건된 밀양의 누각. 佔畢齋 김종직의 호. 華堂 화려한 당. 堂 이층 다락 바닥부분. 儘堪留 견디어 머무름. 儘 다할 진. 될수 있는 한 ~하다.

수려한 풍광처, 영남루에서 대취의 흥치를 소취로 절제하였지만 아직 술이 덜 깨었는데 해가 저물고 달이 밝아 더욱 장쾌한 정취가 펼쳐진다. 하늘의 달이 호수에 잠긴 황홀한 경관에 도취되어 차마 자리를 뜨지 못해 머물고 있다.

孫仲暾(1463~1529): 조선중기 문신. 본관은 경주, 자는 大發, 호는 愚齋, 이언적의 외삼촌이며 김종직의 문인으로 뛰어난 성리학자이다. 이조판서, 대사헌 등을 지냈으며 성절사로 명나라를 다녀왔다.

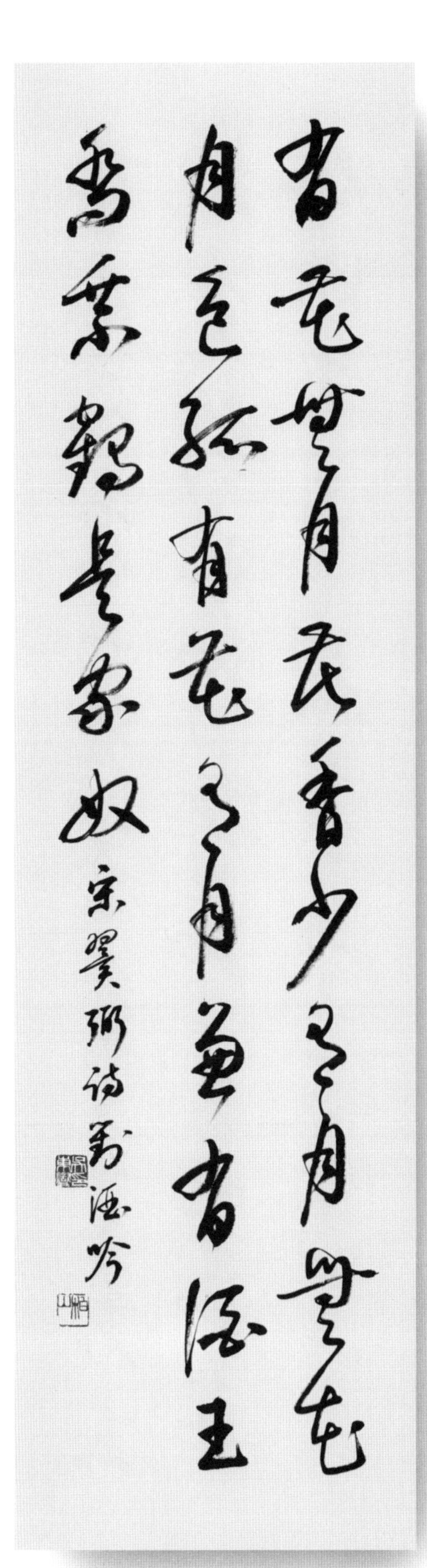

술잔 들고 시를 읊다

對酒吟
대 주 음

有花無月花香少　유화무월화향소
有月無花月色孤　유월무화월색고
有花有月兼有酒　유화유월겸유주
王喬乘鶴是家奴　왕교승학시가노

꽃 있어도 달 없으면 꽃향기 없어지고
달 있고 꽃 없으면 달빛만 외롭네
꽃 있고 달 있고 술까지 있으면
왕자교가 타는 학은 우리집 노비일세.

家奴 종. 십노비. 王喬 =王子喬 생황을 불며 백학을 타고 다닌다는 신선 이름. 乘鶴 학을 타다.

꽃과 달, 술은 서로 잘 어울리는 천연의 낭만물인데 꽃이 핀 달밤에 벗과 함께 술을 들고 있으면 세상에 부러울 것이 없다. 왕자교가 타고 다닌다는 백학이 우리집 종이라 하니 나도 신선이 아닌가.

宋翼弼(1534~1599): 본관은 礪山, 자는 雲長, 호는 龜峰·玄繩이며 서출이라 벼슬을 못하였다. 성혼, 이이와 학문을 논하고 성리학과 예학에 통하였으며 문장, 시, 서예에 일가를 이루었다. 문집에 〈龜峰集〉이 있다.

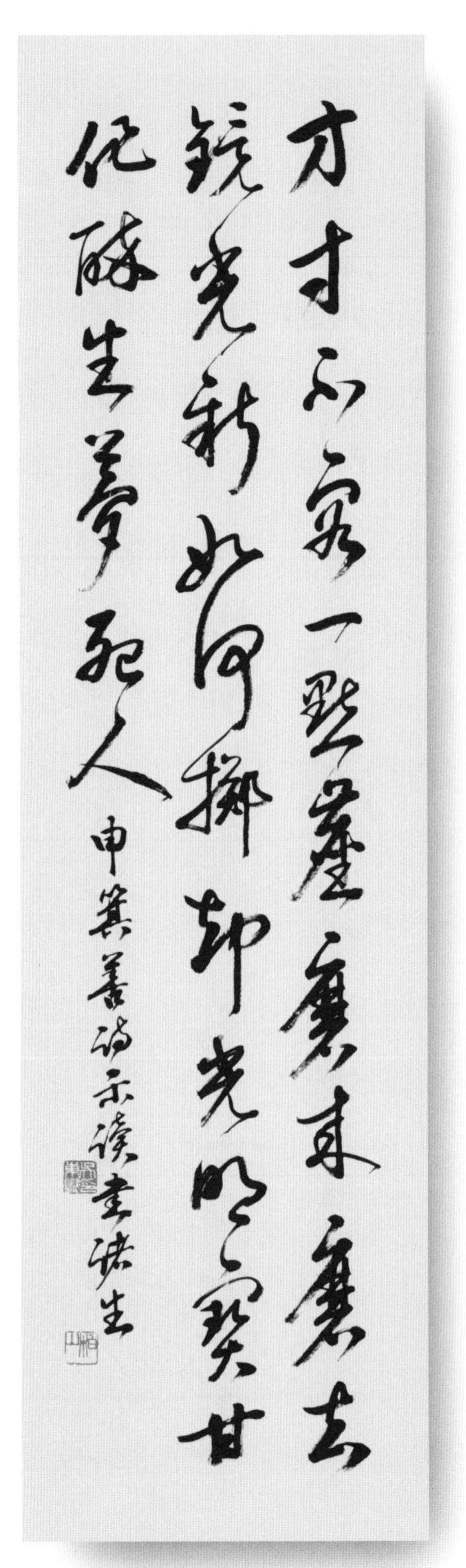

공부하는 유생들에게

示讀書諸生
시 독 서 제 생

方寸不容一點塵 방촌불용일점진
磨來磨去鏡光新 마래마거경광신
如何擲却光明寶 여하척각광명보
甘作醉生夢死人 감작취생몽사인

가슴속에 한 점 티끌 용납하지 않으니
갈고 닦은 거울 빛이 새로웁구나
어이하여 밝은 보배 내던져 두고
취해 살다 꿈속에서 죽으려하나

方寸 사방 한 치. 마음. 擲 던질 척. 甘作 즐겨~이 되다. 醉生夢死 술 취해 살다 꿈속에서 죽다. 아무 정신 없이 살다.

열심히 공부하는 유생들에게 당부한다. 마음속에 티끌 하나 허용치 말고 부지런히 갈고 닦아서 광채가 빛나는 거울이 되어야 한다. 마음속에 빛나는 보배를 품고 허랑방탕하게 허망한 삶을 살아서는 안된다.

申箕善(1851~1909): 조선말기 학자 · 문신. 본관은 平山, 자는 言汝, 호는 陽園이며 홍문관제학, 중추원부의장 등을 지냈다. 항일운동을 전개하다 일경에 체포되었다. 문집에 〈陽園集〉 18권과 〈儒學經緯〉가 있다.

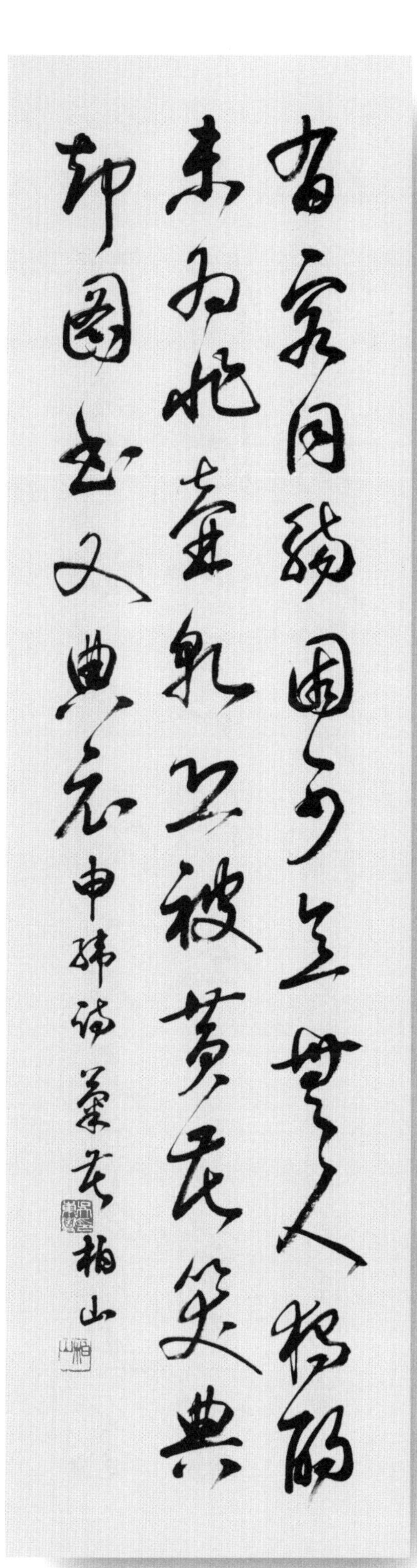

국화를 보고

菊花
국 화

有客同觴固可意 유객동상고가의
無人獨酌未爲非 무인독작미위비
壺乾恐被黃花笑 호건공피황화소
典却圖書又典衣 전각도서우전의

친구 있어 같이 잔 들면 참 좋으련만
없을 땐 혼자라도 나쁘지는 않네
술병이 비었다고 국화가 웃을까봐
책 잡히고 옷도 잡혀 술 사 왔다오

同觴 같이 술을 권하다. 觴 잔 상. 술을 권함. 獨酌 혼자 술 마심. 壺乾 술병이 비다. 乾 마를 건. 하늘 건. 典 법 전. 전당 잡히다.

같이 술 마실 친구가 없을 바에야 혼자 마신들 잘못된 것은 없는데 마실 술이 없으니 어찌하랴. 빈 술병을 보고 국화가 웃을세라 책이랑 옷이랑 전당 잡히고 술을 사 왔다니 술 취하기 전에 먼저 가을에 취했나보다.

申 緯(1769~1845): 조선후기 문신. 본관은 平山, 자는 漢叟, 호는 紫霞·警修堂이며 이조참판 등을 지냈다. 시·서·화 삼절로 일컬어졌고 글씨는 동기창체를 썼다. 저서에 〈警修堂全藁〉, 〈紫霞詩集〉이 전한다.

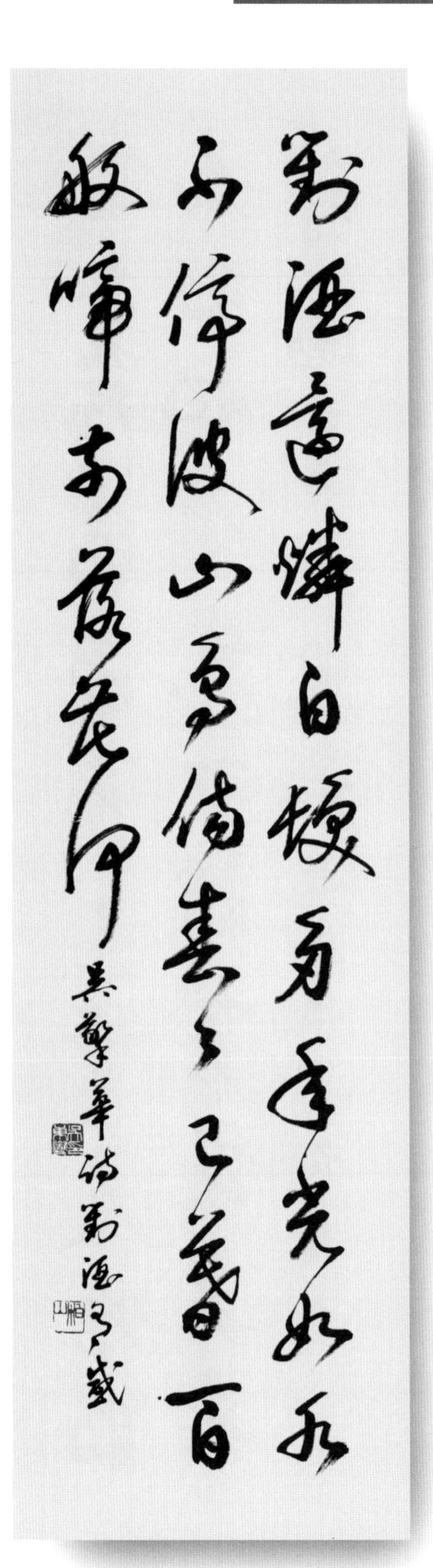

술에 대한 생각

對酒有感
대 주 유 감

對酒還燐白髮多 대주환련백발다
年光如水不停波 연광여수부정파
山鳥傷春春已暮 산조상춘춘이모
百般啼奈落花何 백반제내락화하

술 대하니 많은 백발 새삼 섧은데
물 같이 흐르는 세월 멈추지 않네
산새들 지는 봄 애달파도 봄은 이미 저물고
소리소리 우짖은들 지는 꽃을 어이하리

還 다시 환. 더욱. 燐 =憐 불쌍히 여길 련. 어여삐 여길 련. 年光 세월. 연령. 波 세파. 傷春 봄을 슬퍼하다. 百般 온갖. 여러 가지 奈何 ~를 어찌 하겠는가.

봄이 간다고 저렇게 애달피 우짖는 산새 소리를 듣고 있으니 새삼 백발이 서러워 잔을 기울이고 있다. 지나간 세월을 돌아보며 아쉬워하지만 어찌하랴 한 번 흘러간 세월은 그 누구도 돌이킬 수 없는 것을...

吳擎華(생몰년 미상): 조선후기 위항시인. 본관은 안락, 자는 子衡, 호는 瓊搜 · 景化이며 중인계층의 위항시인의 시를 모은 〈風謠三選〉에 시 한 수가 전하고 〈花源樂譜〉 등에 시조가 전한다.

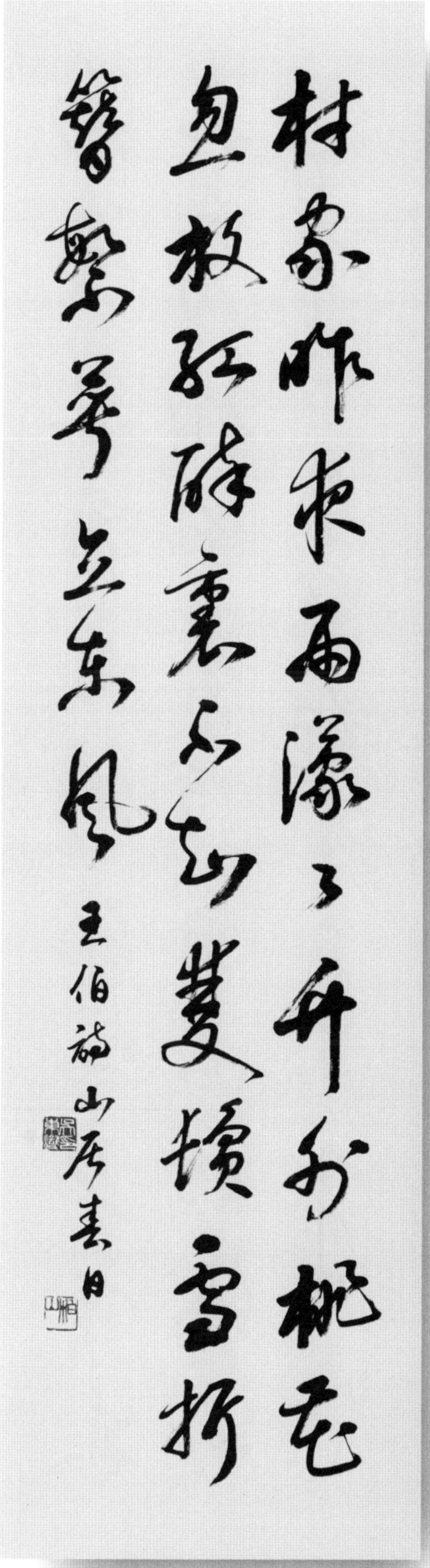

산속의 봄날

山居春日
산 거 춘 일

村家昨夜雨濛濛 촌가작야우몽몽
竹外桃花忽放紅 죽외도화홀방홍
醉裏不知雙鬢雪 취리부지쌍빈설
折簪繁蕚立東風 절잠번악립동풍

지난 밤 시골집에 부슬비 내리더니
대숲 밖의 복사꽃 홀연히 붉게 핀다
술 취해 귀밑털 흰 줄도 모르고
꽃 꺾어 머리 꽂고 봄바람 맞고 섰네

濛濛 비가 부슬 부슬 내리는 모양. 濛 가랑비 올 몽. 醉裏 취중. 雙鬢 양쪽 귀밑털. 鬢 살쩍 빈. 살쩍. 귀밑털. 折簪 꺾어서 비녀처럼 꽂다. 簪 비녀 잠. 繁蕚 탐스런 꽃가지. 蕚 꽃받침 악. 東風 봄바람.

복사꽃 핀 봄날 세월풍상에 부대낀 흰머리 늙은이지만 이대로 보낼 순 없다. 술기운에 고무되어 부질없는 오기일지 모르지만 몸은 늙어도 마음은 늙지 않았음을 보여준다. 봄날 같은 청춘인 양 착각해도 좋다.

王 伯(1277~1350): 고려 후기 문신. 강릉 출신으로 본성은 김씨, 초명은 여주이며 左司補, 右司議, 司僕正을 지냈다. 조적의 난으로 파직당하고 홍건적을 물리친 공으로 일등공신이 되었다.

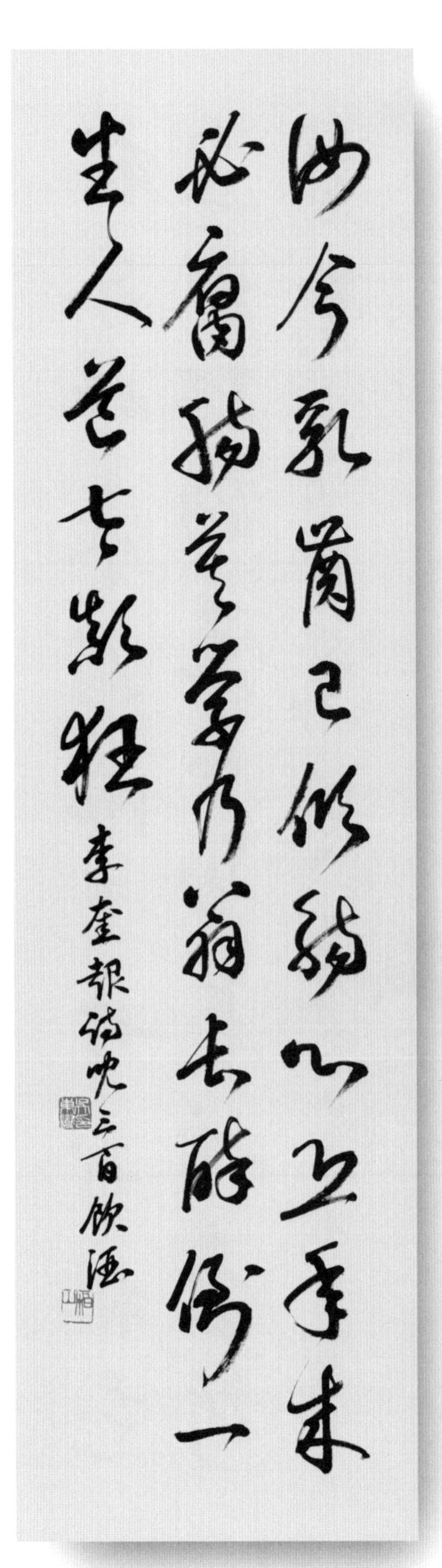

아들 三百이 술을 마시다

兒三百飮酒
아 삼 백 음 주

汝今乳齒已傾觴　여금유치이경상
心恐年來必腐腸　심공년래필부장
莫學乃翁長醉倒　막학내옹장취도
一生人道太顚狂　일생인도태전광

네 어린 나이에 벌써 술을 마시다니
앞으로 내장이 썩을 텐데 내심 두렵구나
네 아비 술 취하는 버릇 배우지 마라
한 평생 남들이 미치광이라 부른단다

三百 시경의 시삼백. 乳齒 생 젖니. 어린 나이. 傾觴 술잔을 이울이다. 人道 삶들이 부른다. 顚狂 미치광이.

시, 술, 거문고를 좋아하여 三酷好라 자호한 이규보는 시를 잘 지으라는 뜻으로 아들 이름을 三百이라 지어주었는데 아비를 닮아 벌써 술을 좋아하니 아비의 심정은 도리어 술 삼백배를 마실까봐 여간 걱정이 아니다.

李奎報(1168~1241): 고려 문인. 자 春卿, 호 白雲居士. 본관은 여주이며 門下侍郎平章事 등을 지냈다. 시, 술, 거문고를 좋아하여 三酷好라 불렀으며 저서에 〈東國李相國集〉, 〈白雲小說〉, 〈麴先生傳〉 등이 있다.

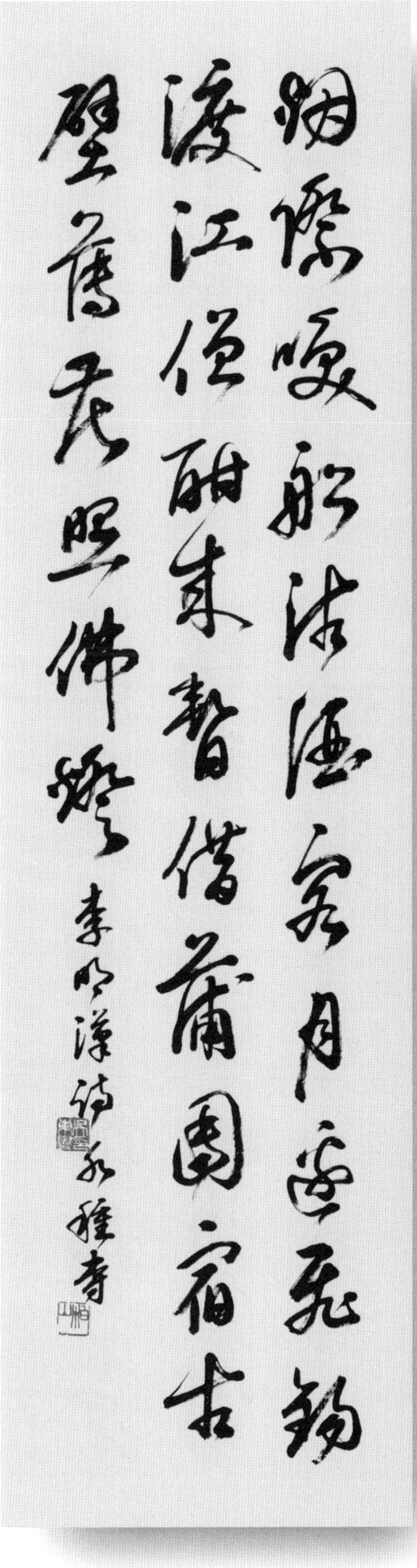

수종사에서

水種寺
수 종 사

烟際喚船沽酒客　연제환선고주객
月邊飛錫渡江僧　월변비석도강승
酣來暫借蒲團宿　감래잠차포단숙
古壁薄花照佛燈　고벽박화조불등

나그네는 술 사려고 안개 속에 배를 부르고
스님은 석장 짚으며 강을 건너네
술에 취해 포단 깔고 잠이 드는데
고벽의 엷은 꽃이 불등에 비치누나

水種寺 운길산 중턱에 있는 절로서 두물머리가 보임. 沽酒 술을 사다. 錫 =錫丈 스님이 짚고 다니는 지팡이. 酣 즐길 감. 술마시고 취하다. 蒲團 중이 깔고 앉는 부들방석.

저물녘 수종사에 앉아 멀리 내려다보니 나그네는 배를 불러 강 건너 술 사러 가고 스님은 지팡이를 휘두르며 강을 건너온다. 그 동안 마신 술에 취하여 포단위에 잠드는데 엷은 꽃 그림자가 석등위에 어른거린다.

李明漢(1595~1645): 조선중기 문신. 본관은 延安, 자는 天章, 호는 白洲이며 성리학에 밝고 시와 글씨에 뛰어났다. 이괄의 난이 일어났을 때 왕을 공주로 호종하였다. 문집에 〈白洲集〉이 있다.

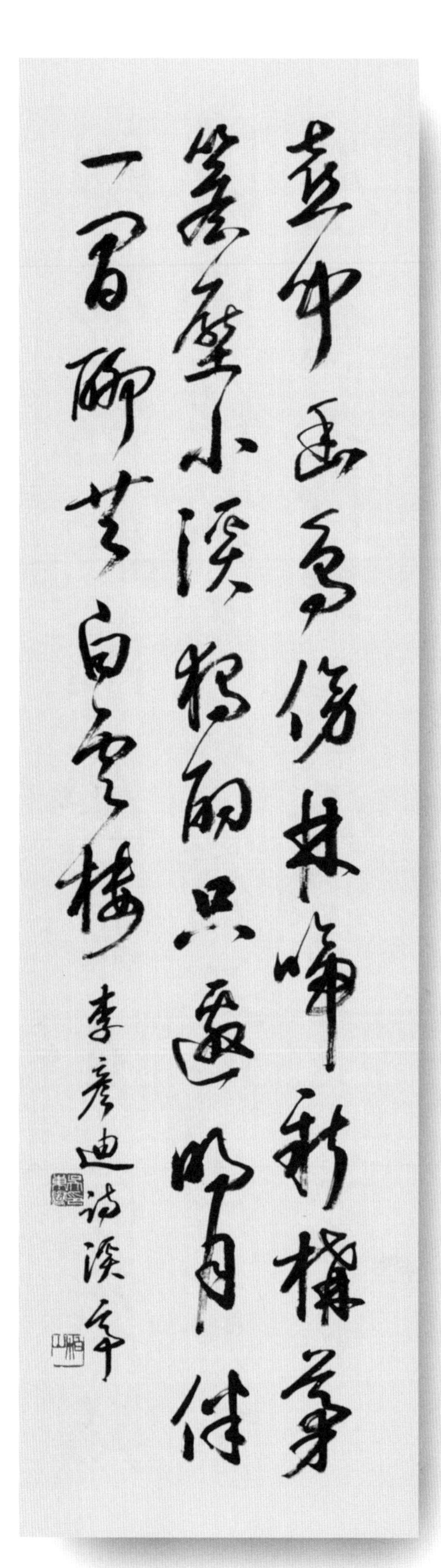

개울가 정자에서

溪亭

계 정

喜聞幽鳥傍林啼 희문유조방림제
新構茅簷壓小溪 신구모첨압소계
獨酌只邀明月伴 독작지요명월반
一間聊共白雲棲 일간료공백운루

숲 속 산새 소리 즐거이 들려오고
새로 지은 초가 한 칸 개울가에 앉았네
혼자서 잔 들고 명월맞아 함께하고
한 칸 정자에서 흰구름과 함께 산다

溪亭 독락당에 있는 정자. 茅簷 초가 정자. 簷 처마 첨. 壓 누를 압. 접근하다. 방치하다. 聊 에오라지 료. 다만. 그럭저럭. 한담하다. 邀 맞이할 요.

안강 옥산리 독락당에 은거하며 경치 좋은 물가 溪亭을 소요한다. 온갖 산새소리가 들려오고, 밤이면 떠오르는 명월과 벗하며 한 잔 들고, 산기슭에 둘러쳐진 구름과 함께 살다보면 혼자 거닐어도 외롭지 않고 마음은 드넓어 거리낌이 없다.

李彦迪(1491~1553): 조선중기 문신 · 학자. 본관은 여주, 자는 復古, 호는 晦齋, 紫溪翁이며 조선조 성리학 정립에 공헌하였다. 양재역 벽서사건에 연루되어 유배지 강계에서 사망하였으며, 문집에 〈晦齋集〉이 있다.

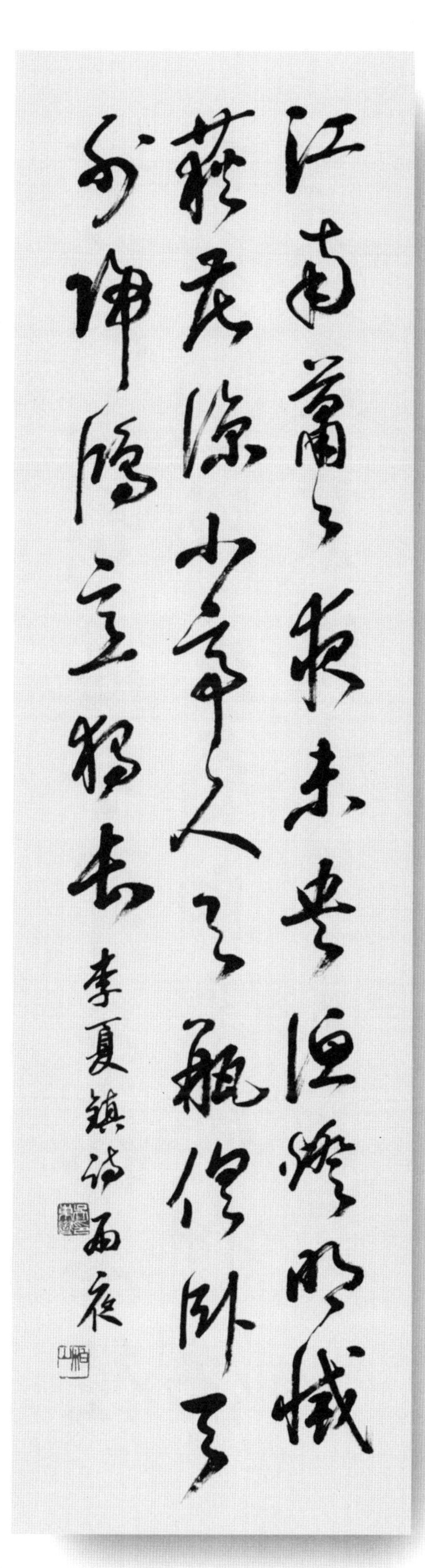

비 내리는 가을밤

雨夜
우 야

江雨蕭蕭夜未央　강우소소야미앙
漁燈明滅荻花凉　어등명멸적화량
小亭人與甁俱臥　소정인여병구와
天外歸鴻意獨長　천외귀홍의독장

강에는 밤비가 주룩주룩 날은 아직 새지 않는데
고깃배 등불은 껌벅껌벅 갈대꽃은 싸늘하네
정자에는 친구가 술병과 함께 딩굴고
하늘 밖 외기러기 긴 여음 남기며 돌아가네

蕭蕭 쏴쏴. 휙휙(바람소리). 우수수. 夜未央 날이 아직 밝지 않음. 央 가운데 앙. 끝나다. 다하다. 荻 물억새 적. 甁 =缾 병병.

비 내리는 가을밤 쓸쓸한 정자에는 함께 술을 마시던 친구는 술병과 함께 쓰러져 자고 있고 하늘 멀리 기러기 소리 들려온다. 싸늘한 밤 날이 밝자면 아직 멀었는데 가을밤의 憂愁에 젖어 잠들지 못하는구나.

李夏鎭(1628~1682): 조선 후기 문신. 본관은 여주, 자는 夏卿, 호는 梅山, 六寓堂이며 공조참의, 대사헌 등을 지내고 실학자 李瀷의 아버지이다. 詩와 書에 뛰어나고 저서에 〈六寓堂集〉이 있다.

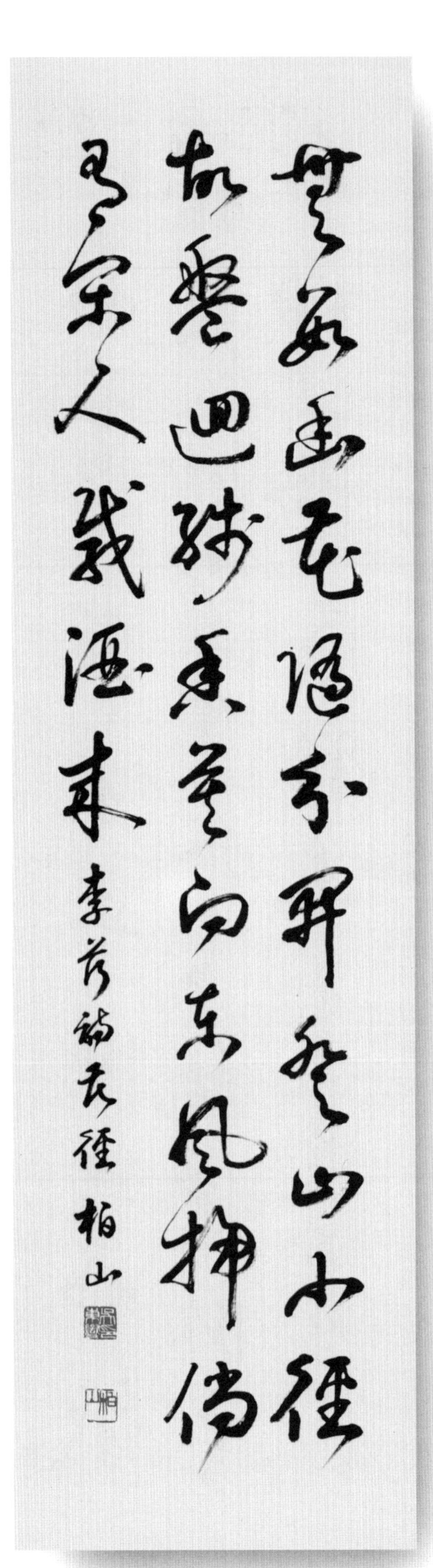

꽃길에서

花徑
화 경

無數幽花隨分開　무수유화수분개
登山小徑故盤廻　등산소경고반회
殘香莫向東風掃　잔향막향동풍소
倘有閑人載酒來　당유한인재주래

그윽한 꽃들이 수없이 활짝 피어 있어
오솔길 산길을 일부러 돌아서 가네
봄바람아 남은 향기 쓸어가지 마라
혹시 한가한 이 있어 술 가지고 올터이니

隨分 본분에 맞게. 힘자라는 대로. 盤廻 빙빙 돌아가다. 盤 쟁반 반. 빙빙 돌다. 둘둘 감다. 倘 혹시 당. 만약~라면.

깊은 봄 산에 꽃들이 제 각각 활짝 피어 한창이어서 꽃이 다칠까봐 일부러 돌아간다. 바람에 꽃향기 일렁이는데 봄바람이 다 쓸어갈까 걱정이다. 한가한 친구 술병 들고 봄놀이 오면 한 잔 술 나누어 볼텐데.

李 荇(1478~1534): 조선중기 문신. 본관은 덕수, 자는 擇之 호는 容齋이며 좌의정을 지냈다. 강직한 성격으로 직언을 잘 하여 연산군, 중종조에 걸쳐 10여 차례 귀양살이를 하였다. 문집에 〈容齋集〉이 있다.

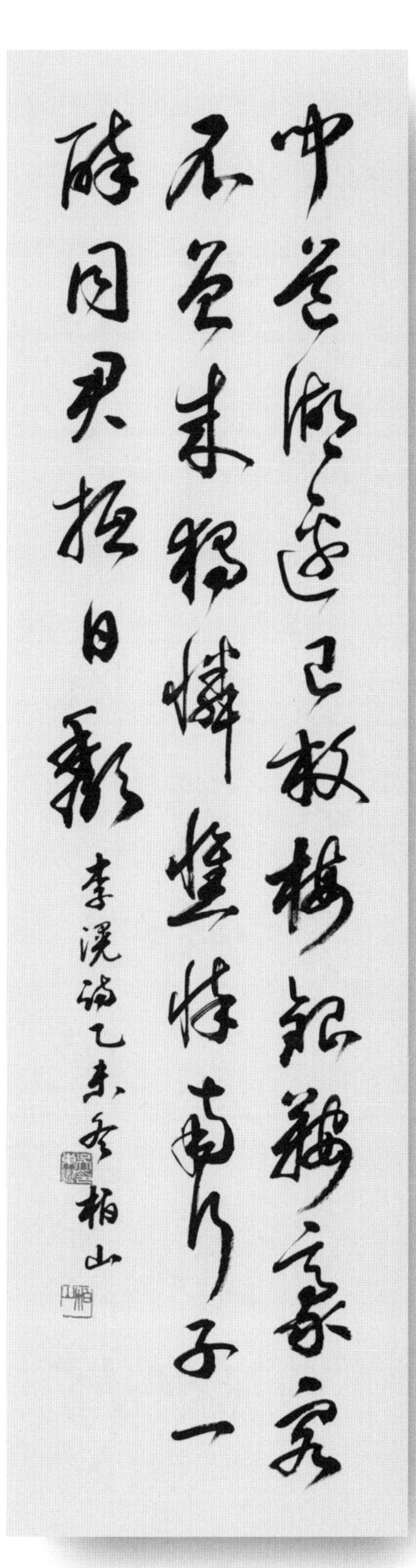

경열에게 답하다

再用前韻答景說

재 용 전 운 답 경 열

聞道湖邊已放梅 문도호변이방매
銀鞍豪客不曾來 은안호객불증래
獨憐憔悴南行子 독련초췌남행자
一醉同君抵日頹 일취동군저일퇴

듣자하니 호숫가 매화 벌써 피었다는데
호사스런 사람들은 찾아오지 않는다지
남녘가는 나그네 홀로 가여워
너와 함께 저물도록 취해보리라

景說 민기(1505~1568)의 자. 홍문관 관리. 銀鞍豪客 은 안장 타고다니는 호사스런 사람. 抵日頹 해가 저물 때 까지. 抵 닥뜨릴 저. 도착하다. 이르다. 頹 무너질 퇴. 기울다. 무너지다.

사람들은 화사한 꽃이나 찾아다니지 설한 속에 피어난 매화를 좋아하지 않는다. 가엾은 매화여 내 비록 남녘 가는 초췌한 나그네이지만 너의 향기가 좋아 너와 함께 저물도록 잔질하며 한 번 취해 보리라.

李 滉(1501~1570): 문신, 학자. 본관은 眞寶, 자는 景浩, 호는 退溪이며 禮曹判書, 大提學 등을 지냈다. 시문과 글씨에 뛰어나고 성리학을 집대성한 유가의 대종으로 숭앙되며 방대한 문집 〈退溪全書〉가 있다.

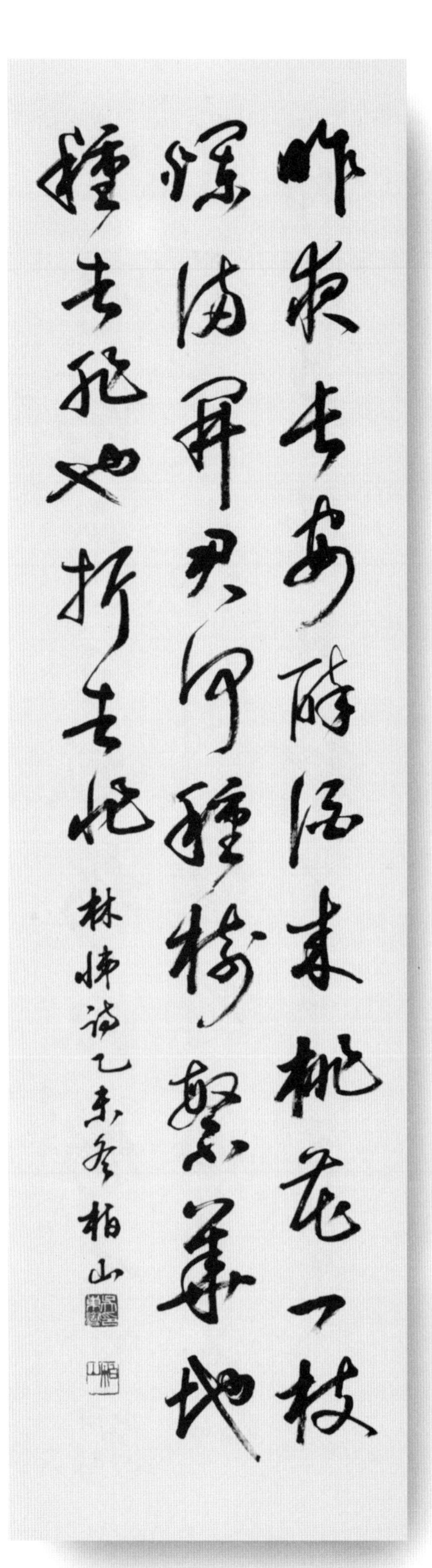

지난 밤 술 취해 오다

昨夜長安醉酒來
작 야 장 안 취 주 래

昨夜長安醉酒來	작야장안취주래
桃花一枝爛滿開	도화일지란만개
君何種樹繁華地	군하종수번화지
種者非也折者非	종자비야절자비

어제 밤 장안에서 술 취해 여기오니
복사꽃 한 가지 흐드러지게 피었네
그대 어찌 이 꽃을 네거리에 심었나
심은 자가 그른가 꺾은 자가 그른가

爛滿開 흐드러지게 활짝 피다. 爛 문드러질 란. 繁華地 사람 왕래가 많은 곳. 네거리.

임제 나이 28세 때 만취하여 수원 어느 주막에 들렀는데 그만 주모와 눈이 맞아 하룻밤 정을 나누고 말았다. 화가 난 남편에게 이 아름다운 꽃을 쉽게 꺾을 수 있는 네거리에 심은 자가 잘못이라고 꼬집는다.

林 悌(1549~1587): 조선 선조대 문인. 본관은 나주, 자는 子順, 호는 白湖, 謙齊이며 예조정랑을 지내고 당파 싸움을 개탄하여 명산을 찾으며 여생을 보냈다. 저서에 〈花史〉, 〈愁城誌〉, 〈白湖集〉이 있다.

전원에서 읊다

田園卽事
전원즉사

垂柳陰中一逕微　수류음중일경미
雜花生樹草芳菲　잡화생수초방비
騷人獨酌有詩句　소인독작유시구
村老相逢無是非　촌노상봉무시비

버들 그늘 사이로 희미한 길 보이고
나무 아랜 온갖 꽃과 풀이 우거졌구나
시인 혼자 술 마시며 시를 짓는데
촌노와 서로 만나도 시비함이 없다네

垂柳陰 수양버들 늘어진 그늘. 芳菲 화초. 騷人 =騷客 시인. 獨酌 혼자 술을 마심.

수양버들 가지가 늘어진 사이로 길이 이어지고 갖가지 꽃과 풀이 나무아래에서 향기를 피우는 풍경을 바라보며 시를 적고 있다. 혼자 술 따르며 시를 쓰는 시인의 한가롭고 여유로운 정경을 보여준다.

鄭斗卿(1597~1673): 조선중기 문신 · 학자. 본관은 온양, 자는 君平, 호는 東溟이며 예조판서 등에 임명되었으나 노환으로 나가지 못하였다. 시문과 서예에 뛰어나고 문집에 〈東溟集〉이 있다.

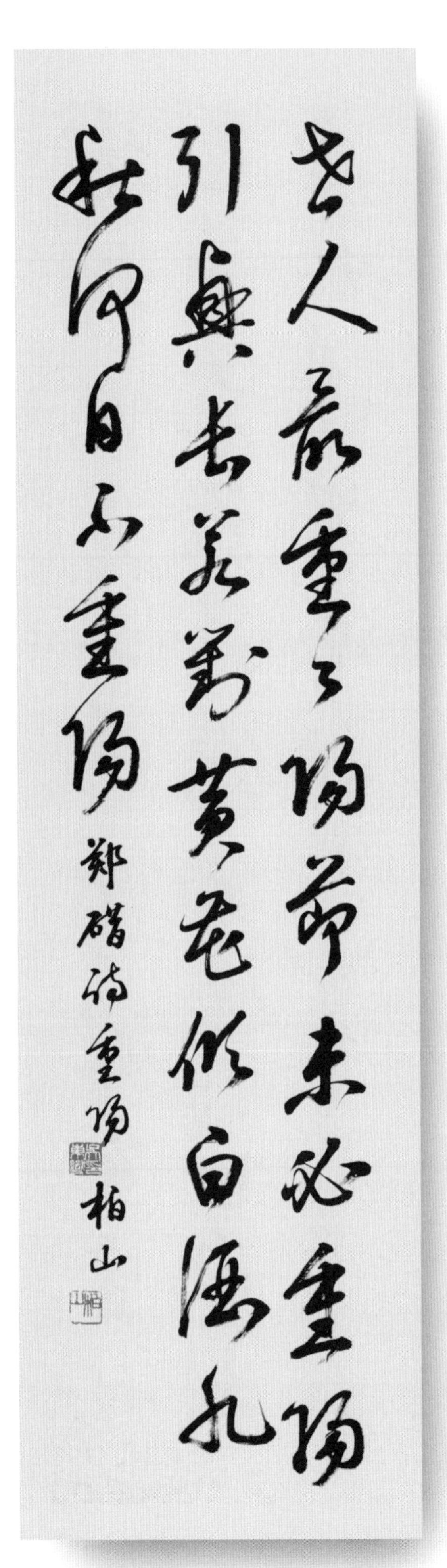

중양절에

重陽
중 양

世人最重重陽節 세인최중중양절
未必重陽引興長 미필중양인흥장
若對黃花傾白酒 약대황화경백주
九秋何日不重陽 구추하일불중양

세상 사람 중양절 최고 절기라지만
흥겹기야 하필이면 중양절 뿐이랴
국화꽃 앞에 두고 술잔 기울일 제면
구월 한 달 어느 날이 중양 아니랴

重陽節 음 9월 9일. 양수 9가 겹친다고 중양이라 한다. 제비가 강남가고 선비들 국화주 마시고 민간엔 국화전 부친다. 引興長 흥겨움을 끌다. 黃花 가을 국화. 白酒 막걸리. 탁주. 九秋 음력 구월.

추석보다 더 풍성한 명절이었던 중양절, 집집마다 울밑에는 황국화가 만발하여 향기로운 절기, 막걸리에 국화 꽃잎 띄우면 국화향기 가득한 국화주인데 이 술 잔 기울이는 흥겨움이면 구월 한 달 날마다 중양절이 아닌가.

鄭 碏(1533~1603): 조선중기 학자. 본관은 온양, 자는 君敬, 호는 古玉이며 을사사화에서 아버지가 삭탈관직되자 학문에만 정진하였다. 시와 글씨에 뛰어났고 〈동의보감〉 편찬에 참여하였고 술을 좋아하였다.

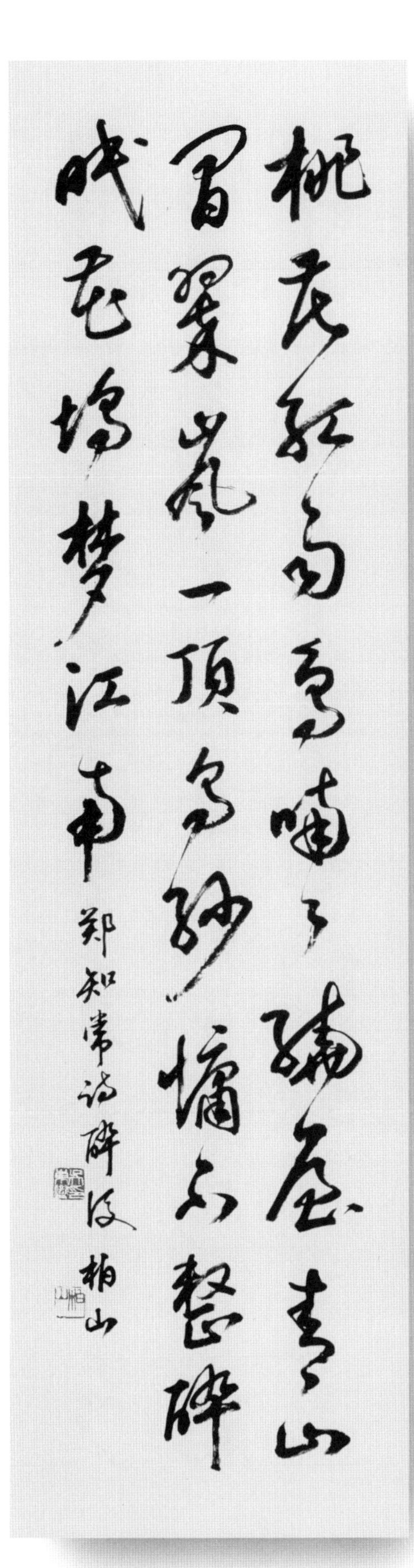

술에 취하여

醉後
취 후

桃花紅雨鳥喃喃 도화홍우조남남
繞屋青山間翠嵐 요옥청산간취람
一頂烏紗慵不整 일정오사용불정
醉眠花塢夢江南 취면화오몽강남

복사꽃 붉은 꽃비에 새들 지저귀고
집을 두른 청산에 푸른 안개 끼었구나
머리에는 오사모 비스듬히 쓴 채로
꽃 핀 언덕에 취한채 잠들어 별천지를 꿈꾸네

喃喃 새 지저귀는 소리. 翠嵐 산의 엷은 안개. 翠 푸를 취. 청록색. 嵐 남기 람. 산 아지랑이. 烏紗 평상복에 받쳐 쓰는 관모. 慵不整 삐뚜러져 바르지 않음. 夢江南 강남땅을 꿈꿈. 강남은 무릉도원 이상향.

붉은 복사꽃잎이 바람에 비처럼 흩날리고 새들이 지저귀는 봄날, 집 앞 푸른 산에는 엷은 안개가 둘렀는데 가는 봄이 아쉬워 꽃나무 아래에서 한 잔 두 잔... 그만 취하여 오사모 관모가 삐딱하든 말든 태평스럽게 잠이 들어 버렸다. 지금쯤 무릉도원을 거닐고 있겠지.

鄭知常(?~1135, ?~인종 13): 고려 문신, 시인. 호는 南湖, 본관은 평양이며 정언, 사간 등을 역임하였다. 묘청의 서경 천도(묘청의 난)에 연루되었다가 김부식에게 죽음을 당하였다. 고려의 최고 시인으로 명성이 높지만 20여수 정도가 남아 있으며 〈鄭司諫集〉이 있다.

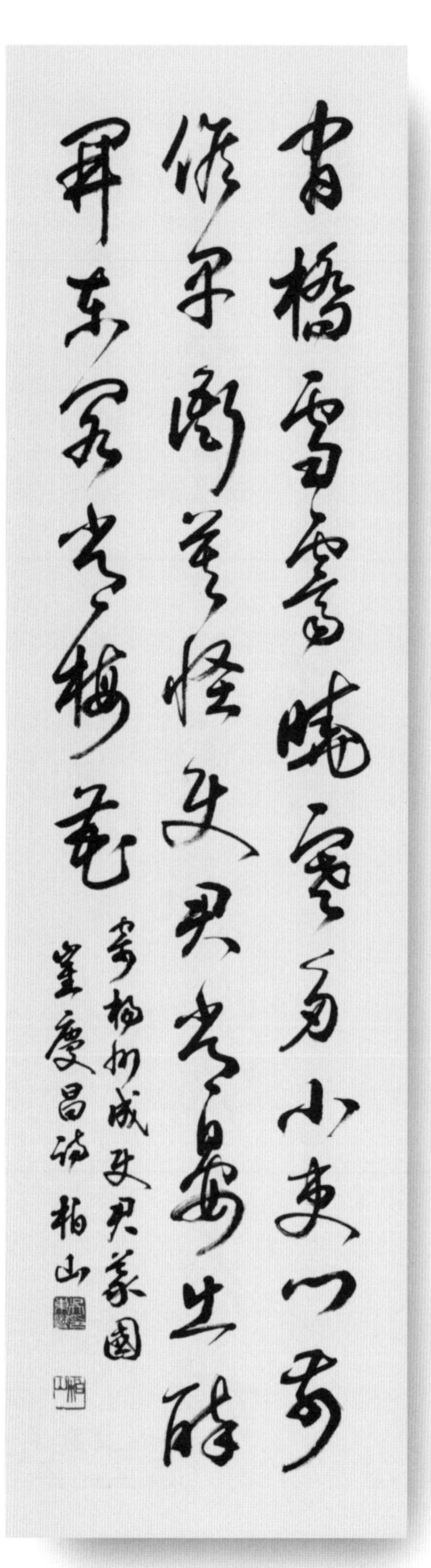

양주현감 성의국에게 부치다

寄楊州成使君義國
기 양 주 성 사 군 의 국

官橋雪霽曉寒多　관교설제효한다
小吏門前候早衙　소리문전후조아
莫怪使君常晏出　막괴사군상안출
醉開東閣賞梅花　취개동각상매화

관아 다리에 눈 개고 새벽 추위 차가운데
아전은 문전에서 아침 조회 기다린다
사또 항상 늦는다고 괴이하게 생각마라
술 취해 동각 열고 매화 감상 한창이네

成義國 명종조 충백 1548 급제. 형조참의 등. 霽 개일 제. 小吏 하급관리. 아전. 衙 관청 아. 晏出 늦게 나오다. 晏 늦을 안. 편할 안. 맑다.

다리위에 새벽 눈이 그쳤지만 추위는 맵기만 한데 사또는 왜 이리 늦은지 아전은 초조하게 기다리고 있다. 흰 눈이 내린 아침, 귀한 설중매가 피었는데 잠시 관아 일 잊고 술 한 잔하고 매화 감상하고 있단다.

崔慶昌(1539~1583): 조선 중기시인. 자는 嘉運, 호는 孤竹이며 사간원 정언, 종성부시 등을 지냈다. 백광훈, 이달과 함께 三唐詩人으로 불렸으며 문장과 글씨에 능하고 문집으로 〈孤竹遺稿〉가 있다.

연관정에서 헤어지다

練光亭別後
연광정별후

鉤盡緗簾獨倚樓 구진상렴독의루
酒醒人去又生愁 주성인거우생수
桃花水漲春水碧 도화수창춘수벽
何處飛來雙白鷗 하처비래쌍백구

비단 주렴 모두 걷고 홀로 정자에 기댔는데
술 깨자 친구 떠나니 시름이 다시 생기네
도화 뜬 강물 불어나 봄물은 푸른데
어디서 왔는지 갈매기 한 쌍 날고 있구나

練光亭 평양 대동강 강변에 있는 정자. 鉤 갈고리 구. 鉤盡緗簾 비단발 걷어 올려 갈고리로 걸다. 白鷗 갈매기.

친구와 이별한 뒤 시름에 겨워 연광정에 올라 홀로 기둥에 기대어 떠나간 친구를 생각한다. 같이 한 잔 하다 술 깨자 친구가 떠나고 나니 수심이 돋아난 것이다. 저 한 쌍의 갈매기처럼 함께 훨훨 날아다녔으면...

崔大立(17세기 생몰 미상): 조선 인조조 역관. 자는 秀夫, 호는 蒼厓, 본관은 隨城이며 역과에 급제하지는 못하였지만 특채로 教誨에 올랐다. 1658년에 엮은 〈六家雜詠〉에 그의 시가 실려 있다.

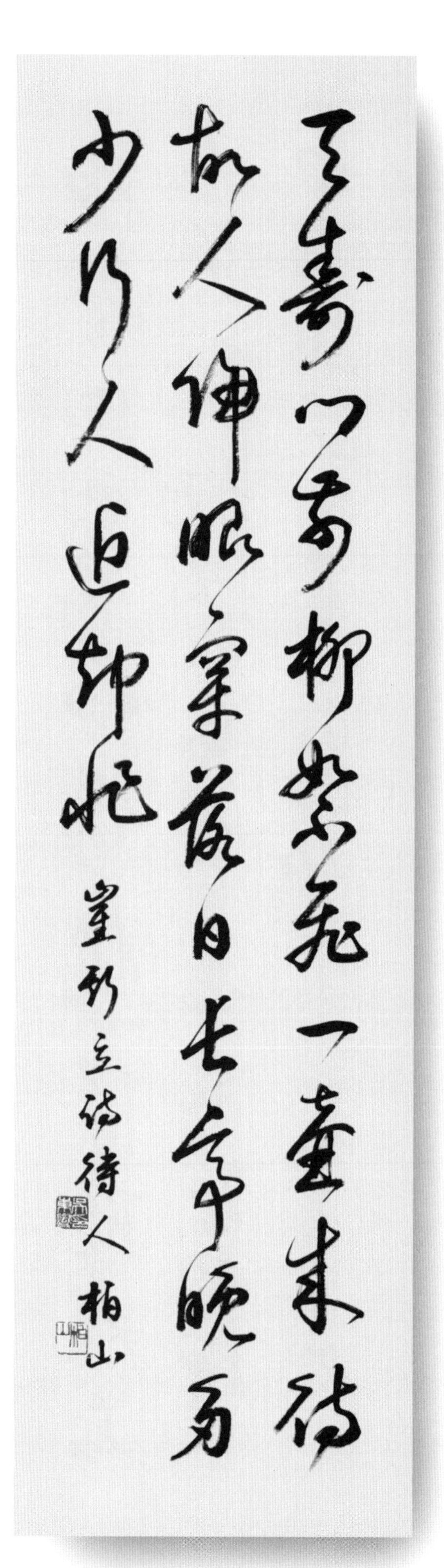

벗을 기다리며

待人
대인

天壽門前柳絮飛　천수문전류서비
一壺來待故人歸　일호래대고인귀
眼穿落日長亭晩　안천락일장정만
多少行人近却非　다소행인근각비

천수사 문전에는 버들개지 날리는데
술 한병 차고 와서 친구 오길 기다린다
눈 빠지게 기다리다 정자에는 해 저무는데
숱한 행인 지나지만 다가오면 아니어라

天壽寺 개성 동쪽 나들목에 있는 절로서 남문에서 배웅한다. 柳絮 버들개지. 絮 솜 서. 솜 같은 것. 眼穿 눈 빠지게 기라리다. 애타게 기다리다. 穿 뚫을 천. 뚫다. 꿰다. 입다. 長亭 쉬어가는 정자.

천수사 남문 정자위에 앉아 친구가 오면 한 잔 하려고 곁에 술 한 병 두고서 눈이 빠지게 기다리고 있다. 저 멀리 행인이 나타나면 혹시나 하여 바라보지만 다가오면 딴 사람이다. 날은 저물었는데 언제 오려나.

崔斯立(생몰 년대 미상): 고려 후기 문관으로 호는 潔齋이며 舍人을 지냈다. 고려, 조선조에는 舍人이나 委巷人으로 중인이나 평민계급에서 시인, 문장가가 다수 배출되었다.

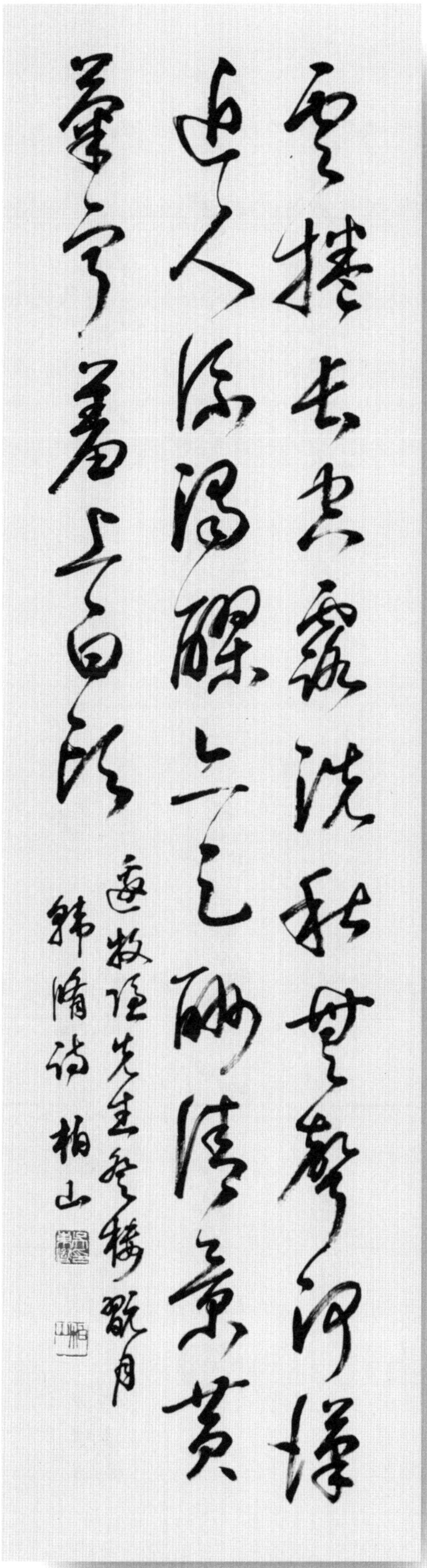

목은 선생을 맞으며

邀牧隱先生登樓翫月

요 목 은 선 생 등 루 완 월

雲捲長空露洗秋 운권장공로세추
無聲河漢近人流 무성하한근인류
濁醪亦足酬清景 탁료역족수청경
黃菊寧羞上白頭 황국영수상백두

하늘에 구름 걷히고 이슬은 가을을 씻고
은하수는 소리 없이 사람 곁에 다가오네
맑은 경치 잔질할 탁주도 넉넉한데
늙은이 대하는 국화는 무엇이 그리 부끄러운가

邀牧隱 목은 이색을 맞이함. 邀 맞이할 요. 河漢 은하. 은하수. 濁醪 막걸리. 탁주. 醪 막걸리 료. 酬淸景 경치를 감상하며 술 잔 주고 받음. 寧羞 어찌 부끄러우랴. 黃菊 =黃花 숫처녀.

하늘은 구름 한 점 없이 깨끗하고 만상은 이슬로 씻어낸 듯 말끔한데 밤하늘의 은하수는 소리 없이 가까이 다가온다. 목은 선생이 오시면 맑은 경치 감상하며 함께 마실 술도 넉넉한데 기녀 대하는 늙은이 무엇이 부끄러우랴.

韓 脩(1333~1384): 고려 말 문신. 본관은 청주, 자는 孟雲, 호는 柳巷이며 密直提學, 同知密直 등을 지냈다. 초서, 예서, 시에 뛰어났으며 학식과 행의로 존경을 받았다. 문집에 〈柳巷集〉이 있다.

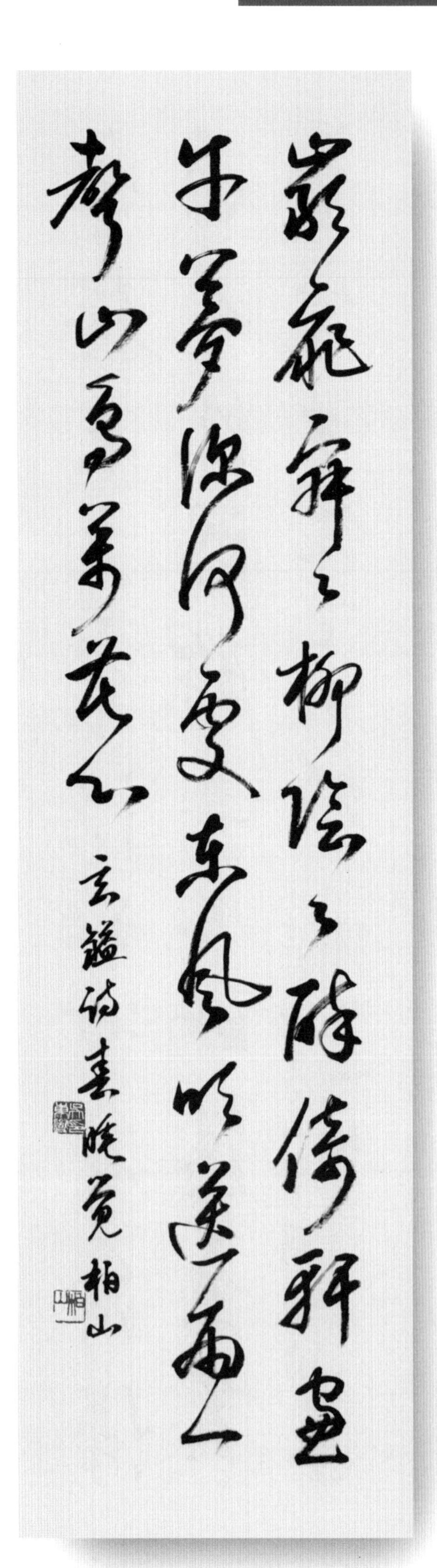

봄잠을 깨다

春睡覺

춘 수 각

巖扉寂寂柳陰陰	암비적적류음음
醉倚軒窓午夢深	취의헌창오몽심
何處東風吹送雨	하처동풍취송우
一聲山鳥萬花心	일성산조만화심

닫힌 사립문 적적하고 버들은 짙었는데
취하여 기댄 산창 낮잠이 깊구나
어느 곳 봄바람 비를 불어 오는고
한 목청 산새 소리에 온갖 꽃이 활짝 피네

巖扉 산속 오두막 사립문. 巖 바위 암. 扉 사립문 비. 陰陰 고요한 모양. 그늘이 짙은 모양. 午夢 낮잠. 東風 봄바람.

산새 중에 한 목소리 돋우어 외치는 새는 장끼뿐인데 한 번 "꿩꿩" 울어대면 봄바람을 맞은 꽃들이 깜짝 놀라서 활짝 피어난다. 산 속에 은거하는 이 집 주인은 새소리에 아랑곳없이 낮술에 취하여 깊은 꿈속에 들었다.

玄 鎰(1807~1876): 조선말기 문신 · 시인. 본관은 연안, 자는 萬汝, 호는 皎亭이며 연천군수, 지중추부사를 지냈다. 시문에 뛰어났으며 문집에 〈皎亭詩集〉이 있다.

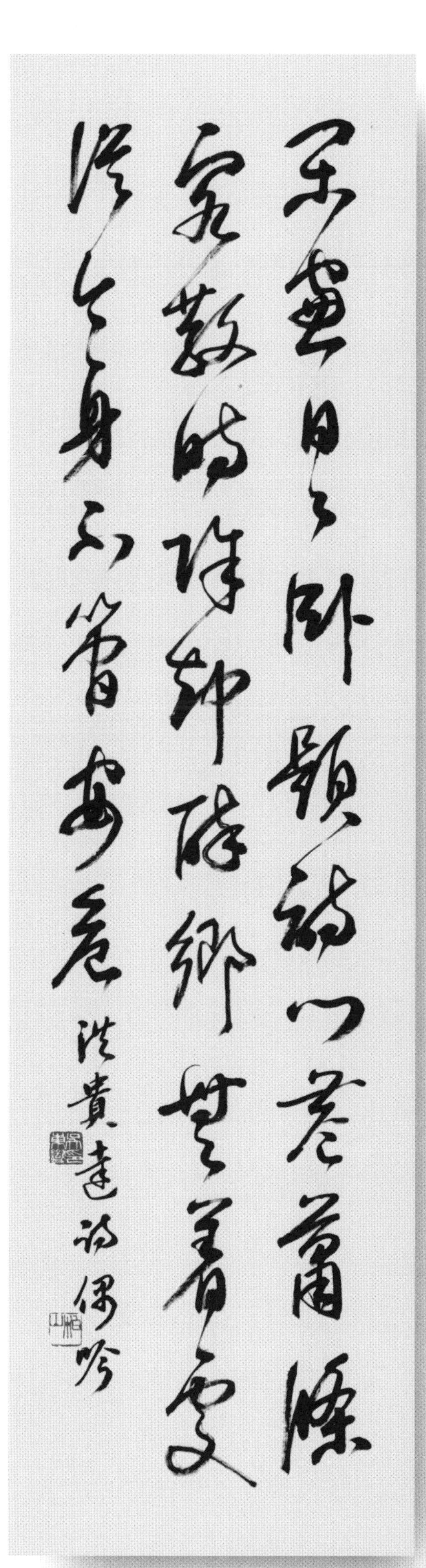

우연히 읊다

偶吟
우 음

閑窓日日臥題詩 한창일일와제시
門巷蕭條客散時 문항소조객산시
除却醉鄕無着處 제각취향무착처
從今身不管安危 종금신불관안위

날마다 한가히 창가에 누워 시를 짓는데
찾아오는 손님 없어 문전 골목 허전하네
술에 취하지 않으면 마음 붙일 곳 없으리니
지금부터 신변안위 상관하지 않으리라

門巷 문앞 골목. 巷 거리 항. 골목. 蕭條 적막한 골목. 條 가늘고 긴 것. 除却 제거하다. 없애버리다. 醉鄕 술을 즐기는 별천지. 취한 기분. 不管 관계하지 않다. 安危 안전과 위험.

온 종일 방에 누워서 한가하게 시나 지으며 보낸다. 뭔가 불편한 일 이 있는 것 같은데 찾아오는 사람 없고 문 앞은 적막하다. 아마 신변 안위와 관련된 일인 것 같은데 마음을 잡지 못하여 자꾸 술만 찾는다.

洪貴達(1438~1504): 조선전기 문신. 본관은 缶溪, 자는 兼善, 호는 虛白堂 · 涵虛亭이며 춘추관편수관으로 세조실록 편찬에 참여하였다. 손녀(홍언국의 딸)를 궁중에 들이라는 왕명을 거역하여 귀양 가던 도중 교살되었다.

姓名索引

姓名索引

雅號索引

雅號索引

起句索引

起句索引

참고문헌

강혜선, 「여성한시선집」, 문학동네, 2012.

金達鎭, 「한국 漢詩」1권, 2권, 3권, 民音社, 1989.

金成南, 「허난설헌」, 동문선, 2003.

金宗直 撰 · 李昌熙 譯, 「靑丘風雅」, 도서출판다운샘, 2006.

金智勇, 「한국의 女流漢詩」, 여강출판사, 1991.

金弘光, 「韓國漢詩眞寶」, 이화출판사, 2002.

김정희, 「국역완당전집」, 민족문화추진회편, 1998.

김진영 외, 「한국한시감상」, 보고사, 2010.

김풍기, 「옛시읽기의 즐거움」, 아침이슬, 2002.

路談 집역, 「韓國의 詩僧」, 조계종출판사, 2014.

민병수 외, 「내가 좋아하는 한시」, 태학사, 2013.

민병수 외, 「내가 좋아하는 한시」, 태학사, 2013.

釋智賢, 「禪詩」, 玄岩社, 1974.

손종섭, 「옛시정을 더듬어」상, 하, 김영사, 2011.

송재소, 「한국한시작가열전」, 한길사, 2011.

申石艸 譯, 「石北詩集」, 良友堂, 1991.

오동섭, 「초서고문진보」, 서예문인화, 2014.

오동섭, 「초서한국한시」오언절구편, 서예문인화, 2015.

李民樹 譯, 「楸灘先生文集」, 法典出版社, 1980.

李丙疇, 「韓國漢詩選」, 探求堂, 1964.

李鍾燦외, 「조선시대한시작가론」, 以會文化社, 1996.

정민, 「우리한시삼백수」5언절구편, 김영사, 2014.

정민, 「우리한시삼백수」7언절구편, 김영사, 2013.

조남권, 「韓國古今漢詩選集」, 도서출판다운샘, 2010.

曺斗鉉, 「漢詩의 理解」, 一志社. 1980.

한용운, 「韓龍雲詩全集」, 만해사상선양회, 1998.

향적, 「선시」, 조계종출판사, 2014.

허경민, 「매월당 김시습시선」, 평민사,

허경진, 「高麗時代 僧侶漢詩選」, 평민사, 2002.

黃秉國, 「李朝名人詩選」, 乙酉文庫, 1969.

| 저자소개 |

柏山 吳 東 燮

Baeksan Oh Dong-Soub

■ 1947 영주. 관: 해주. 호: 柏山, 二樂齋, 踽洋軒. ■ 경북대학교, 서울대학교 대학원(교육학박사) ■ 석계 김태균선생, 시암 배길기선생 사사 수호 ■ 대한민국서예미술공모대전 초대작가, 대구광역시서예대전 초대작가, 경상북도서예대전 초대작가, 영남서예대전 초대작가 ■ 전시:서예전(2011 대백프라자갤러리), 서예와 사진(2012 대구문화예술회관), 초서비파행전(2013 대구문화예술회관), 성경서예전(LA소망교회 2014), 교남서단전, 등소평탄생100주년서예전(대련), 캠퍼스사진전, 천년살이우리나무사진전, 산과 삶 사진전 ■ 휘호 : 모죽지랑가 향가비(영주), 김종직선생묘역 중창비(밀양), 신득청선생 가사비(영덕), 경북대학교 교명석, 첨단의료단지 사시석(대구) ■ 서예저서 : 초서고문진보 1, 초서고문진보 2, 초서한국한시 오언절구편3, 칠언절구편4 ■ 한국서예미술진흥협회 부회장, 한국미술협회 회원, 대구광역시미술협회 회원, 대구경북서가협회 회원, 교남서단 회원, 사광회 회원 ■ 전 경북대학교 교수, 요녕사범대학(대련) 연구교수, 이와니나대학(그리스)연구교수, 텍사스대학(미국)연구교수 ■ 만오연서회, 일청연서회, 경묵회 지도교수 ■ 경북대학교 평생교육원서예아카데미 서예지도교수 ■ 경북대학교 명예교수 ■ 백산서법연구원 원장

백산서법연구원

대구시 중구 봉산문화2길 35 우.41959 / TEL : 070-4411-5942 / H · P : 010-3515-5942 / E-mail : dsoh@knu.ac.kr

http://cafe.daum.net/oh100san

한국한시300 칠언절구편 초서 4

草書韓國漢詩

인쇄일 | 2016년 4월 11일
발행일 | 2016년 4월 18일

지은이 | 오동섭
주소 | 대구시 중구 봉산문화2길 35 백산서법연구원
전화 | 070-4411-5942 / 010-3515-5942

펴낸곳 | **이화문화출판사**
대 표 | 박정열
주소 | 서울시 종로구 내자동 사직로10길 17(내자동 인왕빌딩)
전화 | 02-738-9880(대표전화)
02-732-7091~3(구입문의)
homepage | www.makebook.net

ISBN 979-11-5547-207-1 03640

값 | 25,000원